读客外国小说文库

读客激发个人成长

ANANSI BOYS
蜘蛛男孩
NEIL GAIMAN

[英] 尼尔·盖曼 著

马骁 译

江苏凤凰文艺出版社
JIANGSU PHOENIX LITERATURE AND
ART PUBLISHING, LTD

ANANSI BOYS

NEIL GAIMAN

你知道是怎么回事。你拿起一本书，翻到扉页，发现作者又把这本书献给别的什么人，而不是你。

　　但这次不同。

　　因为我们从未相遇 / 仅有一面之缘 / 为彼此疯狂 / 许久没有相见 / 有某种联系 / 永远不会相遇，但我相信我们肯定会对彼此保持善意……

　　这本书是献给你的。

　　你知道是怎么回事，也许还知道为什么。

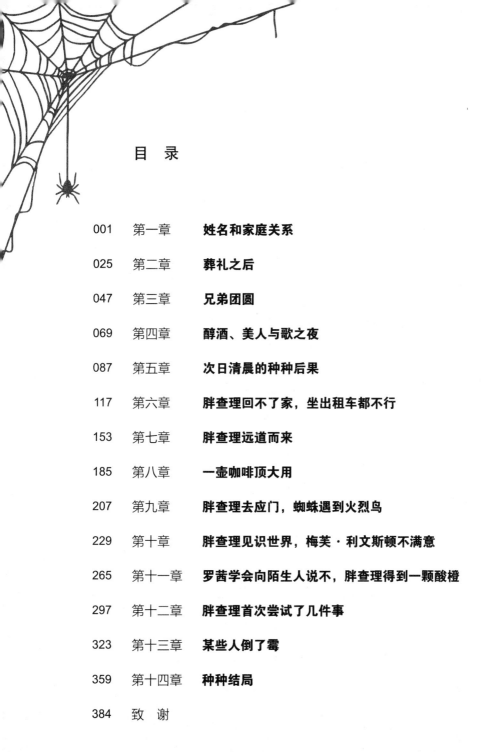

目　录

第一章

姓名和家庭关系

世界，同万事万物一样，也是从歌中诞生的。

起初是话语，随后它们有了韵律。世界由此而成，虚空由此而分，大地、星辰、梦境、生物和诸般小神由此而生，也由此进入世界。

它们被唱了出来。

巨兽们被唱了出来，而在此之前，歌者已经唱好了星球、山峦、树木、海洋和众多小兽。标志世界边际的悬崖被唱了出来，还有那片猎场，以及黑暗。

歌曲留存。继而延续。一首恰当的歌可以把帝王变成笑柄。一首歌可以流传很久，即便词句中的事与人早就归于尘土、梦境和虚无。这就是歌的伟力。

歌曲不仅能创造世界，或是重塑现实，还能实现很多别的事。比如说，胖查理·南希的父亲就会用歌来实现他希望和期盼中的美妙夜晚。

在胖查理的父亲走进酒吧之前，那里的侍者正觉得今晚的卡拉OK之夜要落得个惨淡收场。这个小老头大摇大摆地晃了进来，从几位金发女郎身旁走过。她们就坐在角落里的简易舞台旁，带有游客特有的笑容和新鲜晒痕。老头戴一顶干干净净的绿色软呢帽，还有柠檬黄色的手套。他冲姑娘们脱帽致意，随即向她们的桌子走去。女孩都咯咯笑了起来。

"玩得高兴吗，女士们？"他问。

她们依旧咯咯笑个不停，然后说自己玩得很快活，谢谢。还说她们是在度假。胖查理的父亲说，只要稍等片刻，就会更加美妙。

他比这群女孩老，老很多，但却有股子自然而然的魅力，像是从优良礼节和典雅举止还被世人看重的往昔岁月中流传下来。侍者放松下来。有这样的人在，今夜肯定会是个令人难忘的夜晚。

有人唱着卡拉OK。有人开始跳舞。那天晚上，老头在简易舞台上放声歌唱——不止一次，而是两次。他有动听的歌喉，还有灿烂的微笑，跳起舞来脚步轻快漂亮。他第一次上台唱歌时，唱了《猫咪最近怎么样？》；他第二次上台唱歌时，毁了胖查理的一生。

胖查理只是胖过几年。这个阶段从十岁前开始。当时他妈妈刚刚向世人宣布，这个世界上她最不能忍受的，就是和那头老山羊的婚姻（假如这位男士有任何异议，也请滚到一边去）；还说她当初肯定是瞎了眼，才会嫁给这个人；而且她一大早就要离开这个家，远走高飞，那头老山羊最好打消追来的念头。到了十四岁，胖查理长高了些，又进行了一点儿锻炼，也就不再胖了。说实话，他甚至算不上富态，只是身上的棱角略有点肉乎乎的罢了。但胖查理这个名字还是黏在他身上，就像嚼过的口香糖粘在网球鞋鞋底一样。他会自我介绍为查尔斯——二十岁出头时是查兹，书面签名则是C.南希。但毫无用处，这个名字终究会悄悄爬进他的新生活，就像蟑螂终究会侵入墙壁裂缝和新厨房的冰箱后面一样。不管喜不喜欢——他确实不喜欢——他都会变成胖查理。

他知道这件事没有道理可言。因为这昵称是他爸爸起的——他爸爸要是给什么东西起了名字，这名字就会牢牢粘住。

胖查理小时候住在佛罗里达，街对面那户人家养了条狗。栗色的拳师狗，长腿尖耳，那张脸看上去就好像小时候曾经撞在墙上似的，脑袋始终仰起，小尾巴翘得老高。它绝对是狗中贵族，参加过很多狗展。拿过不少"犬种冠军"和"犬类冠军"的奖章，甚至还有个"展会冠军"。这狗很喜欢自己的名字——坎贝尔的麦金罗里·阿巴斯诺特七世；那家的主人们自觉跟它熟谙，则昵称它为卡伊。直到有一天，胖查理的爸爸坐在他家门廊外坏掉的秋千上品着啤酒，忽然注意到那狗在邻居家院子里来回溜达，脖子上的皮带从一棵棕榈树延伸到篱笆桩。

"瞧这条高飞狗，"胖查理的爸爸说，"跟唐老鸭那个朋友的狗一个样。嗨，高飞。"

过去的"展会冠军"突然消退变化。胖查理感觉就像通过父亲的双眼看到那条狗，觉得它要不是条邋里邋遢的高飞才怪呢。它简直是邋遢透顶。

没过多久这名字就在街上传扬开了。坎贝尔的麦金罗里·阿巴斯诺特七世的主人奋力抗争，但他们还不如去和飓风对抗。从未谋面的陌生人都会拍着这条曾经傲气十足的拳师犬的脑袋说："嗨，高飞。你好啊。"它的主人很快就不带它去参加狗展了。他们没这个心情。"样子好像高飞的狗。"评委们都这么说。

胖查理的父亲起的名字，都会牢牢粘住。事实如此。

这还不是他爸爸最糟糕的地方。

在胖查理的成长过程中，有很多事可以进入"他爸爸最糟糕的地方"的候选名单。比如他那双不老实的眼睛和同样不老实的手指。至少附近的年轻女士们都是这么说的，她们会向胖查理的妈妈抱怨，接着家里就要有麻烦了。比如他称之为方头雪茄的小黑香烟，只要一抽起这玩意儿，所到之处都会沾上这股气味；再比如他特别喜欢跳的一种软鞋踢踏舞，胖查理猜想这种舞步顶多在二十世纪二十年代的纽约黑人区流行过半个钟头；还比如他对世界流行趋势一窍不通；更不用说他似乎坚信电视连续剧是真人真事的半小时直播。对胖查理而言，这些事单独来看，都不算他爸爸最糟糕的地方，不过它们都对最糟糕的地方有所贡献。

胖查理父亲最糟糕的地方说来简单：他实在令人难堪。

当然，所有父母都令人难堪。这是与生俱来的。父母的天性就是光靠存在便能让你觉得难堪，而一定年龄段的孩子的天性是，哪怕父母只是在街上跟他们说句话，他们也会深刻体会到尴尬、羞辱和自惭。

然而，胖查理的父亲把这种事提高到了艺术层次，并且乐此不疲。他对恶作剧同样乐此不疲，从简单得异乎寻常——胖查理永远不会忘记头一次爬上苹果派睡床的事——到复杂得难以想象。

"比如说……？"有天晚上，他的未婚妻罗茜问道。胖查理很少谈及自己的父亲，此刻不得不磕磕绊绊地向罗茜解释，为什么他觉得邀请父亲来参加即将举行的婚礼是个毁灭性的坏主意。他们此时坐在伦敦南区的一个小酒吧里。很多年来，胖查理始终觉得四千英里的距离和辽阔的大西洋都是绝妙的存在，足以把他和父亲阻隔开来。

"嗯……"那些难堪事儿组成阅兵方阵从胖查理脑海中闪过，每一件都让他不由自主地蜷起脚趾。他最终选出一件："嗯，我小时候刚一转学，老爹就不断跟我说，他小时候是多么期待总统日[1]的到来。因为法律规定，如果你在总统日打扮成最喜欢的总统的样子去上学，就能得到一大包糖果。"

"哦，真是不错的法律，"罗茜说，"真希望英国也有类似的规定。"罗茜从没离开过英国，除非算上那次Club 18—30旅游公司的小岛假日游——她相当肯定是在地中海的某个岛屿。罗茜有温柔的棕色眼眸和善良的心灵，但地理的确不是她的强项。

"这才不是什么不错的法律，"胖查理说，"根本就没这条规定。是他编出来的。大多数州郡在总统日都会放假，就算是那些依旧上课的地方，也没有打扮成最喜欢的总统去上学的传统。打扮成总统的孩子不会得到由议会颁发的大袋糖果，也不会成为日后的校内明星，从初中一路红到高中。他还说这全看你打算扮谁，普通孩子都会打扮成最著名的那几位，林肯、华盛顿或是杰斐逊，而想出风头的孩子，则会扮作约翰·昆西·亚当斯或者沃伦·盖玛利尔·哈定之类的人物。而且在节日前谈论你的计划，会带来坏运气。当然根本没这回事，但他就是这么说的。"

"无论男孩女孩都扮成总统？"

"哦，对。无论男孩女孩。所以我在总统日前花了整整一个星期，把《世界书籍百科全书》里有关总统的所有内容读了个遍，试图找出最佳人选。"

"你就没怀疑过他是在逗你玩？"

---

1 美国节日，每年二月的第三个星期一。——译注（本书中注释，如无特殊说明，均为译注）

胖查理摇摇头。"如果我老爹打算整你，情况可就跟你想象的完全不同了。他会变成你有生以来遇到过的最高明的骗子。他令人信服。"

　　罗茜抿了一口夏敦埃酒。"那你最后打扮成哪位总统了？"

　　"塔夫脱。他是第二十七任总统。我穿着老爹不知从什么地方找来的棕色套装，裤腿卷得老高，前面塞了个枕头，脸上还画着小胡子。老爹那天亲自送我去上学。我昂首挺胸，骄傲地走进校园。其他孩子全都尖叫起来，不断指指点点。最后我把自己锁在厕所卫生间里哭了半天。他们不让我回家换衣服，我就穿成那样子过了一整天。简直是地狱。"

　　"你应该编个借口，"罗茜说，"比如放学后要去参加变装舞会之类的。或者干脆告诉他们实话。"

　　"是啊。"胖查理沉郁沮丧地说，他的心绪还没完全从回忆里跳出来。

　　"回家之后，你老爸是怎么说的？"

　　"哦，他简直乐翻了天。叽叽咯咯，嘻嘻哈哈，没完没了。最后他告诉我，也许这种总统日活动现在已经取消了。好了，咱们干吗不一块到海滩去寻找美人鱼？"

　　"寻找……美人鱼？"

　　"我们走到那里，沿着海滩散步。他简直就是地球上存在过的最令人难堪的家伙。他开始唱歌，开始跳一种踢踢踏踏的沙滩舞，还跟周围的人说话——都是他根本不认识，从来没见过的陌生人。我恨透这种事儿了。可他告诉我大西洋里有美人鱼，只要我眼光够贼够尖，就能看到她们。

　　"'在那儿！'他会这么说，'你看见了吗？是个红发绿尾的美人儿。'我看啊看，可什么都看不见。"

胖查理摇摇头，从桌上的碗里拿了把什锦坚果，开始往嘴里扔。他使劲嚼着，就好像每颗坚果都是永远无法抹去的、长达二十年的羞辱。

"哦，"罗茜快活地说，"我觉得他挺可爱的，很有个性！我们应该请他来参加婚礼。他会成为派对上的生命和灵魂。"

但是，胖查理在被巴西坚果噎了一下后解释说，你的父亲成为派对上的生命和灵魂，这难道不是普通人最不希望在自己婚礼上看到的事吗？他老爹肯定还是这颗上帝的绿色星球上最令人难堪的人物，这点毫无疑问。他还补充道，几年没见到那头老山羊真是再快活不过了，而且他母亲这辈子最正确的决定就是离开父亲，来到英国和她的艾伦娜阿姨一起生活。不仅如此，他为了支持这个论调，还断然宣称如果邀请父亲来参加婚礼，那他就要倒霉，倒大霉，而且很可能是倒天大的霉。实际上，胖查理最后还说，结婚这件事最妙的地方，莫过于不用邀请老爹来参加婚礼。

胖查理随即看到罗茜脸上的表情，还有那双平素和善的眼眸中闪过的寒光。他连忙改口辩解说，他的意思是第二好，但此刻为时已晚。

"你只需要习惯这个想法，"罗茜说，"毕竟，婚礼正是除障搭桥的最佳时机。你应该利用这个机会，让他明白你心里已经没有怨气。"

"但我确实有怨气，"胖查理说，"很多。"

"你有他的地址吗？"罗茜问道，"或是电话号码？我想你应该给他打个电话。当你唯一的儿子准备结婚时，一封信未免太见外了……你是他唯一的儿子，对吗？他有电子邮箱吗？"

"嗯。我是他唯一的儿子。我不知道他有没有电子邮箱。八成没有。"胖查理说。信是好东西,他想,有可能一开始就被邮局弄丢。

"好吧,你肯定有通信地址或者电话号码。"

"我没有。"胖查理真诚地说。父亲可能已经搬家了。他也许离开佛罗里达,到某个不通电话的地方去了。当然也不通邮。

"好吧,"罗茜逼问道,"那么谁有?"

"希戈勒夫人。"说完这话,胖查理就完全放弃了反抗的意图。

罗茜甜甜地笑着说:"希戈勒夫人又是谁?"

"我家的朋友,"胖查理说,"我小时候,她就住在隔壁。"

他几年前曾跟希戈勒太太通过电话,当时他母亲生命垂危。胖查理在母亲的要求下,只得给希戈勒夫人打了个电话,把消息带给父亲,并让他尽快和自己联络。几天后,胖查理家中的电话答录机上多了一条留言,是白天打来的。尽管听起来更加苍老,还有点醉醺醺的,但毫无疑问是他父亲的声音。

他父亲说真是不凑巧,生意上的事儿让他没法离开美国。最后还补充说,无论如何,胖查理的母亲都是个绝妙的女人。几天后一瓶混插的鲜花被送到医院病房。胖查理的妈妈读过卡片后,对此嗤之以鼻。

"他以为那么容易就能骗过我了?"她说,"我跟你说,他可是大错特错。"但她还是让护士把花放在床边最显眼的位置,还多次询问胖查理,有没有听到什么消息,说他父亲会在最后时刻来临之前到英国来探望她。

胖查理说没有。他开始痛恨这个问题,痛恨自己的回答,痛恨他说"不,爸爸不会来"时,母亲脸上的表情。

在胖查理的记忆中,最糟糕的那天是这样的。他母亲的主治大夫，一个坏脾气的小个子，把胖查理叫到一边，告诉他时日无多，他母亲的病情恶化得很快，现在所要做的就是让她安逸地走到终点。

胖查理点点头，走进母亲的病房。她拉住他的手，问他是否记得替她交煤气费。正当此时，噪声在楼道中响起——一种叮叮当当、踢踢踏踏、乒乒乓乓的噪声，管乐加提琴加鼓的噪声；一种在贴满保持安静的标语的楼梯间，还有医护人员冰冷的目光予以佐证的地方，不该出现的噪声。

噪声越来越响。

胖查理一度以为是恐怖分子。但他妈妈听到这刺耳杂音，却露出虚弱的微笑。"黄鹂鸟。"她轻声说。

"什么？"胖查理问道。他吓得不轻，以为母亲开始说胡话了。

"黄鹂鸟，"她提高嗓门，语气也坚定了许多，"他们演奏的是《黄鹂鸟》。"

胖查理走到门口，向外望去。

有几个人，貌似是支小型新奥尔良爵士乐队，无视护士们的阻拦，更不在乎穿着病号服的病人及其家属的瞪视，沿医院走廊向这边而来。乐队里有萨克斯管，还有大号和喇叭。一个身材魁梧的汉子，脖子上夹着把低音提琴。还有个人正敲打一面低音鼓。头前引路的男人身穿漂亮的花格套装，戴着绿色软呢帽和柠檬黄手套，正是胖查理的父亲。他没有演奏乐器，但却在医院的抛光油毡上跳着软底鞋踢踏舞，还向周围的所有医护人员一一脱帽致意，同每个走上来想跟他说话或是抱怨的人握手。

胖查理咬着嘴唇，暗暗向诸天神明祈祷，希望脚下出现一条地缝把他吞进去，要不然就让他经受一次短暂、仁慈、绝对致命的心脏病发作。但幸运之神并未降临。他还是站在这个世界上，管弦乐队步步进逼，他父亲仍在跳舞、握手和微笑。

如果世上还有公正可言，胖查理想，老爹就会沿着通道走下去，从我们面前径直而过，进入泌尿生殖区。但这世界本无公正，他父亲在肿瘤病房前停住脚步。

"胖查理，"他的声音很大，足以让这病房——这层楼——这医院里的所有人明白，他是胖查理的熟人，"胖查理，让让路。你爸来了。"

胖查理让开了。

乐队在他父亲的带领下，在病房中拐来拐去，走到他母亲的病床前。妈妈看着他们，脸上露出微笑。

"《黄鹂鸟》，"她有气无力地说，"我最喜欢的歌。"

"我要是连这事儿都不记得，那还算人吗？"胖查理的父亲说道。

她缓缓摇头，伸出手来，捏了捏老头戴着柠檬黄手套的手。

"抱歉，"一个拿笔记板的白衣小护士说，"您认识这些人吗？"

"不，"胖查理只觉脸上发烧，"不认识。完全不认识。"

"但那是您的母亲，对吗？"女人的目光如蛇怪般锐利，"我必须请您让这些人马上离开，不要再引起任何骚动。"

胖查理嘀咕了几句。

"什么？"

"我是说，我百分之百肯定，他们根本不会听我的。"胖查理说。他正觉得事态不可能变得更糟时，却看到父亲接过鼓手递来的塑料手提袋，从里面掏出一罐罐棕啤酒，传给乐队成员、医护人员和在场的病人，然后又点起一支方头雪茄。

"抱歉。"拿笔记板的护士看到雪茄，像一枚飞毛腿导弹似的冲向胖查理的父亲。

胖查理趁此机会拔腿就走。这似乎是当时的最佳选择。

那天晚上他坐在家里，等待电话铃或是门铃响起，心情差不多就像一个人跪在断头台前等待铡刀亲吻自己的颈项。然而，门铃一直没响。

他几乎一夜没睡，第二天下午做好了最坏的心理准备，偷偷溜进医院。

他妈妈躺在病床上，看起来比过去几个月安逸得多，快活得多。"他回去了，"她看到胖查理进来时，对他说，"他不能久留。查理，我真希望你没有提前离开。我们后来在这儿开了个派对，重温过去的好时光。"

胖查理想不出还有什么事会比在癌症病房里参加他父亲用一支爵士乐队鼓捣出来的派对更糟。他什么都没说。

"他不是个坏人，"胖查理的母亲眼中绽放出一丝光芒，接着又皱了皱眉，"哦，这话不完全对。他肯定不算个好人。但他昨晚确实让我很快活。"她笑了，笑得很开心。在这一瞬间中，他妈妈看起来年轻了许多。

拿笔记板的护士站在门口，冲他钩了钩手指。胖查理快步向她走去，离得老远就开始道歉。但他靠近后发现护士的表情已经不再像得了胃痉挛的美杜莎。现在她看起来像只快活的小猫咪。"您父亲。"她说。

"对不起。"胖查理接口道。从小到大，只要有人提起父亲，他总是这么说。

"不不不，"前美杜莎说，"没必要道歉。我只是想问一下您父亲的事。以防日后需要联系他——我们的档案里没有他的电话号码和通信地址。我本该昨天晚上就问清楚的，结果却忘了个一干二净。"

"我想他没有什么电话号码，"胖查理说，"想要找他，最好是到佛罗里达去，沿AIA高速公路行驶，这条海岸公路途经佛罗里达东部大部分地区。下午你会发现他在某座桥上钓鱼，晚上他肯定在酒吧。"

"他可真有魅力，"护士憧憬地说，"他是做什么的？"

"这么跟你说吧，他常说这是闲逛和钓鱼的神迹。"

护士面无表情地盯着他，胖查理觉得很蠢。他爸爸说起这话，人们都会笑个没完。"呃，就像《圣经》里说的。面包和鱼的神迹。我爹总是说他在闲晃和钓鱼，还能赚到钱简直就是神迹。这是个笑话[1]。"

护士显出迷惘的神情。"对，他讲过些最好玩的笑话。"她说完咂了下舌头，换为公事公办的口吻，"好吧，请您五点半再过来一趟。"

"为什么？"

"来接您母亲，还有她的东西。约翰逊医生没跟您说吗？我们已经批准她出院了。"

"你们要把她送回家？"

"对，南希先生。"

"那……那癌症呢？"

"似乎是一次误诊。"

胖查理无法理解那怎么可能是误诊。上周他们还说要把他母亲送到临终护理院去。医生用了"时日无多""在我们等待那不可避免的

---

1 英文中"闲晃"和"面包"是同一个词。

结局时，尽量让她舒适些"，诸如此类的词句。

无论如何，胖查理五点半回到医院接他妈妈。老太太听说自己身体健康，似乎一点儿都不吃惊。回家的路上，她对胖查理说，她要用这辈子的积蓄进行环球旅行。

"医生们曾说我只剩三个月好活，"她说，"我那时就在想，如果还能离开医院病床，那一定要去看看巴黎、罗马之类的地方。我要回巴巴多斯岛，还有圣安德鲁斯。也许再去一次非洲。还有中国，我喜欢中国菜。"

胖查理不知道到底出了什么事，但无论发生了什么，都要怪他父亲。后来他拎着一个大行李箱，陪母亲前往希思罗机场，在国际航班通道门口和她挥手道别。老太太手里攥着护照和机票，脸上笑容灿烂，胖查理觉得她现在的样子比过去年轻了许多。

母亲经常给他寄明信片，从巴黎，从罗马，从雅典，还有开普敦和尼日利亚首都拉多斯。从南京寄来的明信片上写道，她一点儿也不喜欢中国那些所谓的中国菜，还说她巴不得赶快回伦敦来，好好吃一顿地道的中餐。

他母亲是在睡梦中去世的。当时她住在威廉斯镇的一座酒店里，那是加勒比海圣安德鲁斯岛上的一座小镇。

葬礼在南伦敦火葬场举行，胖查理时刻准备着见到他的父亲。也许这老头会领一支爵士乐队进来，要不就是头前带路走过礼堂通道，身后跟着个小丑剧团或是半打抽雪茄骑三轮车的黑猩猩。就连告别仪式中，胖查理都在不时回头，朝礼拜堂门口张望。但他父亲没有出现，到场的只有母亲的朋友和几个远亲，大都是些头顶黑帽子的胖女人，不停擤鼻子、擦眼睛、晃脑袋。

按钮被按下，最后一段圣歌响起，胖查理的母亲被传送带送往最后的终点。正当此时，他注意到一个和自己年龄相仿的男人坐在礼拜堂后面。显然不是他父亲。胖查理不认识这个人，要不是他一直在寻找自己的父亲，也许根本不会注意到此人正坐在后方阴影中……这个身穿典雅黑西服的陌生人坐在那里，双手交握，眼帘低垂。

胖查理又多看了两眼，陌生人发现了他，冲他挤出一丝沉郁的微笑——正是那种表示他们正分享悲痛心情的笑容。你不太可能在陌生人脸上看到这个表情，但胖查理还是想不起来此人是谁。他转过脸望向教堂正面。人们唱起《心爱的马车，请轻轻地驶》，胖查理知道母亲一直不喜欢这首歌。接着怀特牧师邀请众人到查理的姑姥姥家去吃些东西。

出现在艾伦娜姑姥姥家里的人，查理全都认识。母亲死后的这些年来，他时常想起那个陌生人，想知道他是谁，为什么出现在那里。有时胖查理觉得这个人也许是自己想象出来的……

"好吧，"罗茜喝干杯中的夏敦埃酒，"你给希戈勒夫人打电话，把我的手机号码给她。然后告诉她婚礼的事，还有具体日期……话说回来，你觉得咱们是不是也该邀请她？"

"想请就请喽，"胖查理说，"但我觉得她不一定会来。她是我们家的老朋友，差不多从中世纪起就认识我爸了。"

"好吧，那就试探一下。看看我们要不要给她寄一封请柬。"

罗茜是个好人。她继承了一点儿圣方济各[1]的精华，还有点罗宾汉，有点佛陀，有点好女巫葛琳达[2]。一想到可以让自己的真爱跟关系疏远的父亲和好，罗茜就觉得即将到来的婚礼有了全新的意义。它不

---

1 圣方济各生于1182年意大利亚西西，卒于1226年10月3日。他是动物、商人、天主教会运动以及自然环境的守护圣人。他成立了方济会，又称"小兄弟会"。
2 《绿野仙踪》中的角色。

再是普普通通的婚礼，而是人道主义任务。胖查理很了解罗茜，知道永远也不要挡在自己的未婚妻和她行善的愿望之间。

"我明天会给希戈勒夫人打电话。"他说。

"我跟你说，"罗茜皱着鼻子，眉宇间形成了一道可爱的纹路，"今晚就给她打。毕竟在美国，现在时间还不太晚。"

胖查理点点头。他们一起走出酒吧，罗茜脚步轻快跃动，胖查理则像个走向绞架的犯人。他告诫自己别犯傻。没准希戈勒夫人已经搬了家，或者电话根本不通。这是有可能的。一切皆有可能。

他们来到胖查理的住宅，麦克斯韦花园一座小房子的二楼，位置就在布里克斯顿路附近。

"佛罗里达现在是什么时间？"罗茜问。

"下午四五点吧。"胖查理说。

"哦，那就打吧。"

"也许我们应该再等一会儿，没准儿她出去了。"

"也许我们应该现在就打，在她吃晚餐之前。"

胖查理翻出旧地址簿，字母H后面夹着一个信封，上面有他妈妈的笔迹，写着一串电话号码，再往下是一个名字：卡莉亚娜·希戈勒。

电话铃响了很久。

"她不在家。"胖查理对罗茜说。正当此时，电话接通了，一个女人的声音说："喂？你是谁？"

"呃，是希戈勒夫人吗？"

"你是谁？"希戈勒夫人问，"如果你是某个该死的电话推销员，就马上把我从你的名单中去掉，不然我就去起诉。我知道自己的权利。"

"不。是我，查尔斯·南希。当年就住在您隔壁。"

"胖查理？真是太巧了。整个上午，我一直在找你的电话号码。我把家里翻了个底朝天，就为了找它，结果连个影子都没有。我记得把它记在过去的账本上了。我把这地方翻得底朝天啊！然后我对自己说，卡莉亚娜，祷告的时候到了，希望天主能听到你的祈求，审视你的权利。所以我就跪下来，好吧，我的膝盖没过去那么好了，所以我就把双手握在一起，但还是找不到你的号码。结果你倒给我打来了，从某个角度来说这样更好。特别是我现在不挣钱了，很难负担国际长途的费用，即便是为这种事。不过在这种情况下，我肯定还是会给你打的，别担心……"

她突然停住话头，可能是在换气，也可能正从那始终不离左手的超大号杯子里喝一口滚烫的咖啡。趁着短暂的空隙，胖查理说："我想请父亲来参加我的婚礼。我要结婚了。"电话对面寂静无声，"虽说要到年底才办。"依旧寂静，"她叫罗茜。"胖查理补充了一句。他开始怀疑电话是不是断了，跟希戈勒夫人交谈通常会呈现一边倒的态势，她总是抢你的话头，替你把话说完。可现在他居然说了三件事都没被打断。胖查理决定提出第四件。"如果您想来的话，也可以参加。"他说。

"天哪，天哪，天哪，"希戈勒夫人说，"没人告诉你吗？"

"告诉我什么？"

希戈勒夫人告诉了他，原原本本，详详细细。胖查理站在那里，一言不发。等希戈勒夫人讲完后，他说："谢谢您，希戈勒夫人。"他在一张纸片上写了几笔，然后又说，"谢谢。不，真的，谢谢。"然后他挂上电话。

"怎么样？"罗茜问道，"拿到电话号码了吗？"

胖查理说："老爹不会来参加婚礼了，"他接着又说，"我得去一趟佛罗里达。"他语气平静，不带任何感情，就好像在说"我得去买本新的支票簿"。

"什么时候？"

"明天。"

"为什么？"

"参加葬礼。我老爹的。他死了。"

"哦。我很难过。我真的很难过。"罗茜伸手揽过他，轻轻抱住。胖查理站在她的怀抱中，就像个橱窗里的假人。"怎么会这样，他……他生病了吗？"

胖查理摇摇头。"我不想谈这件事。"他说。

罗茜使劲抱了他一下，然后同情地点点头，才把他放开。她以为胖查理此刻过于悲痛，没法谈论这件事。

其实不然。根本不是这么回事。他只是觉得太难堪了。

这世上肯定有十万种高尚的死法。比如说从桥上跳进河里去救溺水儿童，或者单枪匹马与歹徒搏斗结果被一阵弹雨撂倒。这都是绝对高尚的死法。

说实话，这世上还有些不太高尚，但也不算糟糕的死法。比如说人体自燃。尽管难以作出科学解释，但还是有些人执著于这种突然冒起青烟，转瞬化为乌有，只留下一只烧焦的手，还拿着没抽完的香烟的死法。胖查理曾在一本杂志上读到过相关文章，他父亲要是选择这种方式离开，那他一点儿都不介意。哪怕是在路上狂奔，追赶偷走他啤酒钱的小贼，结果心脏病突然发作也无所谓啊。

但胖查理的父亲是这么走的。

他早早来到酒吧，唱了首《猫咪最近怎么样》作为卡拉OK晚会开场曲。他热情洋溢地放声高歌，根据当时并不在场的希戈勒夫人说，要是原唱者汤姆·琼斯来上这么一曲，身上就会挂满女士们抛来的内衣。这首歌为胖查理的爸爸赢得了一杯免费啤酒，和几个密歇根州来的金发游客的殷勤厚爱。这些人觉得他爸爸是她们见过的最可人的家伙。

"这是她们的错，"希戈勒夫人在电话对面苦涩地说，"她们在挑唆他！"她们指的是那些把身子挤进抹胸小背心的女人，皮肤都是晒多了太阳的红褐色，而且年岁小得足可以做他女儿。

所以转眼间，他就坐到了这群女孩桌边，抽着方头雪茄，赤裸裸地暗示说战争期间自己是军方谍报员——不过他很小心地隐去了具体是哪场战争。他还说自己可以赤手空拳用十几种方法干掉敌人，连滴汗都不流。

他带着胸脯最大头发最漂亮的女郎，绕着舞池跳起某种快速旋转的舞步，与此同时她的一位朋友在台上用颤声唱出《午夜陌生人》。虽说那个游客身材比他还高些，老头的笑脸也就与她胸脯平齐，但他似乎过得很快活。

跳完一曲后，他宣布又轮到自己演唱了。说起胖查理的父亲，有一件事确定无疑，那就是他体内充盈的情欲。所以他冲酒吧里的人，特别是冲坐在舞台下面那张桌旁的金发女郎，唱起《我就是我》。他用全副身心来歌唱，竭尽全力向众人倾诉，就好像如果他不能让所有人相信他就是他，那么活这一辈子就毫无意义。接着他突然做了个怪相，一只手按在胸口，另一只手向前探去，慢慢倒下，那份优雅与舒缓都达到了人类摔倒时所能达到的极致。他从简易舞台上倒向胸脯最大的度假女郎，又从她身上倒向地面。

"这是他梦寐以求的死法。"希戈勒夫人叹道。

她随后告诉查理，他父亲保持着最后的手势，向前倒去，正好抓住某个东西，而这东西正是金发游客的抹胸小背心。所以一开始人们以为他只是在欲望的驱使下，瞄准了这位女士的胸脯从台上跳了下来。因为她就坐在那里，惊声尖叫，乳房瞪视全场。《我还是我》的音乐仍在演奏，只是已经没人歌唱。

等旁观者们意识到事实真相时，全场静了足有两分钟。胖查理的父亲被抬出去，送进一辆救护车，而那位金发游客还在女士洗手间里歇斯底里。

那对乳房盘踞在胖查理的脑海中挥之不去。他觉得它们始终以谴责的目光瞪视着他，就像那种油画里的眼睛，怎么躲都躲不开。他老是想跟那一屋子的陌生人道歉。胖查理很清楚自己的父亲会把这件事当成个大乐子，而这份认知只会加剧他的羞耻。为某些你根本不在场的事情难堪，感觉会比在场更糟：你的意识会翻来覆去回顾此事，从每个侧面进行探究，不断添油加醋。好吧，也许你的意识不会这么做，但胖查理确实如此。

通常，胖查理会先从牙齿中体会到难堪，然后是他的心窝。如果电视屏幕上似乎就要出现某种可能让人难堪的画面，他就会跳起来把电视关上。若是没法这么做，比如家里还有其他人，那他会找个借口离开房间，等到难堪时刻肯定已经结束后再回来。

胖查理住在南伦敦。他十岁搬到这里时，带着一口美国腔，被孩子们无情嘲笑。他费了很大力气纠正口音，最终消除了绵软的辅音和丰富的卷舌音，也学会了"不是吗？"在英国俚语中的正确用法和位置。十六岁时，他终于彻底摆脱自己的美国腔，可同学们却忽然发现，他们急需让自己的口音听起来像是在道上混的小流氓。没过多久，除了胖查理以外的所有人，说起话来都变成了胖查理刚来英国时的样子。只不过他从没在外面说过那些字眼儿，否则妈妈就会赏他个大耳光。

全都是声音的问题。

父亲这种死法引发的羞耻感渐渐退去后，胖查理只觉得空虚。

"我再没有家人了。"他对罗茜说，几乎像是在使性子。

"你还有我，"罗茜说，胖查理微笑起来，"而且还有我妈妈。"她补充道。这句话让微笑戛然而止。罗茜吻了吻他的面庞。

"你今晚可以留在这儿，"胖查理建议道，"安慰安慰我，仅此而已。"

"我可以，"罗茜说，"但我不想这样做。"

罗茜坚持在婚前不和胖查理睡觉。她说自己已经下定决心，而且早在十五岁就决定了。她那时倒不认识胖查理，不过决定就是决定。所以罗茜又给了他一个拥抱，大大的拥抱。她说了句"知道吗，你应该跟你爸爸和好"，随后便回家去了。

胖查理一晚上辗转反侧，睡上一会儿，醒过来胡思乱想一阵，然后再睡一会儿。

日出时他就起了床。等到上班时间，他会给自己的旅行代办人打电话，问一下到佛罗里达参加葬礼所需的费用。他还要给格雷厄姆·科茨事务所打个电话，告诉他们由于亲人过世，他需要请几天假。是的，他知道这要从病假和年假里扣除。但此时此刻，他满足于世界的宁静安详。

他经过走廊，来到里屋的空闲小房间，望着楼下的花园。黎明的合唱已然开场，他看到几只黑鸟，还有些低低掠过的小麻雀，附近一棵大树的枝条上站着一只胸口有斑点的画眉。胖查理觉得，有鸟儿在黎明歌唱的世界，肯定是个正常的世界、理性的世界、他乐意融入其中的世界。

几天后，当鸟群变得惊悚骇人时，胖查理仍把这个黎明视作某种美妙惬意的体验，同时也把它看成一切的开端。这还是在疯狂之前，恐惧之前。

第二章

葬礼之后

胖查理气喘吁吁地在纪念憩园里奔跑，眯着眼睛遮蔽佛罗里达的阳光。汗渍以腋窝和胸口为起点，慢慢在衣服上扩张。他一路小跑，汗水顺着脸颊止不住地往下淌。

　　纪念憩园看起来确实像个花园，只不过是个非常非常怪异的花园。园中所有花朵都是人造的，在地面金属板上的金属花瓶中竞相生长。胖查理跑过一个牌子，上面写着"为所有值得尊敬的退伍老兵提供免费墓地"。他还跑过一片儿童区，草坪上的人造花朵中间，点缀着各种颜色的风车，和许多湿透了的蓝色和粉色泰迪熊。还有个破破烂烂的小熊维尼，扬起憔悴面孔注视蓝天。

　　胖查理看到出殡的人群，他调整方向，找到一条可以跑过去的路线。大概有三十几个人站在墓穴周围，可能更多。女人们都穿着黑色裙服，黑色宽边帽上缀着黑蕾丝，如同巨大的花朵。男人们和他一样西装革履，只是没有汗渍。孩子们表情肃穆庄严。胖查理把脚步放慢到恭谨的程度，试图保持快步前进，但又不想让别人注意到他确实是在快步前进。他就这样来到悼念者的队伍中，意图在不引人注意的情况下挤到队伍前列。不过考虑到他现在喘得像头要对付一连串楼梯的海象，汗水滴滴答答流个不停，还踩到了几个人的脚，这种意图最终彻底破产。

人们投来异样的目光，胖查理假装没有看到。所有人都在唱一首胖查理没听过的歌。他随着曲调摇头晃脑，装出一副唱歌的样子，嘴唇翕动，看起来就像是随着大家低声歌唱，或是小声嘟囔着一段祷词，又或是单纯的无规则嘴唇运动。他趁此机会低头看了一眼棺材，很欣慰地发现它已经盖好。

这口棺材是个好东西，材质像是特别加固的重型钢板，颜色深灰。胖查理暗想，等到世界光辉再生时，等大天使加百列吹响威力无边的号角时，唤醒死者走出自己的棺木时，他父亲就会被困在坟墓中，徒劳无功地捶打着棺材盖，希望陪葬品里能有根撬棍，当然最好是气焊喷枪。

一阵韵律深沉的哈利路亚最终消散。在随之而来的寂静中，胖查理听到有人在纪念憩园的另一端高声喊叫，与他进来的地方相去不远。

牧师说："好了，有人想和大家分享一下他对死者的追思吗？"

从离坟墓最近的那些脸孔上的表情来看，有几个人显然准备说点什么。但胖查理知道机不可失，时不再来。知道吗，你应该跟你爸爸和好。好吧。

他深吸口气，向前迈出一步，站到墓穴边缘，开口说道："呃。抱歉。是的。我想我有些话要说。"

远处的喊叫声越来越响。有几个人回过头，向声音传来的方向瞥去。其余的人都看着胖查理。

"我跟父亲算不上亲近，"胖查理说，"估计我俩只是不清楚该如何相处。二十年来，我没有走进他的生活，他也不是我生活的一部分。有很多事永远无法原谅，但有一天你突然发现自己已经没有亲人。"他用手背抹了一下额头，"在我这一生中，从没说过'我爱你，老爹'之类的话。你们每个人可能都比我更了解他。有些人也许还爱过他。你们是他生活的一部分，而我不是。所以我并不在意让你们听我说这句话。这是二十年来我第一次说起。"他低头看着坚不可摧的棺盖，"我爱你，"他说，"但我永远不能原谅你。"

喊叫声更大了。在胖查理结束陈词后的寂静中，它够响也够清晰。所有人都能听出从纪念憩园对面滚滚而来的字句。"胖查理！你别再骚扰那些人，马上给我滚到这边来！"

胖查理注视着陌生面孔的海洋，他们的表情中正在酝酿的震惊、困惑、愤怒和恐惧，已经达到了顶点。他察觉到真相，只觉耳根发烧。

"呃。抱歉。搞错葬礼了。"他说。

一个耳朵很大，嘴咧得更大的小男孩骄傲地说："这是我奶奶。"

胖查理挤出人群，嘀咕着一连串不知所谓的道歉，希望世界就此终结。他清楚这不是父亲的错，但也清楚父亲会乐得合不拢嘴。

小路上站着一位大块头的妇人，一头灰发，一脸怒容，双手叉在腰上。胖查理向她走去，感觉就像在越雷区。他又变成了九岁的小男孩，而且是惹了祸的男孩。

"你没听见我在喊吗？"她问，"你直接从我面前跑了过去。真给你自己丢脸！"她说起"丢脸"这个词，带有浓重的美国南部口音，"往这边走，"她说，"你错过了下葬仪式，还有一切的一切。不过这里有一锹土在等着你。"

过去二十多年来，希戈勒夫人几乎一点儿没变，只是胖了些，头发又灰了几分。她抿着嘴，领着胖查理走下纪念憩园众多小径中的一条。胖查理估计自己给她留下的第一印象，实在算不上最佳。希戈勒夫人头前带路，胖查理则在羞耻中跟随。

一只蜥蜴在憩园的金属围栏上快速移动，然后停在一根尖柱顶端，吐着舌头品味佛罗里达浓重的空气。太阳躲进云彩后面，午后的温度却变得更高了。那只蜥蜴把脖子鼓成了一个鲜艳的橙色气球。

他从两只长腿鹤鸟面前走过，起初还以为是草坪上的装饰物。它们抬头注视着他，其中一只低下头，再度扬起时嘴里叼着一只青蛙。它开始做出一系列吞咽动作，试图把不断踢腾扭摆的青蛙吞下肚。

"快来，"希戈勒夫人说，"别磨蹭。错过你父亲的葬礼就够糟的了。"

胖查理压抑住抱怨的冲动：诸如他今天已经飞了四千英里，租了辆车从奥兰多一路开到这里，结果还下错了高速路出口。另外把纪念憩园塞在市镇最外围一座沃尔玛超市后面到底是谁的主意？两人继续往前走，路过一座泛着福尔马林气味的巨大混凝土建筑，来到花园最远端一个敞开的墓穴前。再往远看，就只剩一排高大的篱笆，篱笆外是棕榈树和各类绿色植物组成的荒地。墓穴中躺着一口朴素的木质棺椁。上面已经有几把泥土。墓穴旁边还有一堆土和一把铁锹。

希戈勒夫人捡起铁锹，递给胖查理。

"这是个很棒的葬礼，"她说，"你爸爸的几个老酒友都来了，还有我们那条街上的所有女士。他搬家以后，我们一直保持着联系。他会喜欢这个葬礼的。当然，如果你能在场，他会更高兴。"希戈勒夫人摇摇头，"好了，铲土吧。"她说，"如果你有什么告别辞要说，就趁铲土的时候说。"

"我想我只需要铲上一两锹，"他说，"表达心意。"

"我给了那人三十美元，让他离开，"希戈勒夫人说，"我跟他说死者的儿子从英国远道而来，他肯定想为父亲做点事。尽你的本分。不光是'表达心意'。"

"好的，"胖查理说，"当然。我明白。"他脱下外套，挂在栅栏上，拉开领带，从脑袋上摘下来，塞进上衣口袋。他铲了一锹黑土，扔进敞开的墓穴。佛罗里达的空气稠得像碗浓汤。

过了一会儿，天空似乎落起雨来。这是那种永远也拿不定主意，到底要不要正经下上一场的小雨。在这雨中开车，你永远吃不准该不该打开雨刷。在这雨中站立，在这雨中铲土，你只会出更多汗，感觉更潮湿，更难受。胖查理继续铲土。希戈勒夫人站在一边，胳膊抱在超大号的胸脯前，看着他填满墓坑。似下非下的细雨溻湿了她的黑裙服，还有那顶插着一朵丝质黑玫瑰的草帽。

土变成了泥，如果说有所变化，那就是更沉了。

时间似乎过了一辈子之久，而且是很不舒服的一辈子，胖查理终于拍实最后一锹土。

希戈勒夫人向他走来，顺手从栅栏上取下外套递给他。

"你浑身上下都湿透了，又是汗，又是泥，不过你到底是长大了。欢迎回家，胖查理。"她说着露出微笑，伸手把查理抱在她巨大的胸脯上。

"我没哭。"胖查理说。

"什么都别说了。"希戈勒夫人说。

"我脸上的只是雨水。"胖查理说。

希戈勒夫人没再搭话，只是抱着他，前后摇晃。过了一阵，胖查理说："好了，我现在感觉好多了。"

"我在家里准备了食物，"希戈勒夫人说，"得把你喂饱才行。"

胖查理在停车场把鞋上的泥巴擦掉，然后坐进租来的灰色轿车，跟在希戈勒夫人的栗色旅行车后面，沿着二十年前还不存在的一条条街道行驶。希戈勒夫人开起车来，就像个刚刚发现自己急切迫切以及恳切需要来上一杯咖啡的女人。此刻，她生命中的首要任务就是把车开得尽可能快，然后咖啡喝得尽可能多。胖查理跟在她后面，尽力不被甩开，从一个红绿灯飞驰到另一个红绿灯，同时试图搞清楚他们所处的大概位置。

两辆车拐进一条街道后，胖查理发现自己认出了这条街，一种不断积聚的忧虑感也随之诞生。这正是他小时候住过的街道。就连路边的房子看起来都没什么变化，只是大部分人家的前院外，都装上了模样骇人的铁丝网栅栏。

希戈勒夫人房子门口已经停了几辆车。胖查理把车停在一辆老旧的灰色福特后面。希戈勒夫人走到前门，用钥匙把门打开。

胖查理低头看了看自己又是泥又是汗的惨象。"我不能这个样子进去。"他说。

"我见过更糟的。"希戈勒夫人不屑地说，"我跟你说，你现在就进去，直接走到浴室。你可以洗洗脸洗洗手，顺便把身上弄干净。等你收拾好了，就来厨房找我们。"

胖查理走进浴室。这里的一切都有股茉莉清香。他脱掉沾满泥巴的衬衫，用茉莉香型的肥皂，在一个小水池中洗了洗脸和手，然后拿过一块毛巾，擦了擦胸口，又把西服裤子上最脏的部分抹净。他看了看衬衫，这件衣服早晨穿上时还是白的，但现在已经变成脏兮兮的棕褐色。胖查理决定不再穿它，旅行包里还有几件衬衫，而包放在车子后座上。他可以从后门溜出去，换上干净衣服，然后再去见厨房里的人们。

他拧开浴室的锁，把门打开。

四位老妇人就站在走廊里，目不转睛地注视着他。胖查理认识她们，认识她们所有人。

"你这又是在干吗？"希戈勒夫人问。

"换衬衫，"胖查理说，"衬衫在车里。对。回来。马上。"

他把头高高仰起，大步通过走廊，出了前门。

"他说的是哪国话？"小个子邓威迪夫人在他背后大声说道。

"这可不是你们每天都能见到的景色。"巴斯塔蒙特夫人说。但这里是佛罗里达黄金海岸，如果说有什么景色是每天都能见到的，那就是光膀子的男人了——虽说他们多半不穿脏兮兮的西服裤。

胖查理在车里换好衬衣，走回屋子。四位老妇人都在厨房里，卖力地收拾着一大堆特百惠塑料保鲜容器，它们似乎不久前还盛过很多各色各样的食品。

希戈勒夫人比巴斯塔蒙特夫人老，她们都比诺尔斯小姐老，但所有人都不如邓威迪夫人老。邓威迪夫人年纪老，看起来也老。估计有些地质学年代都不如邓威迪夫人年纪大。

小时候，胖查理常常想象这样的画面。邓威迪夫人站在赤道非洲，从她那对厚眼镜后面不以为然地瞥着新近出现的直立人。"离我的前院远点，"她会这样对刚刚完成进化，情绪还很紧张的能人[1]说，"不然我就赏你大耳光，我跟你说。"邓威迪夫人闻起来有股紫罗兰香水味，而在紫罗兰之下则是很老很老的老女人味儿。她是个足以睥睨风暴的小老太太。胖查理二十年前曾经尾随一个乱跑的网球闯进她的院子，打碎了一件草坪饰品，结果被她吓个半死。

此时此刻，邓威迪夫人正用手从一个特百惠小碗里，捏着咖喱羊

---

1 一个已灭绝的人种，被认为是现代人类的祖先，和最早使用工具的人这一人种存在于50万至200万年前。

肉吃。"浪费了多可惜。"她说着把几小块羊骨头扔进一个瓷盘。

"你也该吃饭了吧,胖查理?"诺尔斯小姐问。

"我不饿,"胖查理说,"真的。"

四双眼睛从四对眼镜后面辐射出责备的目光。"伤心的时候再挨饿可没什么好处。"邓威迪夫人舔舔手指,又捏起一块褐色肥羊肉。

"不。我只是不饿。仅此而已。"

"痛苦会让你瘦得皮包骨头。"诺尔斯小姐带着沉郁的口吻说。

"我想不会。"

"我会给你准备一盘食物,放到那边的桌子上,"希戈勒夫人说,"你现在就给我过去坐下。我不想再听你多说一个字儿。每种食物都剩了不少,这你不用操心。"

胖查理坐到她所指的位子上,转瞬之间面前就出现了一个盘子,里面的食物堆得像座小山。焖豆子、焖米饭、甜土豆布丁、猪肉干、咖喱羊肉、咖喱鸡、炸大蕉,还有一份盐渍牛蹄。胖查理一口都没吃,就已经觉得胃疼了。

"其他人呢?"他说。

"你父亲的酒友们都去喝酒了。他们准备到某座桥上举行纪念钓鱼活动,作为对他的纪念。"希戈勒夫人把水桶大小的旅行杯中剩下的咖啡倒进水槽,将一壶刚煮开的热气腾腾的新咖啡灌了进去。

邓威迪夫人用紫色小舌头把手指舔净,拖着脚蹭到胖查理的座位旁,他盘子里的食物还一点儿都没动。胖查理小时候坚信邓威迪夫人是个女巫。不是好女巫,更像是那种恶巫婆,孩子们必须把她推进烤炉才有机会逃掉[1]。胖查理已经有二十多年没见过邓威迪夫人了,但他

---

1 《格林童话:亨舍尔和格莱特》中的情节。

现在还是不得不压制住惊声尖叫，以及钻进桌子底下去的冲动。

"我这辈子，"邓威迪夫人说，"见过很多人过世。等你年纪大了也会看到的。所有人都会死，只是时间早晚。"她顿了顿，"不过，我从没想过这事也会发生在你父亲身上。"她说着摇了摇头。

"他是个什么样的人？"胖查理说，"他年轻的时候？"

邓威迪夫人噘着嘴，透过很厚很厚的眼镜盯着他看了一会儿，然后摇摇头。"那是我这辈子之前的事了，"她就说了这么一句，"快吃你的牛蹄吧。"

胖查理叹了口气，开始吃东西。

下午晚些时候，屋里只剩他们两个人。

"你今晚准备睡在哪儿？"希戈勒夫人问。

"我想我会去找一家汽车旅馆。"胖查理说。

"在我家就有间上好客房的情况下？而且不远处还有一所上好的住宅？你一眼都没看过呢。要我说，你父亲肯定希望你住在那里。"

"我习惯一个人住。而且也不想睡在我父亲家里。"

"好吧，反正浪费的也不是我的钱，"希戈勒夫人说，"但你总要决定如何处理你父亲的房子，还有他那些东西。"

"我不在乎，"胖查理说，"我们可以搞个旧货甩卖。把它们弄到eBay上，或者扔进垃圾场。"

"你这是什么态度？"希戈勒夫人从一个餐柜抽屉里翻出一枚系着纸签的门钥匙，"他搬走时，给了我一把富余的钥匙，"她说，"以防他把自己的钥匙丢了，或者锁在屋里，诸如此类的情况吧。他过去常说，要不是脑袋连在脖子上，他会把脑袋也丢了。你父亲把隔壁的房子卖掉时对我说，别担心，卡莉亚娜，我不会走远的。从我记事时起他就住在隔壁，可现在觉得那房子太大了，需要换一所……"希戈勒夫人一边说，一边领着查理走到路边，用她那辆栗色旅行车带他驶过几条街，最终来到一所单层木屋前。

她打开前门，两人走了进去。

屋里的味道很熟悉。淡淡的甜味，仿佛上次有人使用厨房时，做的是巧克力小甜饼，不过那也是很久以前的事了。屋里很热。希戈勒夫人把他领进一间很小的起居室，打开窗式空调。它发出轰鸣，开始摇晃，散播着湿漉漉的牧羊犬气味，然后把热空气移走。

一张胖查理小时候就有的老沙发旁边堆着几摞书，周围有几张带镜框的照片。有张黑白的，是胖查理妈妈年轻时照的，她的秀发盘在头顶，又黑又亮，身上穿着闪亮的裙子。旁边有张胖查理的照片，大概五六岁的样子，站在一扇玻璃门边，所以一眼看去就像是有两个小小的胖查理，肩并肩站在那里，一脸严肃地从照片里盯着你。

胖查理拿起书堆最上面的那本。这书讲的是意大利建筑。

"他对建筑感兴趣？"

"是的，很着迷。"

"这我倒不知道。"

希戈勒夫人耸耸肩，抿了一口咖啡。

胖查理翻开书，看到第一页上清清楚楚写着父亲的名字，又随手把书合上。

"我从来不了解他，"胖查理说，"从没真正了解过。"

"他不是个容易了解的人，"希戈勒夫人说，"我认识他能有，嗯，差不多六十年？可我还是不了解他。"

"你肯定从他还是个小男孩时，就认识他了。"

希戈勒夫人迟疑片刻，似乎在回忆着什么，随后用非常轻柔的声音说："我还是个小姑娘时，就认识他了。"

胖查理感觉有必要换个话题，所以就指着照片里的母亲说："他这儿还有妈妈的照片。"

希戈勒夫人嘬了口咖啡。"他们在一艘船上照的，"她说，"那还是你出生之前。就是那种船，你可以在上面吃顿晚餐，然后他们就开上几海里，进入公海，开设赌局，然后再开回来。我不知道现在还有没有这些船。你妈妈说那是她第一次吃牛排。"

胖查理试着想象自己出生前父母该是个什么样子。

"他一直都是个美男子，"希戈勒夫人似乎看透了他的心思，回忆说，"从始至终。他的笑容能让女孩蜷起脚趾，而且他特别会穿衣服。所有女士都爱他。"

胖查理发问前就已经知道了答案："你也……？"

"你怎么能向受人尊敬的孀居老妇人问这种问题？"她喝着咖啡。胖查理等待着答案。她说："我吻过他。很久很久以前，在他遇见你母亲之前。他特别特别会接吻。我希望他会打电话来，会再带我去跳舞，结果他消失了。离开了多少时间，一年？两年？等他回来时，我已经嫁给希戈勒先生，他也带回了你妈妈。他是在某个小岛上遇到她的。"

"你失望吗？"

"我是已婚女人，"又是一口咖啡，"再说你也没法恨他，甚至不能生他的气。而且他看着她的眼神——该死，如果他这样看我一眼，那我死也甘心。在他们的婚礼上，我是你妈妈的伴娘，知道吗？"

"不知道。"

空调开始吹进冷风。闻起来仍旧像湿漉漉的牧羊犬味道。

胖查理问："你觉得他们幸福吗？"

"一开始，"她举起巨型保温杯，似乎想要喝上一口，但又改了主意，"一开始是的。但就连你妈妈也不能把他拴一辈子。他有很多事要做。你父亲，他是个大忙人。"

胖查理试图分辨希戈勒夫人是不是在开玩笑。他说不好。起码她没笑。

"有很多事要做？比如说？在桥上钓鱼？在走廊玩多米诺骨牌？等待别人最终发明出卡拉OK？他可不忙。我从小到大就没见他干过一天活儿。"

"你不该这么说你父亲！"

"哦，这是实话。他是个废物，是个糟糕透顶的丈夫，外加糟糕透顶的父亲。"

"这话没错！"希戈勒夫人厉声说道，"但你不能以判断人类的标准来判断他。你要记着，胖查理，你父亲是个神。"

"你是说他这人很神？"

"不。就是神。"她没有丝毫强调的意思，语气平静地就像在说"他是个糖尿病患者"或者"他是个黑人"。

胖查理想要拿这事开个玩笑，但看到希戈勒夫人双眸中的眼神，突然什么俏皮话都想不起来了。所以他只是轻声说："他不是神。神是很特别的、很玄妙的。他们会施展神迹之类的玩意儿。"

"没错，"希戈勒夫人说，"他在世时，我们不能告诉你，不过现在他走了，想来也无所谓了。"

"他不是神。他是我爸爸。"

"这又不矛盾，"她说，"这种事还是有的。"

就像在跟疯子辩论，胖查理想道。他知道自己应该马上闭嘴，但嘴巴却一意孤行。现在他的嘴在说："你看。如果我爸爸是神，那他应该有神力才对。"

"他有。当然，从来也不会用太多。他已经老了。话说回来，你以为他不工作，是靠什么过活？他一需要钱，就会去玩彩票，或者到海伦谷赌狗赌马。从来不会赢太多，引起别人注意——只要够用就行。"

胖查理这辈子什么都没赢过。半点都没有。在查理参加的各种赌局中，他买的马从来跑不出开场门，他买的队伍会被分到从没听说过的赛区，被埋葬在竞技体育的坟墓中。这种事儿如鲠在喉，让人怨怼难平。

"如果我爸爸是个神——我必须补充一句，这件事我无论如何都不会相信——那为什么我不是？我是说，你的意思是说我是神之子，对吗？"

"显然。"

"那好吧，为什么我赢不了赌马，也不会施魔法，显神迹之类的？"

希戈勒夫人不屑地说："你兄弟继承了所有神的玩意儿。"

胖查理发现自己在微笑。他长吁口气。这到底还是个笑话。

"啊。你知道，希戈勒夫人，我根本就没有兄弟。"

"你当然有。那就是你和他，那张照片里。"

尽管他很清楚那张照片照的是什么，但还是扭头瞟了一眼。希戈勒夫人彻底疯了。简直是在说胡话。"希戈勒夫人，"他用尽量轻柔的声音说，"那是我。是我小时候的照片。那是个玻璃门。我站在门边。是我，还有我的倒影。"

"那是你，也是你兄弟。"

"我从来都没有兄弟。"

"你当然有。我倒是不想他。知道吗，你一直都是两兄弟中的好孩子。他在这儿的时候，可是个惹事精。"在胖查理开口之前，她又补充了一句，"你还很小的时候，他就离开了。"

胖查理探过身去。他把自己的大手放在希戈勒夫人骨瘦如柴的手上，当然是没拿咖啡杯的那只。"这不是真的。"他说。

"劳艾拉·邓威迪把他赶走的，"她说，"他被吓坏了，但时不时还会回来一趟。只要他愿意，就能表现得魅力十足。"她说着喝完了杯中的咖啡。

"我总想要个兄弟，"胖查理说，"想要个玩伴。"

希戈勒夫人站起身。"这地方不会自己收拾干净，"她说，"我的车里有些垃圾袋。我估计咱们需要很多垃圾袋。"

"是的。"胖查理说。

那天晚上他住在汽车旅馆。到了第二天早上，胖查理找到希戈勒夫人，一起回到父亲家。两人把各种杂物扔进黑色大垃圾袋。他们把准备捐给古德维尔国际慈善机构的东西打包放好。又把胖查理准备留作纪念的物品放进一个盒子，主要是他小时候，以及他出生前的一些照片。

他们还找到一个旧箱子，样子好像是海盗的珍宝箱，里面放满了文件和旧报纸。胖查理坐在地板上浏览这些文件。希戈勒夫人从卧室走出来，手里拎着一大袋破衣服。

"这箱子是你兄弟给他的。"希戈勒夫人突然说道。这是她头一次提到前天晚上说起的那些白日梦。

"我一直希望有个兄弟。"胖查理自言自语道,但他没注意这句话说得声音太大了。希戈勒夫人说:"我已经跟你说了,你确实有个兄弟。"

"好吧,"他说,"那我该去哪儿找这位兄弟?"后来,他时常琢磨自己干吗要问这句话。是想顺着她说话?是在嘲笑她?抑或只是为了填补对话间尴尬的沉默?不管出于什么原因,反正话已出口。希戈勒夫人咬着下嘴唇,点点头。

"你应该知道。这是你的遗产。是你的血脉。"她走到胖查理跟前,钩了钩手指。胖查理弯下腰,老妇人的嘴唇贴着他的耳朵,轻声低语道:"……想找他……告诉一只……"

"什么?"

"我是说,"她用正常的音量说,"如果你想找他,就告诉一只蜘蛛。他会马上赶来。"

"告诉一只蜘蛛?"

"我就是这么说的。你以为我说这话是为了自己的健康着想?是在锻炼肺活量?你就没听说过把话告诉蜜蜂吗?我小时候住在圣安德鲁斯,那时我们家还没搬来美国。人人都知道,你可以把所有好消息都告诉蜜蜂。嗯,这件事也差不多。告诉一只蜘蛛。过去你爸爸人间蒸发时,我就是这么传话给他的。"

"……明白。"

"别这样跟我说什么'明白'。"

"哪样?"

"好像我是个不知道鱼多少钱一斤的疯老婆子。你以为我不知道哪边是上吗?"

"哦,我敢说您肯定知道。真的。"

希戈勒夫人还远没有消气。她从桌上拿起咖啡杯，抱在怀里，很是不以为然。胖查理干了件蠢事，希戈勒夫人显然是要让他彻底明白这一点。

"我没必要这么做，你很清楚，"她说，"我没必要帮你。我这么做只是因为你父亲，他很特别；也是因为你母亲，她是个好女人。我告诉你的可是大事，很重要的事。你应该好好听我说。你应该相信我。"

"我确实相信你。"胖查理尽量拿出真诚的语气。

"现在你是在哄老太婆了。"

"不，"胖查理开始撒谎，"我没有。真的没有。"他的语气中透着真心实意。胖查理现在离家几千英里，和一个处于中风边缘的疯老婆子一起，待在已故的父亲家中。只要能令她平静下来，就算说月亮其实是某种特别的热带水果都没关系——他会尽量说得让自己都信以为真。

希戈勒夫人对此嗤之以鼻。

"这就是我跟你们这些年轻人之间的问题，"她说，"因为你们在这儿的时间还不长，却以为自己什么都知道了。我这辈子忘掉的事儿，比你知道的还多。你一点儿都不了解自己的父亲，你一点儿都不了解自己的家族。我跟你说你父亲是一位神，你甚至都不问问是什么神？"

胖查理努力回忆起一些神祇的名字。"宙斯？"他试探着说。

希戈勒夫人发出一个怪声，听起来就像个压住沸水的罐子。胖查理百分之百确定宙斯是错误答案。"丘比特？"

她又发出一个怪声，以咕哝开头笑声结尾。"我能想象你父亲浑身上下除了几片毛茸茸的尿布什么都不穿，手里拿着一张大弓和箭的样子。"她又咯咯笑了几声，然后喝了些咖啡。

"在他还是神祇的时候，"她对胖查理说，"那时，人们叫他安纳西。"

也许你知道几个安纳西的故事。也许在这个广阔的世界上，所有人都知道几个安纳西故事。

安纳西是只蜘蛛。那时的世界还很年轻，所有故事都是头一次被讲起。他老是给自己惹上麻烦，也习惯了让自己摆脱麻烦。那个黑宝贝和兔弟弟[1]的故事？一开始就是安纳西的故事。有些人以为他是只兔子。那是他们搞错了。安纳西不是兔子，他是蜘蛛。

安纳西的故事可以追溯到很早以前，当时人们刚开始给彼此讲故事。那是在非洲，万物初生之时，甚至比人们在岩洞里画狮子和熊的年代还早，那时人们就开始讲故事了。有关猴子、狮子和野牛的故事。有关大梦的故事。人们总有讲故事的倾向。他们就这样理解周围的世界。所有会跑、会爬、会荡、会蛇行的东西，都会进入那些故事。而不同部落的人们，会崇拜不同的生物。

从那时候起，狮子就是百兽之王，瞪羚的腿是最快的，猴子是最蠢的，而老虎是最可怕的。但人们想听的不是它们的故事。

安纳西把自己的名字赋予故事。所有故事就变成安纳西的了。在故事变成安纳西的之前，它们曾有段时间属于老虎（岛民们管所有大猫都叫老虎）。那时的传说黑暗邪恶，充满痛苦，全都没有光明的结

1　源自西非的民间故事，后来成为家喻户晓的迪士尼角色。

局。但那是很久很久以前的事了。如今，所有故事都属于安纳西。

既然我们刚刚经历了一场葬礼，就让我给你讲个安纳西的故事吧，当时他奶奶刚刚过世。（别担心。她的年纪已经很大了，而且是在睡梦中离开。没什么大不了的。）她死的地方离家很远，所以安纳西带着自己的手推车越过整个小岛，找到奶奶的尸首，放到小车里，推着它往家走。他准备把奶奶埋在他那座茅屋后面的菩提树下。

整个上午他都推着祖母的灵车，最终来到了一座小镇，他想应该来点威士忌。这镇上有个商店，什么东西都卖，店主的性子很急。安纳西走进商店，喝了几杯威士忌，然后又喝了几杯后，他心想应该跟这家伙开个玩笑，所以对店主说，请给我奶奶送点威士忌吧，她就睡在外面的小车里。你可能得把她叫醒，因为她睡觉很沉。

这个店主拿了瓶酒，走到小车旁，对车里的老太太说："嗨，这是你的威士忌。"但这位老妇人一句话都不说。店主越来越生气，因为他就是这么个急性子的人。他说，起来，老太婆，起来喝你的威士忌，但老妇人还是不说话。接着她做了一件死人在大热天偶尔会做的事。她很大声地冒了股气。结果这位店主被气得要死，就打了她一下，然后又是一下，在他打第三下时，老太婆从手推车滚到了地上。

安纳西跑出商店，先是一哭，又是一号，然后就没完没了地叫。他还说，我奶奶啊，她就这么死了，看看你都干了些什么！杀人犯！大坏蛋！店主连忙对安纳西说，你别把这件事告诉别人。然后他给了安纳西整整五瓶威士忌，还有一包金子，和一大袋香蕉、菠萝加芒果，就为了让安纳西别再叫唤，赶快离开。

（你知道，店主以为是他把安纳西的奶奶给杀了。）

安纳西就这样把小车推回家，然后将祖母葬在菩提树下。

转过天，老虎路过安纳西的家，闻见了做饭的味道。所以他不请自入，正好看见安纳西在吃大餐。安纳西别无选择，只能请老虎坐下，和他一起吃。

老虎就说了，安纳西兄弟，你从哪儿搞来了这么多好吃的？你从哪儿搞来的这几瓶威士忌，还有这么一大包金币？你可别对我撒谎，要是你撒了谎，我就把你的喉咙撕碎。

安纳西说，我没法跟你撒谎啊，老虎兄弟。我得到这些东西，是因为我把死去的奶奶放到手推车上，拉进了镇子。那位店主因为我把死去的奶奶带给他，所以给了我这些好东西。

老虎的奶奶早就没了，但他的岳母还在世。所以他回到家，把岳母叫了出来。他说，岳母，你出来，咱们必须谈一谈。他的岳母走出来，四下打量了一番，然后说，怎么了？尽管他妻子很爱自己的母亲，但老虎还是把岳母杀了，还把她的尸体放到一辆手推车上。

他推着车子来到小镇，死去的岳母就放在上面。谁要死人啊？他叫道，谁要个死奶奶？但是所有人都在嘲笑他，耻笑他，还讥笑他。后来人们发现老虎是认真的，而且他还赖着不走，就用烂果子砸他，直到他逃跑为止。

这不是老虎第一次被安纳西戏弄，也不是最后一次。老虎的妻子永远没有让他忘记，是他杀了自己的岳母。有时候，老虎真希望自己从没出生。

这就是一个安纳西故事。

当然，所有故事都是安纳西故事，这个也不例外。

古时候，所有动物都想把故事冠上自己的名字。那时，创世之歌尚未消止，它们仍在创造天空、彩虹和海洋。那时，动物们既是动物也是人，他们都会被蜘蛛安纳西戏弄，特别是老虎，因为他想把所有故事都冠上自己的名字。

故事就像蜘蛛，有很多长腿。故事就像蜘蛛网，人们会陷在其中，无法自拔。但当你看到它们挂着晨露，隐在叶片之下，一个个优雅地连成一片，又会觉得它们是如此美丽。

　　什么？你想知道安纳西看起来像不像蜘蛛？当然像啦，除非是他看起来像人的时候。

　　不，他从不变化。这全看你怎么讲这个故事。仅此而已。

第三章

兄弟团圆

胖查理坐上去往英国的返程航班，那里至少是他心目中最像家的地方。

他带着个小手提箱和一个用胶带粘好的大纸板箱，刚走出海关就看到来接机的罗茜。她给了胖查理一个大大的拥抱。"情况如何？"她问。

胖查理耸耸肩。"不算太糟。"

"那就好，"她说，"至少你不用担心他会来参加婚礼，让你难堪了。"

"是啊。"

"我妈妈说，咱们应该把婚礼推迟几周，以示对他的尊重。"

"你妈妈只是希望咱们把婚礼一直推迟下去，干脆画上个句号。"

"胡说。她觉得你很不错。"

"就算把布拉德·皮特、比尔·盖茨和威廉王子混成一个人，也不会从你妈妈嘴里得到'很不错'的评价。在地球上生活的男人，没一个配得上她的女儿。"

"她喜欢你。"罗茜的回答尽职尽责，可惜毫无说服力。

罗茜的妈妈不喜欢胖查理，这事儿所有人都知道。罗茜的妈妈是个神经过敏，充满偏见、焦虑和怨怼的人。她住在温坡街的高档公寓，超大号冰箱里除了维生素饮料和黑麦饼干什么都没有。古董餐柜上的碗里放着蜡制水果，每周除尘两次。

胖查理头一回造访罗茜的母亲时，曾经咬过一口蜡苹果。他当时特别紧张，紧张到随手拿起个苹果——他辩解说，是个特别逼真的苹果——就咬了上去。在此之前，罗茜还一直玩命给他暗示。胖查理把蜡团吐到手中，脑袋里还转过个念头，要不要干脆假装说自己喜欢蜡水果，或者装作打一开始就知道是怎么回事，这样做不过是打个趣儿。但罗茜的妈妈已经扬起一条眉毛，走过来，把剩下的苹果从他手中拿走，解释说这年头真正的蜡水果有多昂贵，又有多难找，然后把它扔进了垃圾桶。胖查理整个下午都坐在沙发上，嘴里一股蜡烛味儿。罗茜的母亲直勾勾地盯着他，似乎是要确保他不再去咬自己珍贵的蜡水果，或是把齐本戴尔式古董椅的椅腿啃下来。

罗茜母亲公寓的餐柜上摆着几个银相框，里面有些彩色大照片，包括罗茜小时候的照片，还有她父母的合影。胖查理仔细研究着他们的相貌，寻找罗茜的影子。罗茜十五岁时，父亲就过世了。他是个大块头，一开始是厨师，然后是主厨，最后成了餐馆老板。他在所有照片上都很醒目，就好像每次拍照之前都有个服装道具组来帮他打扮。罗茜的父亲身材壮实，笑容灿烂，胳膊始终弯着，好让罗茜的母亲挽住。

"他是个绝妙的厨师。"罗茜说。在那些照片里，她妈妈身材姣好，满面笑容。可现在十二年过去了，她成了骨感版的厄莎姬特[1]，而

---

1 美国老牌歌手及电视演员。

且胖查理从没见她笑过。

"你妈妈做饭吗？"胖查理后来曾经问过罗茜。

"我不知道。我从没见她做过饭。"

"那她吃什么？我是说，她不能光靠饼干和清水过活啊。"

罗茜说："我想她是叫外卖吧。"

胖查理觉得罗茜的妈妈很有可能会在夜里变成蝙蝠，去吸食沉醉梦乡的无辜者的鲜血。他曾经跟罗茜提过一次这个念头，但她体会不到其中的幽默之处。

罗茜的妈妈曾经跟她说，胖查理跟她结婚肯定是为了钱。

"什么钱？"罗茜问。

罗茜的母亲抿着嘴做了个手势，比了比这间公寓，把蜡水果、古董家具和墙上的画卷全部囊括在内。

"但这都是你的。"罗茜说。她在伦敦一家慈善机构工作，就靠薪水过活——而且薪水实在微薄。所以为了维持开销，罗茜还得用父亲留给她的一笔钱作为补充。她用这钱买了辆二手的大众高尔夫，还要支付一间小公寓的房租——这是她跟一连串澳大利亚或新西兰室友合租的。

"我不能永远活下去。"她妈妈不屑地说。可这语气却暗示着永远活下去的坚定信念：逐渐变得更瘦更硬更难对付，吃得越来越少，最后只靠空气、蜡水果和恶意就能过活。

罗茜开着车从希思罗机场送胖查理回家。她考虑应该换个话题，就开口说："我的公寓进水了，整栋楼到处都是。"

"怎么搞的？"

"楼下的克林格夫人。她说有什么东西漏了。"

"可能就是克林格夫人。"

"查理！嗯，我在想……我今晚能在你家洗个澡吗？"

"要我帮你涂肥皂吗？"

"查理！"

"当然，没问题。"

罗茜盯着前面那辆车的后屁股，把手从变速杆上移开，握了握胖查理的大手。"我们很快就会结婚了。"她说。

"我知道。"胖查理说。

"嗯，我的意思是，"她说，"我们还有很多时间做这些，不是吗？"

"很多。"胖查理说。

"你知道我妈妈说过什么吗？"罗茜说。

"呃，是说应该恢复绞刑吗？"

"不是！她说，如果一对夫妻在结婚第一年中，每做一次爱就在罐子里放一枚硬币，以后的日子里每做一次就从罐子里拿走一枚，结果会发现罐子永远不会变空。"

"这说明……"

"哦，"罗茜说，"挺有意思的，不是吗？我晚上八点带我的橡皮鸭子过去。你有多余的浴巾吗？"

"呃……"

"我会带上我的浴巾。"

胖查理觉得，在他们确定关系，切开结婚蛋糕前，即便有一枚硬币偶然掉进罐子，世界也不会就此终结。但罗茜有她自己的看法，所以这个问题就到此为止了。罐子仍然空空荡荡。

胖查理刚到家就发现一个问题：你经过短期旅行返回伦敦时，如果航班在上午到达，那么接下来的一整天都会无所事事。

胖查理是个以工作为重的人。躺在沙发上看日间电视节目，会让他回想起自己也曾是无业游民的一员。他觉得现在应该干的，就是早一天回去上班。在奥德乌奇街办公楼六层，也就是顶层的格雷厄姆·科茨事务所中，他会感觉如鱼得水。在休息室和同事们聊天打趣，也让他惬意安然。华丽的生活画卷将在他面前展开，图案中透出壮美，技法里蕴藏着跃动不息的活力。人们见到他回来，肯定会非常高兴。

"你不是明天才回来吗？"胖查理走进公司时，前台安妮说，"别人打电话来，我都告诉他们你明天才会回来。"她似乎不怎么高兴。

"没办法的事。"胖查理说。

"当然，"安妮不屑地说，"你得给梅芙·利文斯顿回个电话，她每天都打来。"

"她不是格雷厄姆·科茨的客户吗？"

"对，但他让你跟她讲。等一下。"她说着拿起电话。

提到格雷厄姆·科茨时，必须用全名。不是科茨先生，也不能称呼格雷厄姆。这是他的事务所，专门为各色名人做代理，并以代理人的身份从他们的收入中提成。

胖查理回到自己的办公室，也就是他和几个档案柜所分享的小房间。他的电脑显示屏上贴着一张黄色便笺，上面写着"来见我。格·科"。他穿过走廊，来到格雷厄姆·科茨宽敞的办公室。门是关着的。他敲了一下，不敢确定里面到底有没有人搭腔，便推开门，把脑袋探了进去。

屋子里空空荡荡，一个人也没有。"呃，您好？"胖查理用不大不小的声音说。没有回答。但这房间里确实有点乱。书架离开墙壁，歪过了一个角度，胖查理还听到一阵类似锤打什么东西的巨响从书架后面传来。

他尽量轻手轻脚地把门关上，回到自己的办公桌。

电话铃响了。他拿起话筒。

"我是格雷厄姆·科茨。到我的办公室来。"

这回格雷厄姆·科茨就坐在办公桌后，书架也回到了靠墙的位置。他没有请胖查理坐下。格雷厄姆·科茨是个中年白人，一头很漂亮的金发往后背着。如果你见到他，突然觉得他很像一只穿着昂贵西服的白鼬，那你肯定不是头一个有这种想法的人。

"看来，你又回到我们之中了，"他说，"可以这么说。"

"是的。"胖查理说。接着，因为他觉得格雷厄姆·科茨对自己提前归来似乎不是很高兴，就又加了一句："抱歉。"

格雷厄姆·科茨抿着嘴，低头看了眼桌上的一份文件，然后又抬起头来。"实际上，我本以为你明天才会来上班。在我们看来，有点早，不是吗？"

"我们——我是说，我——是今早回国的。从佛罗里达。我想应该来上班。有很多事儿要做。表达心意。如果没什么问题的话。"

"绝定。"格雷厄姆·科茨说。这个词——"绝对"和"肯定"撞击后的产物——总是让胖查理精神紧张。"毕竟这是你的问题。"

"实际上，是我父亲的问题。"

白鼬似的脖子扭了一下。"但你还是用掉了一天的病假。"

"当然。"

"梅芙·利文斯顿。莫里斯忧郁的遗孀。需要安慰。好听的话和可信的保证。罗马不是一天建成的。实际事务还在处理中。要梳理莫里斯·利文斯顿的财产，并保证为她提供稳定上升的进项。她几乎每天都来电话，希望得到保证。现在，我把这个任务转交给你。"

"好的，"胖查理说，"这么说，呃，是阴魂不散啊。"

"多干一天，多挣一元。"格雷厄姆·科茨摇着手指说。

"孜孜不倦？"胖查理提示说。

"埋头苦干。"格雷厄姆·科茨说，"好了，很高兴和你聊天，但咱们都有很多活儿要干。"

一待在格雷厄姆·科茨周围，胖查理就老是忍不住说成语，以及开始做白日梦，梦中会出现巨大的黑色直升机群，首先是朝格雷厄姆·科茨事务所密集扫射，然后投掷燃烧弹。在这些白日梦中，胖查理肯定不会待在办公室。他会坐在奥德乌奇街对面的小咖啡馆外，喝着香浓的咖啡，不时为某颗扔得特别准的燃烧弹喝一声彩。

你可以从这一点推断出来，并不需要深入了解胖查理的工作，就可以知道他不喜欢这份活计。总的来说，你是正确的。胖查理对数字很在行，所以总能找到工作；同时他又有种笨拙和自卑的心理，没法告诉别人他到底做了什么，做了多少。胖查理这一辈子，总是看着周围的人不可容忍地爬到他们能力不及的位置，而他还留在最底层，起着关键性作用，直到某一天重新加入失业大军，开始看日间电视节目。胖查理从没有过长期失业的经历，但过去十年里这种事发生得过于频繁了，让他在任何岗位都无法安心。不过，他倒觉得这不过是人之常情。

胖查理给梅芙·利文斯顿打了个电话。她已故的丈夫莫里斯·利文斯顿曾是约克郡最著名的喜剧演员，也是格雷厄姆·科茨事务所的长期客户。"您好，"他说，"我是查尔斯·南希，格雷厄姆·科茨事务所财务部的人。"

"哦，"一个女人的声音从电话对面传来，"我还以为格雷厄姆会亲自给我打电话呢。"

"他被一些事绊住了。所以他，呃，把这件事指派给了我，"胖查理说，"那么，有什么我可以效劳的吗？"

"我不知道。我只想知道……哦，银行经理想知道……莫里斯留下的钱什么时候能转账过来。上次通话时，格雷厄姆·科茨跟我说过……嗯，我想应该是上次……他说那笔钱已经投资……我是说，我知道这种事需要时间……他说要不然我就会损失很多钱……"

"是的，"胖查理说，"我知道他正着手处理，但这种事需要时间。"

"是的，"她说，"我想也是。我给BBC打了电话，他们说莫里斯过世后，已经拨出几笔报酬。知道吗，他们已经发售了全部《莫里斯·利文斯顿，我猜想》的DVD版？还在圣诞节推出了《排除万难》系列短剧。"

"我不知道，"胖查理承认道，"但我想格雷厄姆·科茨肯定知道。这种事，他总是一清二楚。"

"我还得自己花钱去买DVD，"她期冀地说，"不过它勾起了所有的回忆。演员们的喧嚣，BBC俱乐部的味道。我跟你说，这让我怀念聚光灯。知道吗？我就是在那里遇到莫里斯的。我过去是个舞蹈家，有自己的事业。"

胖查理告诉梅芙·利文斯顿，他会通知格雷厄姆·科茨说她的银行经理有点担心，然后就挂上了电话。

他不明白怎么会有人怀念聚光灯。

在胖查理最可怕的噩梦中，一束灯光从黑沉的天空中照射下来，将他笼罩。他当时在一个宽大的舞台上，隐身在黑暗中的观众们会强迫他站在光束里唱歌。无论胖查理跑得多远，跑得多快，或是藏得多好，他们都会把他找出来，揪回舞台上去，面对数十张期盼的面孔。他总是在真正开口唱歌前惊醒，大汗淋漓，不住颤抖，心脏好像一门大炮在轰击胸腔。

一天的工作结束了。胖查理已经在这里干了将近两年。格雷厄姆·科茨事务所的人员流动率相当高。所以除了格雷厄姆·科茨本人，这里就数他资格老。可就算这样，还是没人喜欢他。

胖查理有时会坐在办公桌后，望着清冷的灰雨敲打玻璃窗，幻想自己住在某个热带海滩附近，不可思议的蓝色海洋拍打着不可思议的黄色沙滩，泛起片片碎浪。胖查理还时常思忖，住在他想象中这片沙滩上的人，注视着浪花白色的手指，聆听着棕榈树上热带鸟类的歌唱，或是在沙滩上散步时，会不会也曾梦想自己住在英格兰，坐在某栋办公楼六层一间橱柜大小的屋子里，看着灰蒙蒙的雨滴，以求远离金色海滩和完美生活的空洞乏味——这是一种就连插着小红伞，朗姆酒成分稍微过多的利口酒也无法驱走的无聊感。这种想法让他备感欣慰。

胖查理回家的路上，在外卖酒吧买了一瓶德国白酒，又从隔壁小超市买了根薄荷香型的蜡烛，然后到附近的比萨连锁店买了份比萨。

晚上7点30分罗茜从瑜珈课上给他打了个电话，说自己会晚点过去，8点又从车里来电话说遇到交通堵塞，9点15分告诉他车子已经开到街口。此时胖查理几乎喝光了那瓶白酒，比萨也只剩下一角。

后来，他曾想过是不是白酒让他说了那句话。

9点20分，罗茜终于到达。她随身带着浴巾，还有个装满洗发水、肥皂和一大罐护发油的塑料袋。罗茜精力充沛神采飞扬地对一杯白酒和一角比萨说了声不。她解释说自己塞车时就吃过了。是她叫的外卖。所以胖查理坐在厨房，给自己倒了最后一杯白葡萄酒，从冷掉的比萨上挑着奶酪和腊肠吃。与此同时，罗茜走进浴室，然后很突然、很大声地开始尖叫。

胖查理跑进浴室时，第一声尖叫还未消失，罗茜正给肺部补充空气，准备发出第二声。他以为自己会看到罗茜鲜血淋漓的样子。但令他既意外又安心的是，罗茜身上没有血。她穿着蓝色胸罩和内裤，手指浴缸。那里趴着一只很大的棕色花园蜘蛛。

"抱歉，"她哀叫着说，"它把我吓了一跳。"

"它们总是这样，"胖查理说，"我来把它冲走。"

"你敢！"罗茜厉声说，"这是条性命。把它拿出去。"

"好的。"胖查理说。

"我到厨房等着，"她说，"弄出去后告诉我。"

如果你喝了一整瓶白葡萄酒，那么用旧时的生日贺卡把一只相当警觉的花园蜘蛛哄进塑料杯，就像是对手眼协调能力的一次挑战。而一位号称要到厨房等着，可实际上却趴在你肩膀后面提供建议，身上只穿内衣的未婚妻，在这项挑战中也起不了什么正面作用。

但尽管有罗茜"帮忙"，他还是很快就把蜘蛛哄进塑料杯，杯口用一张贺卡捂住。这张卡片来自一位学校里的老朋友，上面写着"心有多老，你就有多老"。（而在内页则用"所以别老在心里意淫了，你这个色情狂——生日快乐"把上一句话完全颠覆。）

他带着蜘蛛下楼，走出正门，来到一个很小的前院花园。这座花园有一道可供人们翻越的篱笆，还有几块大石板，石板间长满青草。

他把杯子举起来，在钠灯昏黄的光线下，蜘蛛变成了黑色。胖查理想象着它大概也在注视自己。

"很抱歉。"他对蜘蛛说道，随后又在体内荡漾的白葡萄酒驱使下，大声重复了一遍。

他把杯子和卡片放在一块破碎石板上，然后拿起杯子，等待蜘蛛匆忙逃走。但它只是一动不动地趴在贺卡正面卡通泰迪熊的笑脸上。人和蜘蛛就这样对视着。

希戈勒夫人对他提过的几句话突然冒出头来，胖查理未及阻止，话语已经脱口而出。也许这要怪他心中的恶魔。也许只是体内的酒精。

"如果你见到我的兄弟，"胖查理对蜘蛛说，"就跟他说，他应该过来打声招呼。"

蜘蛛趴在那里，抬起一条腿，几乎像是认真考虑着什么。随后它飞快爬过石板，消失在篱笆之间。

罗茜洗了个澡，又在查理脸上留下个似有还无的啄吻，然后就回家去了。

胖查理打开电视，但却发现自己开始打瞌睡，就关上电视，上床睡觉。他做了个特别逼真的怪梦，足以令他终生难忘。

有个办法可以判断是不是在做梦，那就是看看你是否出现在某个现实生活中从没去过的地方。胖查理从没去过加利福尼亚，从没去过贝佛利山庄。但这地方他已经在电影电视里见过太多次了，足以产生一种惬意的熟识感。

一个派对正在举行。

洛杉矶的灯火在他们身下闪烁变化。

派对中的人似乎被整整齐齐分成了几群：一群是拿着放满精致开胃点心的银盘子的人，一群是从银盘子里拿点心的人，还有一群是谢绝的人。那群接受服务的人正围着大宅闲聊、微笑、交谈，每个人都相信自己是好莱坞世界中的重要人物，就像古代日本宫廷中的庭臣——而且，和在古代日本宫廷一样，每个人都相信只要再往上迈一步，自己就安全了。这里有想成为明星的演员，想成为独立制片人的明星，渴望得到制片厂稳定工作的独立制片人，想成为明星的导演，想给实力更足的制片厂当老板的制片厂老板，希望别人能够喜爱自己这个人的制片厂律师——失败后，就退而求其次，只希望别人喜欢自己。

在胖查理的梦中，他可以同时从内外两个角度看到自己，而且他也并非自己。在平时的梦里，他也许只是在参加一次忘了复习的复式簿记财务考试，而且在那种环境下他可以肯定自己最后一站起身，就会发现早上着装时不知怎的忘了穿裤子。在胖查理的梦中，他就是自己，只是更笨拙些。

但这个梦不同。

在这个梦里，胖查理很酷，而且不只是酷。他游刃有余，他聪明绝顶，他潇洒自如；他是这个派对中不拿银盘子的人里，唯一没有接到邀请的。（这让睡梦中的胖查理大感惊异，他想不出有什么事会比没接到邀请就出现在某个地方，更令人尴尬的了。）而且他如鱼得水，过得很快活。

他给每个问起他是谁，他在这儿做什么的人所讲的故事都不相同。半小时后，派对中所有人都以为他是某个外国投资公司的代表，到这儿来是为了彻底买断某家制片厂；又过了半小时，他将出价投标派拉蒙公司的事，就已经是派对上的共识了。

他似乎比所有人都要快活，沙哑的笑声极富感染力。他指导侍者调制一种被他称作"双重领悟"的鸡尾酒。虽然这酒是用香槟打底，但他还是非常令人信服地解释说，这是无酒精饮品。它包括一点儿这个一点儿那个，最后变成了鲜艳的紫色。他把饮料分发给在场的宾客，热心地要他们品尝；最后就连那些小心翼翼地抿着苏打水，好像生怕它会消失的人，也开始兴奋地喝起这种紫色饮品。

接着，依照梦境的逻辑，他带领人们走到游泳池旁，提议教他们"水上行走"的把戏。他对所有人说，这完全是个信心的问题，还有态度，还有迈出第一步的勇气，还有知道该怎么做。似乎派对里的人都觉得"水上行走"是个值得一学的好把戏，仿佛某种深埋在灵魂中的东西，他们过去都会，只是暂时忘记了，而这个人会帮他们回想起这个技巧。

把鞋子脱下来，那人说，所以他们都脱下鞋子；瑟吉欧·罗斯牌、克里斯蒂·洛布丁牌、勒内·考维拉牌[1]，紧挨着耐克、马丁和某些不知名的黑色皮鞋。他领着人们，排成某种康茄舞队形，绕游泳池转了一圈，然后走上水面。池水碰上去有点凉，在他们脚下像果冻似的颤动。有些女子，甚至有几个男人，冲着池水咪咪傻笑。几个年轻的经纪人开始在水面蹦跳，就像一群玩蹦床的孩子。在山下，洛杉矶的灯光透过迷雾，宛若遥远的银河。

没过多久，池面上每一寸地方都挤满了人，有人站着，有人跳舞，有人摇摆，有人蹦上蹦下。人群如此拥挤，那个潇洒的男子，也

1　均为高档女鞋品牌。

就是梦中的查理干脆退回混凝土池边，从一个银餐盘上取了些生鱼片沙拉。

一只蜘蛛从茉莉花上垂到男人肩头，顺着胳膊一路走到他的手掌。男人高兴地跟它说了声"嗨"。

接着他沉默不语，似乎在倾听只有他能听到的蜘蛛的话语。他随后开口说，勤问必有所得。不是这样吗？

他把蜘蛛小心地放到一片茉莉叶片上。

几乎与此同时，赤脚站在游泳池水面上的人们，突然想起水是液体，不是固体，而且人们通常不在水上走路是有原因的，何况舞蹈甚至蹦跳。因为，这不可能。

他们是梦境的推进者和动摇者。转眼之间，这些人就衣着整齐地落入四到十二尺深的池水中，不停手舞足蹈，浑身湿透，吓得不轻。

潇洒的男子却随意地走过泳池，踏过一些人的头顶，和另一些人的手掌，始终没有失去平衡。他走到泳池对面，再往前就是陡峭的山崖。男人高高跃起，扑进洛杉矶夜晚的灯光，这闪烁光芒一下子将他吞没，宛若浩渺海洋。

水中的人们爬出泳池，气愤、沮丧、困惑、湿透，有几个还被淹得半死……

南伦敦的黎明，泛着蓝灰色光芒。

胖查理下了床，走到窗前，昨晚的梦让他心绪烦乱。窗帘是拉开的。他可以看到日出，一轮巨大的橙色朝阳，环绕在泛着猩红色的灰云中。面对这种天空，就连最俗气的人也会发现心中深深埋藏着的作画的冲动。

胖查理看着日出。早晨天发红，他心想，船员要慎行。

他的梦实在古怪。好莱坞的派对。水上行走的奥秘。还有那个人，是他又不是他的人……

胖查理意识到自己见过梦里的男人，在某个地方见过。他也意识到如果放任自流，这件事就会像断在两颗牙齿间的一丝牙线，或是"淫亵"和"淫贱"这两个词的精确差异，惹得他一天不得安宁。它会留在那里，会把他纠缠。

胖查理望着窗外。

此刻才刚过六点，世界一片寂静。街口有个早晨出来遛狗的人，正在鼓励一只小博美清清肠胃。一名邮递员在几座住宅之间来回晃悠，最后回到他那辆红色货车。胖查理窗口下的人行道上有什么东西在动，他低头看去。

一个人站在篱笆旁边。他发现穿着睡衣的胖查理正低头注视自己，便露出笑容，冲他挥了挥手。似曾相识的感觉像电流一样钻进胖查理的心窝：虽然他一时想不起是怎么回事，但的确认识这个笑容和挥手的姿势。梦中的感觉还萦绕在胖查理脑袋里，让他很不舒服，也让这个世界显得缥缈虚妄。他揉揉眼睛，篱笆旁的男人已经不见了。胖查理希望他已经离开，顺着街道走入黎明的残雾中，把自己心中的躁动、疯狂和奇怪的感觉一并带走。

这时，门铃响了起来。

胖查理穿上晨衣，走下楼梯。

他以前开门时从没拴过安全链，这辈子从来没有。但这次，他在转动把手前，却特意把安全链挂好，将前门打开了六英寸的缝隙。

"早上好？"他谨慎地说。

门缝里透进来的笑容足以照亮一座小镇。

"你要我来，我就来了，"陌生人说，"可以替我把门打开吗，胖查理？"

"你是谁？"他刚说完这句话，就想起了过去是在什么地方见过此人——他母亲的葬礼，火葬场的附属小教堂。那是他最后一次见到这副笑容。胖查理已经知道自己这个问题的答案，在对方还没开口前就知道了。

"我是你兄弟。"男人说。

胖查理关上门，将安全链滑下来，然后把门打开。男人还站在那里。

胖查理不知该如何向传说中的兄弟问好，他过去可从不相信有这个人存在。所以两人就这样一边一个，面对面站在房门两侧，直到他兄弟说："你可以叫我蜘蛛。不想请我进去吗？"

"哦，不是。当然。请吧。请进。"

胖查理带着他走上楼梯。

不可思议的事情时有发生。它们发生时，大多数人只是当作平常事处理。今天，和每天相同，全世界大约有五千人经历了概率只有百万分之一的小概率事件，没有一个人拒绝相信他们的感官体验。大多数人都会用他们本国的语言说一句"大千世界无所不有，不是吗"，然后继续自己的生活。所以当胖查理的部分思绪，开始为眼下的情况寻找合情合理的解释时，他的大部分心神只是简单接受了这个概念：一位未曾谋面的兄弟正跟在身后走上楼梯。

他们来到厨房。

"想来杯茶吗？"

"有咖啡吗？"

"恐怕只有速溶的。"

"那就行。"

胖查理拧开电热壶。"远道而来，嗯？"他问。

"洛杉矶。"

"航班怎么样?"

男人坐在餐桌旁，耸了耸肩。这是那种足以表达任何意思的耸肩。

"嗯。你计划待多久?"

"我还没仔细想过呢。"男人——蜘蛛——兴致勃勃地环顾着胖查理的厨房，就好像他这辈子从没见过厨房似的。

"咖啡怎么喝?"

"黑若夜，甜如罪。"

胖查理把杯子放在他面前，又把糖罐递了过去。"自己来吧。"

蜘蛛一勺接一勺地往咖啡里加糖，胖查理坐在对面凝视着他。

他俩的相貌有种亲人的相似性，这点毋庸置疑。但如果仅此而已，就根本无法解释在胖查理看到蜘蛛时，心中那种强烈的熟识感。蜘蛛的模样很像是胖查理心目中自己的样子，而不是那个每天一成不变出现在浴室镜子里，略有些令人失望的家伙。蜘蛛更高，更瘦，更酷。他穿着黑红皮夹克和黑皮裤，而且穿得很合体。胖查理试图回忆起梦中那个潇洒男子的穿着打扮。蜘蛛身上有种传奇色彩，光是坐在这个人对面，就让胖查理觉得自己局促、笨拙，还有点蠢。这不在于蜘蛛穿的是什么衣服，而在于胖查理知道自己穿上这身衣服，只会像是个打扮糟糕的人妖。这也不在于蜘蛛微笑的样子——很自然、很快活——而在于胖查理笃信不疑，他就算从今天开始，对着镜子练习微笑直到世界末日，也挤不出一半的魅力、自信，还有那耀眼夺目的气派，哪怕一个都不可能。

"你参加了妈妈的葬礼。"胖查理说。

"我也想过等仪式结束后去跟你打声招呼，"蜘蛛说，"但我不知道那是不是个好主意。"

"真希望你当时就来见我，"胖查理想了想又说，"我本以为你会参加父亲的葬礼。"

蜘蛛说："什么？"

"他的葬礼。在佛罗里达。几天前。"

蜘蛛摇摇头。"他没死，"他说，"我敢说，如果他死了我会知道的。"

"他死了。我把他埋了。哦，我是说我填好了墓穴。你可以去问希戈勒夫人。"

"他是怎么死的？"蜘蛛说。

"心脏病发作。"

"这不能说明任何问题。只能说他死过。"

"哦，是的，他确实死了。"

蜘蛛的笑容消失了。他盯着手里的咖啡，似乎觉得可以从中找到答案。"我应该去确认一下，"蜘蛛说，"不是说我不相信你。可这事关我的老爹。虽说我的老爹也是你老爹。"他做了个鬼脸。胖查理知道这鬼脸是什么意思。每当父亲的话题冒出头来，他都会做这个表情，当然是在心里。"她还住在老地方吗？我们小时候的隔壁？"

"希戈勒夫人？对，还在那儿。"

"你从那里带回什么东西来了吗？画片？或是照片？"

"我带了一箱子照片回来。"胖查理还没打开那个大纸板箱。它还放在客厅里。查理把箱子拿进厨房，放到桌上。他用一把餐刀切开箱子周围的包装袋。蜘蛛把手伸进箱子，用细长的手指翻找着照片，好像在玩扑克似的。他最后拿出一张母亲和希戈勒夫人二十五年前的合影，她们就坐在希戈勒夫人家的门廊上。

"这个门廊还在吗？"

胖查理努力回忆。"我想，是的。"他说。

后来他回想此事时，实在记不起是照片变大了，还是蜘蛛变小了。他可以起誓说这两件事都未曾发生，但无论如何，蜘蛛走进了照片，这是无可辩驳的事实。照片闪着微光，泛起涟漪，把他吞了下去。

胖查理揉揉眼睛。他独自一人坐在厨房，时间是早晨6点。餐桌上放着一盒子照片和文件，还有个空杯子。他把杯子放进水槽，走回卧室，躺在床上，一觉睡到7点15分。

第四章

醇酒、美人与歌之夜

胖查理醒了过来。

两个梦境在他脑袋里混成一团。一个是和明星兄弟相见，另一个是塔夫脱总统带着《猫和老鼠》全体演员来他家造访。他洗了个澡，坐地铁去上班。

这一整天，胖查理的潜意识里都有什么东西在作怪，但他说不清到底是什么。他放错东西。他忘记东西。有一次，他居然坐在桌子后面唱起歌来。并不是因为心情愉快，只是因为他忘了不该这么做。格雷厄姆·科茨从门口把脑袋探进小房间斥责他时，胖查理才意识到自己在唱歌。

"办公室不准使用收音机、随身听、MP3播放器或者其他音响设备，"格雷厄姆·科茨像白鼬一样冲他怒目而视，"这体现了一种懒散作风，一种身处工作世界的人都深恶痛绝的作风。"

"不是收音机。"胖查理觉得耳朵发烧。

"不是？那么好，请您告诉我，到底是什么？"

"是我。"胖查理说。

"你？"

"对。是我唱的。我很抱歉……"

"我敢发誓说那是收音机。但我居然搞错了，仁慈的上帝啊。好吧，既然拥有如此卓越的天赋、如此精湛的技艺，那也许你应该离开我们去做歌手，去娱乐大众，来一场首次登台演唱会，而不是在一个其他人还要工作的地方捣乱。嗯？一个人们需要认真经营自己职业生涯的地方。"

"不，"胖查理说，"我不想离开。我只是没过脑子。"

"那么，"格雷厄姆·科茨说，"你必须学会控制自己不要唱歌——除了在浴室洗澡时，或是偶尔支持自己最喜欢的球队时——我本人是水晶宫队的支持者。要不然，你就去别的地方给自己找个好工作吧。"

胖查理露出微笑，接着马上意识到微笑根本不是他的本意，便又摆出严肃的表情，但此刻格雷厄姆·科茨已经离开房间。胖查理心中暗自咒骂，双臂趴在桌上，把脑袋埋了进去。

"是你在唱歌吗？"她是艺人联络部门新来的女孩。胖查理从来搞不清她们的名字。这个部门的人多半在他认识之前就会离职。

"恐怕就是我。"

"你唱的是什么？很好听。"

胖查理发现自己也不知道。他说："我也不清楚。我都没在听。"

女孩笑了起来，当然声音很轻。"他说得对。你应该去录唱片，而不是在这里浪费生命。"

胖查理不知道该说什么好，他只觉得脸上发烧。于是他开始处理数据，做笔记，翻出写着各种消息的贴纸，把它们都粘在电脑屏幕上，直到确定女孩已经离开为止。

梅芙·利文斯顿打来电话。她问胖查理能否提醒格雷厄姆·科茨给银行经理打个电话。他说自己会尽力而为。梅芙直截了当地说，希望他赶快处理。

下午四点，罗茜往他的手机上打了个电话，说自己的公寓又发大水了；还告诉他，好消息是她妈妈终于对即将到来的婚礼提起了兴趣，要她晚上过去讨论一下。

"哦，"胖查理说，"如果是她来安排宴会，咱们就能在食物这一项省下不少钱了。"

"别胡说了。我今晚会打电话，告诉你事情的进展。"

胖查理说他爱她，然后就挂掉电话。他感觉有人在注视自己，连忙转过身。

格雷厄姆·科茨说："在工作时间打私人电话之人，将会自食其果。你知道这话是谁说的吗？"

"您？"

"确实是我，"格雷厄姆·科茨说，"确实是我。没有比这话更有道理的了。把它当作一次正式警告。"他脸上露出微笑。这种洋洋自得的微笑，会强迫胖查理思索把拳头埋进格雷厄姆·科茨柔软舒适的上腹部所引发的各种可能性。他估计后果会在被开除和因人身攻击而被起诉间随机选取。他心想，无论如何，都是件好事……

胖查理本质上不是个习惯暴力的人，但他可以做梦。他的白日梦通常都是些惬意的小事。有足够的钱，可以随时在好馆子吃饭；一份没人对他指手画脚的工作；可以在某个荒无人烟的地方放声歌唱，而不必感到难堪。

但这天下午，他的白日梦有了全新的内容。首先他会飞，而且子弹会被他强健的胸膛弹开。他幻想着从高空飞速下降，从一群无赖和懦夫中间救出罗茜。她会紧紧抱住他。两人一同飞向夕阳，飞向他的冰冷城堡。在那里，罗茜心中会充满感激之情，热情洋溢地决定把整个"等到结婚之后"的问题抛在脑后，只想看看他们能把罐子填得多快，塞得多高……

白日梦可以疏解压力。格雷厄姆·科茨事务所枯燥生活的压力，不断告诉别人他们的支票还在邮局，催促别人偿还事务所债务的压力。

下午六点，胖查理关掉电脑，走下五道楼梯来到街上。天空没有落雨。欧椋鸟在他头顶盘旋鸣叫：这是一座城市的暮歌晚唱。便道上所有人都行色匆匆。大多数人和胖查理一样，沿着国王路向赫本地铁站走去。他们都低着头，带着那种希望早点儿回家的神情。

但在便道上有个人一动不动。他站在那里，面对胖查理和其他行人，皮夹克在风中飘摆。他没有笑。

胖查理从街尾看到了他。他向这人走去，万物都变得缥缈起来。白昼消融，他终于想起一整天都在试图回忆的那件事。

"嗨，蜘蛛。"他走过去说道。

蜘蛛看起来就好像体内正肆虐着一股风暴。他可能快要哭出声了。胖查理也说不好。他的表情，他站立的姿态，蕴含着太多情绪；街上的行人都禁不住把头扭开，感觉惭愧。

"我去了一趟，"他的语气阴沉，"我见到希戈勒夫人了。她带我去了墓地。父亲死了，而我却不知道。"

胖查理说："他也是我的父亲，蜘蛛。"他不明白自己怎么会忘记蜘蛛，怎么会把他当成一场迷梦轻易抛弃。

"是的。"

暮色的天空被欧椋鸟划出一道道阴影。它们在空中盘旋，在屋顶间飞掠。

蜘蛛猛地一颤，挺起胸膛。他似乎作出了决定。"你说得太对了，"他说，"我们应该一起干。"

"一点儿没错，"胖查理说，然后他又追问道，"干什么？"

但蜘蛛已经拦下一辆出租车。

"我们正饱尝痛苦，"蜘蛛大声说道，"父亲没了，我们的心沉甸甸坠在胸中。悲痛落在我们身上，就像花粉热季节中的花粉。黑暗是我们的全部，不幸是我们唯一的伙伴。"

"对，先生们，"出租车司机快活地说，"你们要去哪儿？"

"去寻找可以治疗灵魂中黑暗的三个药方。"蜘蛛说。

"也许我们可以来一份咖喱餐。"胖查理建议说。

"世上有三种东西，而且只有这三种东西，可以驱散死亡的痛苦，治愈生命的创伤，"蜘蛛说，"这三种东西是醇酒、美人和歌。"

"咖喱饭也不错。"胖查理明确指出，但是没人听他的。

"有什么特别的顺序吗？"司机问。

"首先是酒，"蜘蛛宣布，"整河、整湖、整海的酒。"

"没问题。"司机说着把车并入车流。

"我对这件事有种特别不好的感觉。"胖查理提醒道。

蜘蛛点点头。"不好的感觉，"他说，"是的。我们都有不好的感觉。今晚我们要接纳这些不好的感觉，并且分享它们，面对它们。我们要哀悼，我们要浸没在死亡那苦涩的沉渣中。分享你的痛苦，兄弟，痛苦不会加倍，只会减半。无人是孤岛。"

"不要问丧钟为谁而鸣，"司机吟咏道，"它就是为你而鸣。"

"啊，"蜘蛛说，"你这话真是不错的禅语心印。"

"多谢。"司机说。

"就是这么回事，没错。你是某个哲人。我是蜘蛛。这是我兄弟，胖查理。"

"查尔斯。"胖查理说。

"斯蒂夫，"司机说，"斯蒂夫·伯里奇。"

"伯里奇先生，"蜘蛛说，"你愿意做我们今晚的私人司机吗？"

斯蒂夫·伯里奇解释说，这是他最后一趟活儿，而且他今晚要开车回家去，跟伯里奇太太和小伯里奇们共进晚餐。

"你听见了吗？"蜘蛛说，"一个有家的人。如今，我和我兄弟是家族中仅存的两个人了。今天是我们第一次相遇。"

"似乎是个挺曲折的故事，"司机说，"故事里有世仇吗？"

"完全没有。他只是不知道自己有个兄弟。"蜘蛛说。

"你知道？"胖查理问，"你知道有我这个兄弟？"

"我本该知道的，"蜘蛛说，"不过这种事很容易从脑子里溜走。"

出租车停在路边。"我们在哪儿？"胖查理问。他们似乎没走多远，他估计这里刚到舰队街。

"他要来的地方，"司机说，"酒。"

蜘蛛走出汽车，看着一个老酒吧外壁肮脏的橡木和污浊的玻璃。"很好，"他说，"给他钱，兄弟。"

胖查理付清车费。两人进入酒吧，走过一道木质楼梯来到地下室。在这里，许多脸色红润的律师和面色苍白的货币市场基金经理，肩并肩坐在一起饮酒。地板上有些锯末，吧台后面的黑板上写着字迹难认的酒单。

"你喝什么？"蜘蛛问。

"来杯佐餐红酒就行，谢谢。"胖查理说。

蜘蛛难过地看着他。"我们是安纳西最后的子孙。我们不能用佐餐红酒来悼念过世的父亲。"

"呃。好吧。那么你喝什么,我就喝什么。"

蜘蛛轻松自如地游身穿过拥挤的人群,走向吧台,就好像那些人根本不存在似的。几分钟后他走了回来,手里拿着两个酒杯、一把开塞钻和一个满是尘灰的酒瓶。他随手打开瓶子,让胖查理这个最后总是要从酒杯里挑拣瓶塞碎片的人大为震撼。蜘蛛从瓶子里倒出黄褐色的酒液,颜色深得几乎发黑。他注满两个杯子,把其中一杯放在胖查理面前。

"干杯,"他说,"为了纪念父亲。"

"敬父亲。"胖查理说着碰了一下蜘蛛的酒杯,居然没像过去那样洒出来,这简直是个奇迹。他尝了一口。味道苦得很特别,还有些草药和盐味。"这是什么?"

"葬酒,就是为诸神而饮的酒。他们已经很久没有酿过这种酒了。用苦芦荟、迷迭香和处女心碎的泪水调味。"

"一家舰队街酒吧会卖这种酒?"胖查理拿起瓶子,但商标早已褪色而且布满尘土,很难辨认,"从没听说过。"

"这种老地方总有好东西,只要你问他们要,"蜘蛛说,"也可能只是我这么觉得。"

胖查理又抿了一口,感觉醇烈辛辣。

"这不是用来抿的酒,"蜘蛛说,"这是哀悼酒。你要灌下去。像这样。"他痛饮一口,然后做了个怪样,"这样喝味道也比较好。"

胖查理犹豫片刻,然后猛喝了一大口。他觉得自己可以品出芦荟和迷迭香。他想知道那盐味会不会真是泪水。

"他们加迷迭香是为了怀念。"蜘蛛说着又开始倒酒。胖查理试图解释自己今晚真不能喝太多，明天还要去上班，但蜘蛛把话截住。"轮到你祝酒了。"他说。

"嗯，好吧，"胖查理说，"敬妈妈。"

他们为母亲喝了一杯。胖查理发现苦酒的滋味开始在体内滋长，他感觉眼睛发酸，一种深刻而痛苦的失落感涌遍全身。他想念母亲，想念他的童年。他甚至想念父亲。桌子对面，蜘蛛正在摇头，一滴泪珠顺着蜘蛛的面颊，"扑通"一声落入酒杯。他拿起瓶子，又为两人添满苦酒。

胖查理喝了下去。

悲恸随着酒液在体内蔓延，在他的脑袋和身体里注满失落和空虚的痛苦，像海洋的波涛一般将他淹没。

泪水滑下面颊，溅入酒杯。他在兜里翻找着纸巾。蜘蛛为两人倒空最后的黑酒。

"他们这里真卖这种酒？"

"这里有一瓶，他们自己都不知道。不过只要你提醒一下就行。"

胖查理擤了下鼻子。"我从不知道自己还有个兄弟。"他说。

"我知道，"蜘蛛说，"我一直想来找你，但总是被其他事情分心。你知道是怎么回事的。"

"不太清楚。"

"事情层出不穷。"

"什么事儿？"

"事儿。它们层出不穷。这就是事儿的天性。它们层出不穷。我怎么可能把它们都搞明白？"

"好吧，给我举个例子。"

蜘蛛又喝了一口。"好。上次我打定主意要来见你时，嗯，花了好几天计划这件事。希望一切都尽善尽美。我必须选好自己的行头，然后必须想出见到你时要说的话。我知道两兄弟的相逢，哦，这是个史诗性主题，不是吗？我认为只有用诗歌的语言，才能恰当体现出这份庄严感。但是用哪种诗歌呢？我应该用轻快韵律？还是高声朗诵？我是说，我可不想用打油诗向你致意。所以嘛。它必须是某种黑暗的、有力的、富有节奏感的、宏大的词句。然后我有了主意。完美的第一句：血脉呼唤血脉，像夜晚的警钟。说起来简单，但我自己知道得把一切都安排好——死在巷道里的人，汗水和梦魇，坚韧不屈的自由精神。一切都会安排妥当。但我必须想出第二句啊，结果这件事一下子垮了台。我只能想出这种词：巴拉——巴拉——巴拉——巴拉魂飞魄散。"

胖查理眨眨眼。"巴拉——巴拉——巴拉——巴拉到底是谁？"

"谁也不是。只是说明那里应该填上几个词。但我一个字儿都想不出来。而且只有一首史诗的第一句、几个巴拉外加四个字，我不可能就这么出现吧，对不对？那对你就太失礼了。"

"哦……"

"没错。所以那个礼拜我去了夏威夷。我刚才已经说过了，事情总是层出不穷。"

胖查理又喝了几口。他开始喜欢这种酒。有时浓烈的味道正合浓烈的情感，此刻正是这种时候。"但不可能总有第二句诗的问题啊。"他说。

蜘蛛把他修长的手掌放在胖查理的大手上。"我的情况已经说得够多了，"他说，"我想听你说说。"

"没什么好说的，"胖查理说着讲起自己的生活。讲了罗茜和罗茜的母亲，格雷厄姆·科茨和格雷厄姆·科茨事务所，蜘蛛不时点点头。胖查理把自己的一生付诸语言，不过听起来并不精彩。

"不过，"胖查理达观地说，"我想你在八卦报刊里也读到过那种人。他们总是说自己的生活多么沉闷、空虚、毫无意义。"他拿过酒瓶，往杯子里一倒，希望里面还有一口的量，不过只倒出了一滴。酒瓶已经空了。它坚持的时间远比一瓶酒能够坚持的时间要长，但现在终究还是点滴不剩。

蜘蛛站起身。"我遇见过这些人，"他说，"八卦杂志里的人。我曾行走在他们中间。我曾亲眼见证他们空虚苍白的生命。那些人自以为孤身一人时，我会从他们的影子中窥视。但我可以这么跟你说：恐怕即便在枪口的威逼下，他们之中也没有哪个人会愿意和你交换人生，我的兄弟。来吧。"

"喔？你要去哪儿？"

"是我们。我们已经完成了今晚三个任务中的第一部分。酒已被饮下。还有两部分需要完成。"

"呃……"

胖查理跟着蜘蛛走出酒吧，希望夜晚的清凉可以让脑袋清醒一点儿。但事与愿违。胖查理感觉自己的脑袋要不是被牢牢拴住，可能就要飘走了。

"下一个是美人，"蜘蛛说，"然后是歌。"

可能有必要提一句，在胖查理的世界中，女人不会随随便便出现。你需要被介绍给她们；需要鼓起勇气和她们说话；还需要提前想出个话题。即便你达到了这个高度，前面还却有更高的山峰。你需要勇敢问出她们周六晚上有没有安排，等你问出这句话以后，大多数女孩都会发现那天晚上可能需要洗头，或者写日记，或者喂鹦鹉，或者只是要等另一个男人不会打来的电话。

但蜘蛛生活在完全不同的世界。

他们往伦敦西区溜达，来到一个人满为患的夜总会门前。排队的客人已经淤到了便道上，蜘蛛过去打了声招呼，原来这是在给一位叫茜比拉的女孩开生日派对。蜘蛛坚持要请她和她的朋友们喝一轮酒以示庆祝，这让茜比拉受宠若惊。他讲了几个笑话（……鸭子说，算在我的账上？你——以——为——我是谁？某种性变态？），然后自己先笑了起来，声音响亮，感觉特别快活。他能记住周围所有人的名字。他跟人们讲话，然后听他们讲话。当蜘蛛宣布该去找另一家酒吧时，所有参加生日派对的人都决定要跟他一同前往，整齐得好像是一个女人……

等他们来到第三家酒吧时，蜘蛛就像摇滚影片里走出来的明星。他身上挂满了女孩。她们都偎着他，有几个人还半开玩笑半认真地吻了他几下。胖查理又是嫉妒，又是惊骇。

"你是他的保镖？"一个女孩问。

"什么？"

"他的保镖。你是吗？"

"不，"胖查理说，"我是他兄弟。"

"喔，"她说，"我还不知道他有个兄弟。我觉得他酷毙了。"

"我也是。"另一个女孩说。她刚才腻在蜘蛛身边，直到被其他抱有同样意图的人挤开。这是她第一次注意到胖查理。"你是他的经纪人吗？"

"不。是他兄弟，"头一个女孩说，"他刚告诉我的。"她有意补充了一句。

第二个女孩没有理她。"你也是从美国来的？"她问，"你有点那边的口音。"

"小时候，"胖查理说，"我们住在佛罗里达。我爸是美国人，我妈是从，哦，她生在圣安德鲁斯，但是长在……"

没人在听。

他们离开第三家酒吧后，派对中剩下的人也跟了上来。女人们围绕在蜘蛛周围，打听下一站是什么地方。几家饭店被推荐出来，还有些夜总会。蜘蛛只是笑着继续往前走。

胖查理跟在他们后边，觉得比平时更受冷落。

他们在霓虹灯下蹒跚而行。蜘蛛抱着几个女孩，一面走，一面不加分别地吻着她们，就像拿过一颗刚上市的夏季水果咬上一口，然后就换成下一颗。但她们似乎都不在意。

这不正常，胖查理心想，这完全与正常相悖。他甚至没有跟上去的动力，只是努力不被落下。

他舌尖还有那种苦酒的滋味。

胖查理意识到有个女孩走在自己身边。个子小小的，很有种小仙子的美丽。女孩揪了揪他的袖子。"我们这是要去做什么？"她问，"我们要去哪儿？"

"我们在悼念父亲，"胖查理说，"我想是这样。"

"这是不是那种电视真人秀？"

"希望不是。"

蜘蛛停下来，转过身，眼中的光芒有些迷离。"就是这儿，"

他宣布说，"我们到了。换作是他，肯定会来这种地方。"酒吧大门上贴着一张鲜艳的橙色海报，上面有手写的通告。今晚。楼上。卡拉OK。

"歌，"蜘蛛说，"演出时间到了！"

"不。"胖查理猛地停下脚步。

"这是他的爱好。"蜘蛛说。

"我不能唱歌。不能公开唱。而且我喝醉了。而且，我真不觉得这是个好主意。"

"这是个绝妙的主意。"蜘蛛脸上挂着说服力十足的微笑。如果运用妥当，一个这样的微笑足以发动一场圣战。但胖查理没有被说服。

"你看，"他试图掩饰话语中的慌乱，"有些事是人们不会去做的。对吧？有些人不会飞。有些人不在公开场合做爱。有些人不会变成一缕烟消失不见。这些事我都不会做，而且我也不唱歌。"

"就算为老爹也不行？"

"为老爹就更不行了。他不能进了坟墓还让我难堪。好吧，除了他已经做到的部分。"

"抱歉，"一个女孩说，"抱歉，但是我们要不要进去啊？我在外面快感冒了，而且茜比拉要嘘嘘。"

"我们进去。"蜘蛛说着冲她露出微笑。

胖查理试图反驳，试图表明立场，但已经被人群拥了进去，心里只恨自己没用。

他在楼梯赶上蜘蛛。"我可以进去，"他说，"但是我不唱歌。"

"你已经进来了。"

"我知道。但我不会唱歌。"

"既然你已经进来了，再说自己不会进去，实在没什么道理。"

"我不能唱歌。"

"你不会是说我把所有音乐天赋也都继承了吧？"

"我是说，如果我在公开场合开口唱歌，就会难受。"

蜘蛛安慰似的捏了捏他的胳膊。"看我的吧。"他说。

过生日的女孩和两个朋友磕磕绊绊走上小舞台，一边唱起《舞后》，一边笑个不停。胖查理喝着别人递来的奎宁杜松子酒，台上三个女孩每次跑调、每次走音都令他难受得直皱眉。参加派对的人群中爆出一阵掌声。

又一个女孩走上舞台，正是那位询问胖查理这是要去哪儿的小仙子。《与我同行》的前奏响起，她以歌唱这个词所能包容的最边缘最离谱的方式唱了起来：她搞错了每个调门，每句歌词都起得太早或是太晚，大部分还都唱错了。胖查理替她感到难受。

一曲唱罢，女孩跳下舞台，走向吧台。胖查理准备说点安慰的话，但却发现她散发着愉快的光芒。"真是太棒了，"她说，"简直不可思议！"胖查理替她买了一大杯橙汁加伏特加，"真是笑死人了，"她对胖查理说，"你不试试吗？去吧。你一定得试一下。我打赌你不会比我更烂。"

胖查理耸耸肩，希望能够以此表示他烂得程度深不可测，无远弗界。

蜘蛛走向小舞台，就仿佛有一束聚光灯一直打在身上。

"我打赌他唱得肯定不赖，"橙汁伏特加说，"是不是有人说过，你是他兄弟？"

"不，"胖查理别别扭扭地嘟囔道，"是我说过他是我兄弟。"

蜘蛛唱了《木板路下》。

要不是胖查理太喜欢这首歌，那么一切都不会发生。胖查理十三岁时，坚信《木板路下》是世界上最伟大的歌曲（等他长到饱经沧桑看破红尘的十四岁时，这个宝座让给了鲍勃·马利的《没有女人，没有哭泣》）。现在蜘蛛唱着他最喜欢的歌，而且唱得很棒。他唱得有板有眼，唱得真情流露。人们不再饮酒，不再说话，所有人都看着他，所有人都在倾听。

蜘蛛一曲唱罢，台下喝彩声此起彼伏。要是他们戴着帽子，肯定早就抛到空中了。

"我知道你为什么不想跟来了，"橙汁伏特加对胖查理说，"我是说，你跟不上他，对吗？"

"哦……"胖查理说。

"我是说，"她露齿一笑，"你知道兄弟中继承了所有天赋的人是谁。"她说这话时，歪着脑袋，翘着下巴。肯定是这翘下巴惹的祸。

胖查理直奔舞台，一步步往前猛走，敏捷的身手让人印象深刻。他在冒汗。

接下来的几分钟变得一片恍惚。他对DJ说了两句话，从单子上选了《永志不忘》，等待了仿佛永恒的几秒钟，然后接过别人递来的麦克风。

他的嘴很干。他的心在胸中乱蹦。

屏幕上显示出第一句歌词：永志不忘……

胖查理真的可以唱歌。他有音域，有嗓子，有能力。他唱起歌来整个身躯都会变成一件乐器。

音乐响起。

在胖查理的脑海中，他已经做好开口歌唱的一切准备。他会唱出《永志不忘》。他会唱给死去的父亲，还有他的兄弟和这个夜晚，告诉他们所有人，他们都将被永远记住。

但是他做不到。这里有很多人正仰着头注视他。在这间酒吧的二楼房间中，差不多有二十多人。大多数都是女孩。在听众面前，胖查理根本张不开嘴。

他听到乐声流淌，但却只能僵在原地。他觉得很冷，双脚似乎离自己很远很远。

他强迫自己把嘴张开。

"我想……"他冲着麦克风说，声音非常清晰，甚至盖过了音乐。他可以听到自己的话语在房间的每个角落回荡。"我想我要吐了。"

这座舞台上没有体面的退场门。

在此之后，万事万物都有点恍惚。

世上有些神秘领域。它们都以自己的方式存在。有些覆盖在我们的世界之上，有些在这世界之下，就像一层底色。

世上有山。它们是岩石密布的所在，在你到达世界尽头的悬崖之前，肯定会经过它们。这些山上有洞，很深很深的洞。远在人类始祖在大地上行走之前，这些洞里就有了住客。

它们现在还住在那里。

第五章

次日清晨的种种后果

胖查理很渴。

胖查理很渴，而且脑袋疼。

胖查理很渴而且脑袋疼而且嘴里有股怪味而且眼睛抠在脑袋里而且牙床抽痛而且胃里像着了火而且背部的疼痛从膝盖一路蹿到前额而且脑子似乎被挖出去换上棉花球和针钉所以才会一转脑筋就疼[1]；而且他的眼睛不止是抠在脑袋里，它们夜里肯定滚了出去，又被人用油毡钉重新钉好；而且他发现任何比空气分子轻轻交错的柔和布朗运动更响的声音，都会突破可以忍受的疼痛极限。胖查理真希望自己死了算了。

胖查理睁开眼，这是个错误，因为照射进来的日光又带来了新的痛苦。不过这也让他了解到自己身处何方（在他家卧室，自己的床上），而且正好看到床头柜上的闹钟，所以知道现在是11点30分。

这回，胖查理一个字一个字地想，麻烦大了。《旧约》中上帝用来击败米甸人的那种宿醉令他饱受折磨，而且下次见到格雷厄姆·科茨时，他肯定会发现自己已经被开除。

1　原文如此。

胖查理思索着能不能通过电话表现出可信的病痛，接着就意识到要想表现出病痛以外的感觉，那才是难比登天。

他想不起来昨晚是怎么回家的。

一旦回忆起事务所的电话号码，他就会打个电话过去。他会道歉——忍受着流感全天不间断的折磨，躺在床上，什么也做不了……

"对了，"躺在旁边的人说，"我想你那边有一瓶水。可以递过来吗？"

胖查理正要解释说他这边没有水，而且最近的水源是浴室龙头，还得先把刷牙杯消毒一下才能接水。但他突然发现自己正注视着床头柜上的几瓶水。胖查理伸出手去，用似乎不属于自己的手指握住其中一瓶。然后咬着牙翻了个身，感觉就像是攀岩者拼尽全力把自己拉过最后几尺岩壁。

床上躺着的是橙汁伏特加。

她也没穿衣服。至少，胖查理看到的部分没穿。

女孩接过水瓶，用床单盖住胸部。"谢了。他让我告诉你，"她说，"你醒了以后，不用操心给公司打电话说病了之类的事。他说这件事已经搞定了。"

胖查理的心情还没平静。他的恐惧和忧虑也尚未疏解。但在当前条件下，他脑袋里的思维空间只够一次为一件事担心，而现在他所担心的是能不能及时赶到浴室。

"多喝点水，"女孩说，"你需要补充电解质。"

胖查理及时赶到浴室。事毕之后，他看既然已经到了这里，干脆就站在喷头底下开始冲淋浴，直到眼前的房间不再荡漾为止。随后他又刷了牙，居然没有再次呕吐。

胖查理走回卧室时，橙汁伏特加已然消失，这让他松了口气。胖查理本就抱着这样的希望：她可能是酒精引发的幻觉，就跟粉色大象和昨晚站在舞台上唱歌的噩梦一样。

他找不到自己的晨衣，只能穿了套运动服。身上有一衣蔽体，才好到走廊尽头的厨房去。

电话铃突然响起，胖查理赶紧从摊在卧室地板上的衣服里翻出手机，把盖打开。他冲电话咕哝了几声，尽量掩盖自己的口音，以防是格雷厄姆·科茨事务所的人打电话来确认他的行踪。

"是我，"蜘蛛的声音，"我都搞定了。"

"你跟他们说我死了？"

"比这还好。我跟他们说我就是你。"

"但，"胖查理试图清醒地思考，"但你不是我。"

"嘿。我知道。我只是这么跟他们说。"

"你长得根本不像我。"

"我的兄弟，你的酒还没完全醒。我这边都搞定了。哎呀。得挂了。大老板要跟我谈话。"

"格雷厄姆·科茨？听着，蜘蛛……"

但蜘蛛已经放下电话，液晶屏上的信号消失了。

胖查理穿着晨衣走过房门，里面还有个女孩。这套衣服在她身上可比在胖查理身上显得好太多了。女孩手里端着一个盘子，上面放着一玻璃杯清水，水里有一片咝咝冒气的胃药；另外还有个带柄的大杯子，里面不知是什么东西。

"都喝了，"女孩对他说，"先喝大杯。一口干掉。"

"这里面是什么？"

"蛋黄、伍斯特郡酱、塔巴斯哥辣酱油、盐、一点儿伏特加，诸如此类的东西，"她说，"非死即生。给你，"她用不容置疑的语气说，"喝。"

胖查理一饮而尽。

"哦，我的上帝。"他说。

"没错，"她赞同道，"但你还活着。"

胖查理可不太确定。他把那杯胃药也喝了，随即突然想起一件事来。

"呃，"胖查理说，"呃。你看。昨晚。我们是不是。呃。"

女孩面无表情。

"我们是不是什么？"

"我们是不是。你知道。做了？"

"你是说你一点儿都想不起来了？"女孩面色一沉，"你说那是你这辈子最棒的经历，就好像你以前从没跟姑娘们做过似的。你部分像神，部分像动物，部分像是永动性爱机……"

胖查理不知道该把眼睛往哪儿放。女孩笑出声来。

"我只是把你弄了回来，"她说，"我帮你兄弟把你抬回家，清洗干净。之后的事，你应该知道的。"

"不，"他说，"我不知道。"

"好吧，"她说，"你完全不省人事，这又是张大床。我不知道你兄弟睡在哪儿了。他肯定壮得像头公牛。天刚蒙蒙亮他就起来了，而且精神焕发，神采奕奕。"

"他去上班了，"胖查理说，"他跟人们说他就是我。"

"他们看不出区别吗？我是说，你们似乎不是双胞胎。"

"显然不是。"胖查理摇摇头，然后看了女孩一眼。她吐了吐粉得要命的小舌尖。

"你叫什么？"

"你忘了？我记得你的名字。你是胖查理。"

"查尔斯，"他说，"查尔斯就好。"

"我叫黛西，"她说着伸出手来，"很高兴认识你。"

他们郑重其事地握了握手。

"我感觉好点了。"胖查理说。

"我刚才不是说了吗，"黛西说道，"非死即生。"

蜘蛛在事务所里过得很快活。他几乎从没在办公室里工作过。事实上，他几乎从没工作过。从把他送上六楼的那台小电梯，到格雷厄姆·科茨事务所鸽子笼似的办公室，一切都很新鲜，一切都陌生而神奇。他着迷地注视着陈列在大厅玻璃柜里，落满尘灰的各色奖杯。他在各个办公室之间溜达，别人问起他是谁，蜘蛛就说"我是胖查理·南希"，他说这话用的是天音神语，无论他说什么别人都会相信。

蜘蛛找到休息室，给自己倒了几杯茶，然后拿着它们回到胖查理的办公桌，像搞艺术似的码在桌子周围。他开始玩电脑网络。机器向他索要密码。"我是胖查理·南希。"他对电脑说，但还是有些地方进不去，所以他又说"我是格雷厄姆·科茨"，整个网络就像鲜花一样在他面前盛开。

蜘蛛浏览着电脑里的东西，最终感到厌倦。

他摆弄着胖查理文件篮里的玩意儿，然后又开始玩待处理文件篮里的东西。

接着他想起来胖查理差不多该醒了，所以便打电话回去，好让他放心。他刚觉得这项工作有了一点儿进展，格雷厄姆·科茨的脑袋就从门口探了进来，把手指竖在白鼬般的嘴唇上，然后又冲他招了招手。

"得挂了，"蜘蛛对他的兄弟说，"大老板要找我谈话。"他说完把电话放下。

"工作时间打私人电话吗，南希？"格雷厄姆·科茨说。

"完全正确。"蜘蛛同意地说。

"另外你说的'大老板'是指我吗？"格雷厄姆·科茨问道。两人向走廊尽头他的办公室走去。

"你是最大的，"蜘蛛说，"也是最老板的。"

格雷厄姆·科茨面露疑色，他感觉对方是在拿自己开玩笑，但却不敢肯定，这让他有些心神不宁。

"好吧，请坐，请坐。"他说。

蜘蛛坐了下来。

格雷厄姆·科茨习惯让格雷厄姆·科茨事务所里的人员流动率保持较高水平。有些人来了又去。另一些人来了，然后一直干到他们的工作很快就能得到某种雇佣保障为止。胖查理在这里的工作时间比所有人都长：一年零十一个月。再过一个月，离职津贴和工业裁判所就会成为他生命的一部分。

格雷厄姆·科茨在开除某个人之前，总要来一段演说。他很欣赏自己的演说。

"每个人的生命中，"他说，"都有起承转折。祸兮福所依，福兮祸所伏。"

"人有旦夕祸福，"蜘蛛附和道，"月有阴晴圆缺。"

"啊。没错。一点儿没错。嗯。我们走在这浸满泪水的尘世间时，应该停下来好好思考……"

"第一次，"蜘蛛说，"总是伤得最深。"

"什么？哦，"格雷厄姆·科茨努力回忆着下面的台词，"幸福，"他说道，"犹如一只蝴蝶。"

"或是蓝鸟。"蜘蛛补充说。

"是的。可以让我说完吗？"

"当然。请便。"蜘蛛高兴地说。

"而格雷厄姆·科茨事务所中每一个人幸福与否，对我来说，都和自己的幸福一样重要。"

"我简直无法用语言表达，"蜘蛛说，"您这话让我多么高兴。"

"是的。"格雷厄姆·科茨说。

"哦，我最好回去工作了，"蜘蛛说，"不过这次真是深受启发。下次您再想跟我分享什么人生体悟的话，直接叫我就行。您知道到哪儿找我。"

"幸福，"格雷厄姆·科茨的声音中隐约有种滞塞的感觉，"我在想，查尔斯·南希，它在——你在这里快乐吗？你难道不觉得，在别的地方也许会更快乐吗？"

"我对这个问题不感兴趣，"蜘蛛说，"您想知道我对什么感兴趣吗？"

格雷厄姆·科茨一言不发。过去从没发生过这种情况。通常到了这个阶段，他们都脸色铁青，陷入震惊状态。有时他们会开始哭泣。格雷厄姆·科茨从来都不在乎别人哭泣。

"我感兴趣的是，"蜘蛛说，"开曼群岛上那些户头是做什么用的。您知道，因为我觉得有些应该打给事务所客户的钱，却进了开曼群岛这些户头。把钱放进那些账户搁置不管，这种投资理财方式未免有点奇怪。我过去从没见过这种事儿。希望您能帮我解释一下。"

格雷厄姆·科茨脸色发白——是那种在颜色分类中被冠以诸如"羊皮纸白"或"玉兰白"等标签的白色。他说："你是怎么进入那些账户的？"

"电脑，"蜘蛛说，"它们快把我逼疯了，不知道您怎么样？您能怎么办呢？"

格雷厄姆·科茨沉思良久。他过去一直以为自己的财务秘密藏得够深够复杂，就算商业欺诈稽查处能够判定他有经济犯罪行为，也很难向法官解释清楚他到底犯的是什么罪。

"开几个海外账户没什么不合法的地方。"他尽量显得满不在乎。

"不合法？"蜘蛛说，"希望没有。我是说，如果我发现任何非法行为，都有义务向有关部门汇报。"

格雷厄姆·科茨从桌上拿起铅笔，然后又把它放下。"啊，"他说，"好了，很高兴和你聊天、对话、消磨时间，以及亲密交谈，查尔斯。我想咱俩还有很多工作要做。时间和潮汐都不等人。拖拉是时间的窃贼。"

"生活就像岩石，"蜘蛛说，"不如及时行乐。"

"随你怎么说。"

胖查理逐渐觉得自己又有点人样了。他不再感到难受，缓慢而强烈的阵阵呕感也不再席卷。尽管他还不相信这是个美好幸福的世界，但起码已经逃出了宿醉的九层地狱，这总是件好事。

黛西进了浴室。胖查理听着水龙头慢慢注水，然后是某些东西泼了出来。

他敲敲浴室的门。

"我在里面，"黛西说，"我在洗澡。"

"我知道，"胖查理说，"我是说，我不知道，但我想你大概是在里面。"

"怎么了？"黛西说。

"我只是在想，"他冲着房门说，"我在想你为什么要到这儿来。昨晚。"

"哦，"她说，"你的状况有点不妙。而你兄弟似乎需要个帮手。我今天上午不上班。所以就是这么回事啦。"

"就是这么回事。"胖查理说。一方面，她觉得他可怜；另一方面，她太喜欢蜘蛛了。是的。他认识自己的兄弟才不过一天多点，但是已经觉得在这段刚刚发现的亲缘关系中，不存在任何未知领域。蜘蛛是酷的那个，他是另外那个。

黛西说："你的声音很好听。"

"什么？"

"你在出租车里唱歌来着，就在我们回来的路上。《永志不忘》。可真好听。"

胖查理本已把卡拉OK事件抛在脑后，放进人们用来处理难以启齿之事的阴暗角落。现在它又回来了，胖查理真不希望这样。

"你唱得妙极了，"她说，"回头你能再给我唱一次吗？"

胖查理绝望地转着脑筋，突然响起的门铃把他从绝境中解救出来。

"有人在按门铃。"他说。

胖查理走下楼梯，打开大门。事态继续恶化。罗茜的妈妈手里拿着一个很大的白信封，用足以令牛奶凝结的目光盯着他，什么话也没说。

"嗨，"胖查理说，"诺亚夫人。很高兴见到您。呃。"

她冷哼一声，把信封举在身前。"哦，"她说，"你在家。那么，你准备邀请我进去吗？"

是啊，胖查理心想，吸血鬼必须等人邀请才能进屋。直接说不，她就只得离开了。"当然，诺亚夫人。请进。"这就是吸血鬼的手段，"您想喝杯茶吗？"

"别以为这样就能把我哄住，"她说，"你是办不到的。"

"呃。当然。"

两人走上狭窄的楼梯，进入厨房。诺亚夫人环顾四周，皱了皱眉，似乎在暗示这里不符合她的卫生标准，也没有可以食用的东西。"咖啡？水？"别说蜡水果。"蜡水果？"该死！

"我听罗茜说，你父亲刚刚过世了。"她说。

"嗯，是的。"

"罗茜的父亲过世时，《厨师与厨艺》杂志发了四页的讣告。他们说是他将加勒比烹调风格带入这个国家。"

"哦。"胖查理说。

"他给我留下了足够的遗产。他有人寿保险，还有两家生意很好的饭店的股权。我是个财产丰厚的遗孀。等我死后，这些都是罗茜的。"

"我们结婚后，"胖查理说，"我会好好照顾她的。您不用担心。"

"我不是说你只是为了我的钱才追求她的。"罗茜的妈妈说。但这语气明白无误地表示她就是这么想的。

胖查理觉得头又疼起来了："诺亚夫人，有什么我可以帮忙的吗？"

"我已经跟罗茜谈过了，我们决定由我来帮你准备结婚计划。"她一本正经地说，"我需要你的宾客名单。那些你准备邀请的人。姓名、地址、电子邮箱，还有电话号码。我做了个表格给你填。我今天上午反正也要经过麦克斯韦花园，所以就想干脆省下邮资，亲自送过来好了。不过没想到你会在家。"她把白色大信封递给查理，"婚礼将邀请九十位客人。你可以请八个亲人，六位朋友。你的朋友和四位亲戚将坐在第八桌。其他亲戚会安排在第三桌。你父亲本该和我们坐主桌，不过既然他已经故去，我们会把这位子分配给罗茜的维妮弗雷德姑妈。你决定好请谁当伴郎了吗？"

胖查理摇摇头。

"嗯，等你决定好了，一定要告诉他，致辞里不要有任何粗鲁言语。我不想从你的伴郎嘴里，听到任何我不该在教堂听到的词句。明白了吗？"

胖查理想象着罗茜的妈妈在教堂里通常会听到什么。可能是一些喊叫："别过来！地狱的恶鬼！"紧跟着是惊呼："它还活着？"然后是紧张的相互问询，是否有人记得带锤子和木桩。

"我在想，"胖查理说，"我的亲戚不止十个。您知道，表亲啊，姑姥姥之类的。"

"显然有个问题你还没搞明白，"罗茜的母亲说，"婚礼是很花钱的。我为一到四桌的每位宾客订了175英镑的标准——第一桌就是主桌，这些位子主要是招待罗茜的亲友和我妇女俱乐部里的朋友；五到七桌每人125英镑。这些席位，你知道，是关系比较远的熟人，还有小孩子之类的。"

"你刚才说我的朋友在第八桌。"胖查理说。

"那是下一个档次。他们没有鳄梨小虾开胃菜和雪利酒蛋糕。"

"罗茜上次跟我讨论这件事时,我们决定采用西印度风格的料理。"

罗茜的母亲对此嗤之以鼻。"她有时候都不知道自己在想什么,这孩子。但我和她已经完全谈妥了。"

"您看,"胖查理说,"我想也许我应该先跟罗茜好好讨论一下,然后再反馈给您。"

"把单子填好就行了,"罗茜的母亲说,接着她又狐疑地问,"你怎么没去上班?"

"我吗?呃。我没去。就是说,我今天上午放假。今天不用去。我吗?没去。"

"我希望你已经跟罗茜说了。她计划去找你吃午餐,所以才不能跟我一起吃。"

胖查理把这件事记在心里。"好的,"他说,"那么,多谢您顺路过来,诺亚夫人。我会跟罗茜说的,而且……"

黛西走进厨房,头上裹着一条毛巾,胖查理的晨衣贴在她湿漉漉的身上。她说:"冰箱里有橙汁,对吧?我之前到处寻摸的时候,好像看见了。你的头怎么样?好点了吗?"她说着打开冰箱,给自己倒了一大杯橙汁。

罗茜的母亲清了清嗓子。这声音不像是清嗓子,倒像是鹅卵石在岸边滚动。

"嗨,"黛西说,"我叫黛西。"

厨房里的室温开始下降。"是吗?"罗茜的妈妈说。冰柱从

"吗"字上垂了下来。

"我总是在想，如果它们不是橙色的，"胖查理打破沉默，"人们会管橙子叫什么呢？如果它们原来是某种未知的蓝色水果，会不会被称作蓝子？我们会喝蓝汁吗？"

"什么？"罗茜的母亲问。

"我的天哪。你真该听听自己嘴里冒出来的东西，"黛西高兴地说，"好了。我去看看能不能找到自己的衣服。很高兴见到您。"

她走出厨房。胖查理还没有恢复呼吸。

"她。"罗茜的母亲用极度平静的口吻说，"是。谁。"

"我妹——表妹。我表妹，"胖查理说，"我老是把她当成自己的妹妹。我们关系很好，一起长大的。她昨晚跑过来住了一宿。这孩子有点野。嗯。是的。您会在婚礼上见到她。"

"我会把她安排在第八桌，"罗茜的母亲说，"她在那儿会更舒服些。"她说这话的方式，通常会被人们用来说这种话："你是想死得痛快点，还是想让蒙格先找点乐子？"

"是的，"胖查理说，"好的，很高兴见到您。那么，"他说，"您肯定还有很多事要办。而且，"他说，"我该去上班了。"

"你不是说今天放假吗？"

"上午。我上午放假。都快过去了。我现在该出门上班了。那么，再见。"

诺亚夫人抓过手袋，站起身来。胖查理跟着她来到走廊。

"很高兴见到您。"他说。

她眨眨眼，就像一条大蟒在发动攻击前会眨下眼睛那样。"再见，黛西，"她喊道，"咱们婚礼上见。"

黛西已经穿好衬裤和胸罩，正往身上套T恤。她把上身探进走廊说"路上小心"，然后又缩回了胖查理的卧室。

胖查理领着诺亚夫人走下楼梯，一路上她什么也没说。胖查理把门打开，当诺亚夫人从他身前经过时，胖查理从她脸上看到了一种可怕的东西，令他本已缩成一团的胃部缩得更厉害了。这东西是诺亚夫人用嘴表现出来的，嘴角向上裂出一道可怕的缝隙，就像一颗骷髅头长了嘴唇——罗茜的母亲在微笑。

胖查理关上房门，站在楼下走廊中止不住地颤抖。接着，他一步步走上楼梯，沉痛的脚步就像是在走向电椅。

"她是谁？"黛西问。她现在基本已经穿戴好了。

"我未婚妻的母亲。"

"她可真有意思，不是吗？"她穿的还是昨晚那套衣服。

"你就这么去上班？"

"哦，我的天。不，我会先回家换衣服。这可不是我上班时的样子。你能帮我叫部出租车吗？"

"你要去哪儿？"

"汉登。"

胖查理给当地出租车服务公司打了个电话，然后坐在过道地板上，想象着将会出现的各种情景——它们全都难以想象。

有个人站到他身边。"我包里有点维生素B，"她说，"你也可以试试含一勺蜂蜜。这招对我完全没用，不过我的室友发誓说它能治宿醉。"

"不是那么回事，"胖查理说，"我跟她说你是我的表妹。以免她把你当成我的，我们，你知道，出现在公寓里的陌生女孩，诸如此类的事情。"

"表妹，是吗？哦，别担心。她可能很快就把我忘了，如果没忘的话，就跟她说我从这个国家神秘消失了。你再也没见过我。"

"真的？你确定？"

"你也不用显得这么高兴吧。"

汽车喇叭声在街上响起。"估计是我的出租车到了。站起来说声再见吧。"

他站了起来。

"别担心。"黛西说着给了他一个拥抱。

"我想我这辈子算是完了。"他说。

"不。没有的事。"

"在劫难逃。"

"谢谢。"她说着探过身来，在他嘴上吻了一下。这个吻又深又长，绝对超过了萍水相逢的程度。接着她笑了笑，三两步蹦下楼梯，推门出去。

"这，"房门关上后，胖查理大声说，"也许都是幻觉。"

他还能感觉到黛西嘴唇的味道，橙汁和黑莓。这是个吻。这是个真正的吻。其中有种性感的滋味，他这辈子未曾体验，就连——

"罗茜。"他说。

胖查理打开手机，迅速拨通她的电话。

"这是罗茜的手机，"罗茜的声音说，"我很忙，要不就是又把手机丢了。你现在进入了语音留言系统。试试我家里的电话，或者给我留条口信。"

胖查理关上手机，在运动服外面套了件外衣，走上大街。阳光明媚得可怕，但也只是令他稍感畏缩。

罗茜·诺亚很担心，这担心本身就让她担心。而这件事，无论她是否承认，就和罗茜生命中的很多事情一样，都是她妈妈的错。

罗茜已经习惯了眼下这个世界，在这个世界中她妈妈极端痛恨她要嫁给胖查理的想法。她把母亲对这段婚姻的反对态度，视作上天的启示，说明这样做是正确的选择——尽管她自己都不敢肯定这到底是不是真的。

当然了，她爱他。胖查理可靠、实在、正常……

妈妈对胖查理的态度大逆转，让罗茜很担心；而妈妈对婚礼组织工作突如其来的热心态度，让她更加担心。

罗茜昨天晚上给胖查理打了个电话，想要和他讨论一下，但没人接。罗茜猜想他可能是睡得比较早。

因此她决定牺牲午餐时间去找他谈谈。

格雷厄姆·科茨事务所位于奥德乌奇街一栋灰色维多利亚式建筑的顶楼，也就是在五段楼梯的最上面。楼里有部电梯，这部古董电梯大概是在一百多年前由戏剧经纪人鲁珀特·"宾克"·巴特沃思安装的。这是台很小很慢很颠簸的电梯。巴特沃思的体形、体态和挤进狭小空间的能力，都与壮年河马相差无几；你只有明白这一点，才能理解这台电梯的设计和特殊功用。只要稍挤一下，它可以塞进巴特沃思，外加一个比他苗条很多的人：比如说歌舞团女孩或者男孩——宾克不是个挑剔的人。最让宾克高兴的事，莫过于某个想要在戏剧方面寻求发展的人同他一起乘坐电梯，经过特别缓慢、特别颠簸的六个楼层来到顶楼。通常到了顶楼以后，宾克会受到这趟路程的影响，需要稍微休息一下。那位歌舞团女孩或男孩则被留在接待室里苦苦等待，担心刚才这段路上宾克面色潮红的喘息和难以控制的气短现象，是不是说明他患有某种爱德华时代早期的栓塞病。

人们会跟宾克·巴特沃思坐一次电梯，但以后他们都会走楼梯。

二十多年前，格雷厄姆·科茨从宾克的孙女手里买下了巴特沃思事务所，并把这部电梯保留下来，作为历史的遗迹。

罗茜撞上内侧折叠门，关好外门，然后走向前台，告诉接待员她要找查尔斯·南希。她坐在接待室，对面挂着很多格雷厄姆·科茨和客户们的照片。她认出了戏剧演员莫里斯·利文斯顿、几支一度走红的男子乐队，还有一批体育明星——这些人晚年多半"名声大噪"，都是那种如果等不到肝脏移植，就只能吃斋念佛的人。

一个男人走到前台。他看起来不像胖查理。肤色更黑，而且总是在微笑，似乎对万事万物都很有兴致——一种暗藏危机的兴致。

"我是胖查理·南希。"这人说。

罗茜走过去，在他脸上吻了一下。男人说："我认识你吗？"这话真是奇怪，接着他又说，"当然认识。你是罗茜。你真是一天比一天美丽。"他说完回吻了罗茜，吻在她嘴上。两人的嘴唇只是稍稍蹭了一下，但罗茜的心怦怦直跳，就跟巴特沃思同某个歌舞团演员共乘电梯，度过一段颠簸之旅后的感觉一样。

"午饭时间，"罗茜细声说，"也许我们可以。谈谈。"

"对，"罗茜现在以为是胖查理的人说，"午饭。"

他很自然地用手揽住罗茜。"你想去哪儿吃午饭？"

"哦，"她说，"随便。听你的。"肯定是因为他的味道，罗茜想。我过去怎么没发现他的味道这么好闻？

"咱们会找到个好地方，"他说，"走楼梯吗？"

"如果你不介意的话，"她说，"我宁愿搭电梯。"

她把折叠门撞上，两人紧紧靠在一起，晃晃悠悠地慢慢落到一楼。

罗茜不记得上次这么开心是什么时候了。

两人走出大楼时，罗茜的电话发出哔哔的声音，表示有漏接电话，但她没有理会。

两人走进路过的第一家饭馆。上个月这里还是个高科技寿司餐厅，一条传送带在屋里环绕，上面放着各种小小的鱼生寿司，不同颜色的碟子表示不同的价格。这家日本餐厅关张后，按照伦敦餐饮业的规律很快就被人接手，改成了一家匈牙利餐馆。老板把传送带保留下来，作为匈牙利菜的高科技附属品。因此一碗碗凉得很快的菜炖牛肉、辣椒布丁和一罐罐酸奶油，正以庄严肃穆的风范在屋子里转圈。

罗茜不觉得这是个好主意。

"你昨晚去哪儿了？"她问。

"我出去了，"他说，"和我兄弟。"

"你是独生子啊。"罗茜说。

"我不是。事实证明我是两件套中的一半。"

"真的？这也是你爸爸留下的遗产吗？"

"亲爱的，"她以为是胖查理的人说，"你连一半都不了解。"

"哦，"她说，"我希望他会来参加婚礼。"

"哪怕要放弃全世界，他也绝对不会错过婚礼。"他握住罗茜的手，女孩差点把炖菜勺子扔下，"你今天下午有事吗？"

"没什么。现在办公室里基本上已经没事了。还有几个募款电话要打，不过晚一点儿也没关系。是不是。呃。你想。呃。怎么了？"

"天气多好啊，你不想散散步吗？"

"哦，"罗茜说，"那可太妙了。"

他们走到堤坝区，沿着泰晤士河北岸，手牵着手缓缓而行，有一搭没一搭地谈天。

"你的工作呢？"他们停下来买冰激凌时，罗茜问道。

"哦，"蜘蛛说，"他们不会在意的。他们可能都不会注意到我没在。"

胖查理顺着楼梯一路跑到格雷厄姆·科茨事务所。他总是走楼梯。首先，这有益健康；其次，这也意味着他不用担心自己会和别人挤在狭小的电梯中，距离如此之近，想假装没看见都不行。

他走到前台，稍有点喘。"安妮，罗茜来过吗？"

"你跟她走散了？"前台问。

胖查理回到自己的办公室。他的桌子特别整洁，那堆待处理的邮件不知到哪儿去了。电脑显示屏上贴着一张黄色便笺，上面写着"来一下，格·科"。

他敲了敲格雷厄姆·科茨办公室的门。一个声音响起："谁？"

"是我。"他说。

"哦，"格雷厄姆·科茨说，"请进吧，南希先生。请坐，请坐。我好好琢磨了一下今天早上咱们的谈话。我过去显然是误解你了。你已经在这儿干了多久？"

"快两年了。"

"你工作一直努力认真。而且父亲又刚刚过世……"

"我几乎跟他不熟。"

"啊。坚强的心灵，南希。考虑到这段时间是咱们的休耕期，你觉得放几周假怎么样？当然，用不着我说，是带薪假？"

"带薪假？"胖查理说。

"带薪假，不过，是的，我明白你的意思。开销。我敢说你需要一点儿开销，不是吗？"

胖查理试图确定自己处在哪个宇宙。"我被开除了吗？"

格雷厄姆·科茨大笑起来，就像只喉咙里扎了鱼刺的白鼬。"绝定不会。正相反。实际上我认为，"他说，"咱们现在完全可以交心。你的工作安全妥帖。就像房子一样安全。你的审慎态度和卓越判断力一直是事务所里的表率，只要能保持下去就没问题。"

"房子有多安全？"胖查理问道。

"非常安全。"

"我似乎在什么地方读到过，大部分意外事故都发生在家里。"

"那么，"格雷厄姆·科茨说，"我强烈建议你尽快回到自己的家中。"他把一张长方形纸片递给胖查理，"给，"他说，"为你过去两年中对格雷厄姆·科茨事务所的贡献表示小小谢意。"他给别人钱的时候总是要加上一句，所以这次也不例外，"别把它一次花光了。"

胖查理看了眼纸片。这是张支票。"两千磅。天哪。我是说，我不能。"

格雷厄姆·科茨冲胖查理露出微笑。这笑容里有种胜利的意味，但胖查理太困惑、太不解，也太震惊了，根本没有发现。

"好走。"格雷厄姆·科茨说。

胖查理走向自己的办公室。

格雷厄姆·科茨随意地靠在门边，就像猫鼬随意地靠在蛇窝旁。"顺便问一句。你肯定会享受自己的假期，好好放松一下——我强烈建议你这么做。但在这段时间里，我有可能需要查看你电脑上的文件，能告诉我你的密码吗？"

"我以为你的密码可以进入系统中的每个角落呢。"胖查理说。

"当然可以，"格雷厄姆·科茨愉快地回答，"只是以防万一。毕竟，你也知道电脑这玩意儿的脾气。"

"是美人鱼，"胖查理说，"M-E-R-M-A-I-D。"

"很好，"格雷厄姆·科茨说，"很好。"他没有搓弄双手，但显然有做这个动作的冲动。

胖查理兜里揣着两千英镑的支票走下楼梯，心想他过去两年对格雷厄姆·科茨的误会怎么会那么深。

胖查理走过街角，来到银行，把支票存进自己的账户。

然后他走到堤岸区，让自己喘了口气，好好思考一下。

他富了两千镑！早起时的头疼已经完全消失，感觉舒心又踏实。他考虑着要不要说服罗茜跟自己一起来个短期旅行。现在通知她有点晚了，不过……

这时，他看到蜘蛛和罗茜手牵着手走在马路对面。罗茜刚吃完一个冰激凌。她将包装纸扔进垃圾桶，把蜘蛛拉向自己，用带有冰激凌滋味的嘴巴，给了他一个深情的热吻。

胖查理感觉头疼又回来了。他感觉全身麻痹。

他看着那两个人接吻，觉得他们早晚要分开来透口气，但是他们没有。所以胖查理转身朝另一个方向走去，一直走到地铁站，觉得自己像个可怜虫。

他只能回家。

到家后，胖查理感觉糟透了，他爬到还留有淡淡的黛西气味的床上，闭上眼睛。

光阴流转，胖查理和他父亲一起在沙滩上散步。两人都打着赤脚。他又变成了孩子，而南希先生似乎永远都是那个样子。

父亲开口说，你和蜘蛛处得还好吗？

这是个梦，胖查理说，我也不想谈这件事。

你们这俩孩子，他父亲摇着头说，听着，我要告诉你一件很重要的事。

什么？

但南希先生没有回答。海边有个东西吸引了他的目光，胖查理弯腰把它捡起来。那东西的五条尖腿软塌塌地垂着。

海星，父亲若有所思地说，如果把它切成两半，就会长成两个新海星。

我还以为你要告诉我什么要紧事呢。

他父亲突然抓着胸口，倒在沙滩上一动不动。蛆虫从沙子里冒了出来，很快就把他吞噬一空，只留下累累白骨。

老爹？

胖查理在卧室中醒来，脸上满是泪水。他随即止住哭声。没什么可伤心的。父亲又没死，这只是个梦。

他决定邀请罗茜明天晚上过来吃饭。他们可以吃烤牛排。他来做。一切都会好起来。

胖查理起床穿好衣服。

二十分钟后，他在厨房里舀着罐装面条吃，这时才忽然想起，尽管海滩上那一幕只是个梦，但父亲已经死了。

下午晚些时候，罗茜来到母亲在温坡街的公寓。

"我今天看到你男朋友了。"诺亚夫人说。她的名字是尤斯莉亚，但在过去的三十年中，除了诺亚先生没人这样称呼过她，而在他谢世以后，这个名字更是退居二线，估计诺亚夫人这辈子再也不会听到了。

"我也是，"罗茜说，"上帝啊。我爱死他了。"

"哦，当然。你都快嫁给他了，不是吗？"

"嗯，是的。我是说，我一直知道自己爱着他，但今天才发现这爱有多深。我爱他的一切。"

"你知道他昨晚干吗去了吗？"

"是的。他都跟我说了。他和他兄弟一起出去了。"

"我不知道他还有个兄弟。"

"他没提过。他俩不是很亲。"

罗茜的母亲啧啧称奇。"肯定是有场家族大聚会啊。他跟你提过表妹的事吗？"

"表妹？"

"也可能是妹妹。他似乎不太确定。漂亮的小东西，有那么种贱相。要我说的话，不是什么正经人。但反正面对这个家族的人是你。"

"妈妈。你还没见过他的家人呢。"

"我见过她了。她就在厨房里溜达，几乎没穿衣服。不知羞耻。如果她真是什么表妹的话。"

"胖查理从不撒谎。"

"他是个男人，不是吗？"

"妈妈！"

"另外他今天怎么没去上班？"

"他上了。他去上班了。我们一起吃的午饭。"

罗茜的母亲对着随身带的小镜子检查口红，然后用食指抹掉粘在牙齿上的红印子。

"你还跟他说什么了？"罗茜问。

"我们就谈了婚礼的事，说了我决不希望他的伴郎来一段近乎粗鄙的祝词。他呆呆地看着我，好像是还没醒酒。你应该记得，我警告过你不要嫁给酗酒的人。"

"哦，我见到胖查理的时候，他看起来挺精神的，"罗茜一本正经地说，"哦，妈妈，我今天过得再好没有了。我们散步，聊天，而且——哦，我跟你说过他的味道有多好闻吗？还有那双天底下最柔软的手。"

"要我说，"她妈妈讲道，"他有股腥味。我跟你说，下次见到他，你就把那什么表妹的事情问清楚。我没说她真是他表妹，我也没说她就不是。我只是说如果她是的话，那他的家族中可就算出了妓女、脱衣舞娘或是三陪了，而且肯定不是你可以用浪漫眼光看待的那种人。"

罗茜感觉踏实了许多，现在她妈妈又回到贬低胖查理的老路上来。"妈妈，多一个字儿我都不想听了。"

"好吧。我会把嘴闭上。反正要嫁给他的又不是我。浪费生命的不是我。他以后晚上出去跟女人喝酒时，把头埋在枕头里哭的也不是我。等他进了监狱，整日整夜独守空房的人更不是我。"

"妈妈！"罗茜试图拿出气愤的口吻，但胖查理进监狱的想法实在太傻太可笑了，她费了好大劲才把笑意憋回去。

罗茜的手机发出颤音。她打开电话，说了声"是我"以及"我很乐意，这真是太棒了"，然后就把电话放到一边。

"是他来的电话，"她对母亲说，"我明天晚上要过去。他会为我做饭。这多甜蜜啊！"接着她又说，"监狱确实是个问题。"

"我是个母亲，"她妈妈坐在这间灰尘不敢降落，没有一点儿食物的公寓里说，"我知道是怎么回事。"

日近黄昏，格雷厄姆·科茨坐在办公室里，盯着电脑屏幕。他打开一个个文件夹，浏览着一个个数据表。有些被他修改了，大部分都被他删除了。

他今晚本该去伯明翰，一个他代理的前橄榄球明星，今晚要开一家夜总会。但他打了个电话过去，表示道歉：有些事情实在走不开。

很快窗外的光亮就完全消失了。格雷厄姆·科茨坐在电脑显示屏发出的冷光中，修改着，覆盖着，删除着。

这是另一个关于安纳西的故事。

很久很久以前，安纳西的妻子种了一块豆子田。它们是你见过的最肥、最绿、最好吃的豆子。光是看上一眼，就能让人口水直流。

安纳西头一眼看到这块豆子田，就忍不住想要。而且不止是想要一点儿。因为安纳西是个胃口很大的人，他不想跟别人分享这些豆子，他要全部。

所以安纳西躺在床上唉声叹气，声音又响又长，他的妻子和儿子们都跑了过来。"我快死了，"安纳西用虚弱孱弱病弱的声音说，"我这辈子算是走到头了。"

他的妻子和儿子们都放声大哭。

安纳西用虚弱的声音说："在我临死之前，你们要答应我两件事。"

"任何事都行，任何事都行。"他妻子和儿子们说。

"第一，你们要发誓把我埋在那棵大面包果树下。"

"你是说豆子田旁边的那棵面包果树？"他妻子问。

"当然，我说的就是那棵，"安纳西继续用孱弱的声音说，"你们还得答应我一件事。答应我，你们会在我的坟头升一小堆火，以示纪念。而且为了证明永远不会把我忘记，你们要让这堆火燃烧下去，永远不能熄灭。"

"我们会的！我们会的！"安纳西的妻子和儿子们哀声恸恸。

"为了表达你们的敬意和爱意，我希望在这堆火上看到一小罐盐水，好让你们记住，在我临死时你们流下的热泪。"

"我们会的！我们会的！"他们失声痛哭。安纳西闭上眼睛，再也没有呼吸。

他们把安纳西抬到豆子田旁边的面包果树下，埋在六尺之下，又在坟头升起一堆火，旁边放了一个盛满盐水的罐子。

安纳西等到月升日落夜幕低垂，便爬出坟墓，跑到豆子田去，摘下最肥、最熟、最甜美的豆子。他把豆子收集起来，放到罐子里烧熟，一直吃到肚子像鼓一样又大又胀这才罢休。

在黎明来临前，他又钻到地底下，继续睡觉。他的妻子和儿子

114

们发现豆子丢了时，他就这样睡着；他们发现罐子空了便又把水注满时，他就这样睡着；安纳西没有理会他们的哀痛，就这样一直睡着。

每天晚上，安纳西都从坟墓里出来，为自己的好主意手舞足蹈。每天晚上他都把豆子塞满水罐，然后塞满肚皮，塞到多一颗都吃不下为止。

日子一天天过去了，安纳西的家人越来越瘦，越来越瘦。因为成熟的豆子都在夜里被安纳西摘走了，他们没东西可吃。

安纳西的妻子看着空盘子，对儿子们说："要是你父亲在，他会怎么做？"

他的儿子们想了又想，回忆着安纳西给他们讲过的每一个故事。他们随后来到焦油坑，买了六便士焦油，足够填满四个大篮子。他们把焦油带回豆子田，在田中央用焦油做了个假人：焦油的脸，焦油的眼，焦油的手指，焦油的胸。这是个很棒的假人，和安纳西一样黑，和他一样骄傲。

那天晚上，老安纳西忙手忙脚地爬出坟墓，兴高采烈，体态浑圆。他过去从来没有这么胖过，肚子凸得像口大鼓。

安纳西溜溜达达来到豆子田。

"你是谁？"他对焦油人说。

焦油人一言不发。

"这是我的地盘，"安纳西说，"这是我的豆子田。识相的话，你最好快滚。"

焦油人一言不发，一动不动。

"我是世上最强最壮最有力的人，无论过去、现在和未来，"安纳西对焦油人说，"我比狮子凶猛，比豹子迅捷，比大象强壮，比老虎可怕。"他特别为自己的凶猛、强壮和可怕而自豪，忘了自己不过是个小蜘蛛，"颤抖吧，"安纳西说，"颤抖吧，逃跑吧。"

焦油人没有颤抖，也没逃跑。他只是站在那里。

所以安纳西揍了他一拳。

他的拳头牢牢粘在上面。

"放开我的手，"他对焦油人说，"放开我的手，不然我就要打你的脸了。"

焦油人一言不发，一动不动。安纳西猛地一拳，正打在他脸上。

"好了，"安纳西说，"玩笑归玩笑。你不想放就别放，但我还有四只手两条腿，你不可能把它们都抓住，所以最好马上放开我，我也会放过你。"

焦油人没有放开安纳西的手，他还是一言不发。所以安纳西用剩下的四只手加两只脚，依次向他攻击。

"好吧，"安纳西说，"你放开我，不然我就要咬你了！"焦油塞满了他的嘴，盖住了他的脸和鼻子。

第二天早上，他的妻子和儿子们来到老面包果树旁的豆子田，发现了安纳西：他粘在焦油人身上，已经死透，活像一段历史。

他们看到安纳西这个样子，一点儿也不吃惊。

那些日子里，你总会发现安纳西落得这副模样。

第六章

胖查理回不了家，坐出租车都不行

黛西随着闹铃声醒来，像只小猫似的在床上伸了个懒腰。她能听到浴室的水声，这说明室友已经起来了。黛西套上粉红色绒毛睡袍，走进客厅。

　　"你想吃麦片粥吗？"她冲着浴室喊道。

　　"不太想。但如果你做，我就吃。"

　　"你真会哄女孩开心。"黛西说着走进小厨房，把麦片粥放到火上。

　　她回到自己的卧室，穿上工作装，对着镜子打量自己，随后做了个鬼脸，把头发盘到脑袋后面，紧紧地扎成个圆结。

　　她的室友卡罗尔是个从普雷斯顿来的瘦脸白种女人。她从浴室里探出头来，使劲擦着头发说："浴室归你了。麦片粥怎么样？"

　　"可能需要搅一下。"

　　"说起来你那天晚上干吗去了？你说是到茜比拉的生日晚会上喝酒去了，我可知道你一直没回来。"

　　"跟你没关系，对吧？"黛西走回厨房，搅了搅麦片粥。她往里面加了撮盐，继续搅动，然后把粥倒进两个碗里，放到餐台上。

　　"卡罗尔？麦片粥要凉了。"

卡罗尔走进厨房，身上没穿几件衣服。她坐下来盯着麦片粥说："这不是正经的早餐，你说呢？要我说的话，正经的早餐应该是煎蛋、香肠、黑布丁，外加烤番茄。"

"你来做，"黛西说，"我就吃。"

卡罗尔在麦片粥里撒了一勺糖，看了一眼，然后又撒了一勺。"不，你不会的。你说你会吃。但回头又该唠叨什么胆固醇，什么油炸食品对你肾脏的害处了。"她小心翼翼地尝了一口麦片粥，好像怕它们咬人似的。黛西递给她一杯茶。"你和你的肾脏。话说回来，没准这个也不错呢。你吃过腰子吗，黛西？"

"吃过一次，"黛西说，"要我说的话，你还不如烤上半磅的肝，然后在上面嘘嘘呢。"

卡罗尔不屑地说："别逗了。"

"吃你的麦片粥吧。"

她们吃完粥，喝好茶，便把碗塞进洗碗机，因为机器里还没塞满，所以就没拧开开关。两人随即开车去上班。卡罗尔身穿制服，今天轮到她开车。

黛西走进排满办公桌的房间，来到自己的桌前。

她坐下时，电话铃响了。"黛西？你来晚了。"

她看了看表。"不，"黛西说，"我没迟到，先生。今天早上有什么需要我做的吗？"

"太对了。你可以给一个叫科茨的人打电话。他是警司的朋友。同为水晶宫球迷。警司今天一大早已经给我发两个短信了。我真想知道，是谁教会警司发短信的。"

黛西看了看案情细节，然后拨通电话。她换上精明强干、公事公办的腔调说："这里是侦缉探员黛西·戴。我能为您做什么？"

"啊，"一个男人的声音说，"太好了，我昨天都跟总警司说了，他真是很风趣的人，我的老朋友。大好人。他建议我跟你们这个科室的人谈谈。我想报告一件事。嗯，我不清楚这里面到底有没有犯罪行为。可能会有个合情合理的解释。异常情况肯定是有的，而且，嗯，实话实说吧，我给一位会计放了几周假，好设法搞清他是否与某些……呃，财务异常有关。"

"我们会详细调查的，"黛西说，"您的全名是什么，先生？还有这位会计的名字？"

"我叫格雷厄姆·科茨，"电话那头的男人说，"格雷厄姆·科茨事务所的人。我的会计是个叫南希的男人。查尔斯·南希。"

黛西把这两个名字都写了下来，完全没有触动心里的那根弦。

胖查理计划等蜘蛛一到家，就跟他大吵一架。他在脑袋里反复预演着这场争吵，每次都能获得压倒性胜利。

但蜘蛛昨天晚上没回家，胖查理最终在电视机前睡着了，当时播的是个给失眠者看的吵吵嚷嚷的游戏节目，似乎叫什么"亮出你的屁股来"。

他在沙发上醒来，正好看到蜘蛛拉开窗帘。"美好的一天。"蜘蛛说。

"你！"胖查理叫道，"你亲了罗茜。别想否认。"

"我不能不亲。"蜘蛛说。

"这话什么意思，不能不亲？你当然可以不亲。"

"她以为我是你。"

"哦，你知道自己不是我。你不应该亲她！"

"但如果我拒绝的话，她会以为是你不肯亲她。"

"但那不是我。"

"她又不知道。我只想帮你的忙。"

"帮我的忙这个概念，"胖查理坐在沙发上说，"一般来说不包括亲我的未婚妻。你可以说自己牙疼。"

"这样的话，"蜘蛛心平气和地说，"不就是撒谎了？"

"但你本来就在撒谎！你假装成了我！"

"哦，那至少也会让这个谎言更加复杂，"蜘蛛解释说，"我只是因为你没法去上班才这样做的，"他说，"但我不能撒更多的谎啊。我会觉得很糟糕。"

"哦，我已经觉得很糟糕了。居然被迫看着你亲她。"

"啊，"蜘蛛说，"但她以为自己亲的是你。"

"别再说了！"

"你应该觉得荣幸才对，"蜘蛛说，"想吃午餐吗？"

"我当然不想要午餐。现在是什么时间？"

"午餐时间，"蜘蛛说，"而且你上班又迟到了。如果这就是你道谢的方式，那我这次没再替你掩饰真是万幸了。"

"没关系，"胖查理说，"我有两周的假期。外加一笔奖金。"

蜘蛛挑起一根眉毛。

"听着，"胖查理认为应该开始第二轮争吵了，"我并不是想要摆脱你什么的，但我想知道你准备什么时候离开？"

蜘蛛说："我来的时候，本来计划只待一天。也许两天。见见我的小兄弟，然后就上路。我可是个大忙人。"

"那么你今天就要走了。"

"计划是这样的，"蜘蛛说，"但我遇到了你，我简直不能相信我们这一辈子几乎就这么孤孤单单，没有彼此的陪伴，我的兄弟。"

"我能。"

"血，"蜘蛛说，"浓于水。"

"水又不浓。"胖查理反驳说。

"那就浓于伏特加，或者火山岩浆。或者，或者氨水。你看，我的意思是说，遇到你——嗯，这是一种特权。我们过去茕茕孑立，形影相吊，但那已经是昨天。今天，就让我们拉开崭新的明天吧。我们会把昨天抛到身后，打造全新的纽带——兄弟之情的纽带。"

"你彻底迷上罗茜了。"胖查理说。

"彻底，"蜘蛛承认道，"你准备怎么办？"

"怎么办？她是我的未婚妻。"

"别担心。她以为我是你。"

"你能不能别再说这个？"

蜘蛛把手一摊，摆出圣洁的姿势，但他舔嘴唇的动作毁了这个效果。

"那么，"胖查理说，"你下一步准备怎么办？和她结婚，一直假装是我？"

"结婚？"蜘蛛思忖片刻，"多、可、怕、的、念、头。"

"哦，我倒是挺期待的，说实话。"

"蜘蛛不结婚。我不是那类结婚的人。"

"照你这么说，是我的罗茜还配不上你吗？"

蜘蛛没有回答，转身走出了房间。

胖查理感觉自己在这场争吵中赢了一分。他从沙发上站起来，捡起昨天晚上盛鸡丝炒面和炸猪肉丸的箔纸盒，扔进垃圾箱，随后走进卧室，脱掉身上睡了一宿的衣服，准备换套干净的——但却发现因为没去洗衣店，现在根本没有干净衣服，所以只得用力掸了掸昨天这身，扫掉炒面渣子，重新穿好。

他走进厨房。

蜘蛛坐在餐桌旁，品着一份足够两个人吃的牛排。

"你从哪儿搞来的？"胖查理问道，不过他已经知道答案。

"我刚才问你要不要吃午餐了。"蜘蛛柔声说道。

"你从哪儿搞来的牛排？"

"冰箱里。"

"这，"胖查理厉声说道，他晃着手指，就像逼问杀人犯的检察官，"这是我为今天晚餐准备的。我和罗茜的晚餐。我准备为她做的那顿晚餐！而你就坐在这里，像个……像个吃牛排的人，就……就这么吃着它，还……"

"这不是问题。"蜘蛛说。

"不是问题，这话什么意思？"

"哦，"蜘蛛说，"我上午已经给罗茜打过电话，今晚要带她出去吃晚餐。所以你反正也不需要这块牛排了。"

胖查理张开嘴，又慢慢合上。"你给我出去。"他说。

"人类的欲望总是超越自身的极限——能力或是气量或是别的什么——要不天堂还有什么用呢？"蜘蛛大嚼着胖查理的牛排，高兴地说。

"你在说什么鬼话？"

"意思是说我哪儿也不去。我喜欢这里。"他又切下一条牛排，塞进嘴里。

"出去。"胖查理说。这时电话铃响了，他叹了口气，走进客厅，拿起电话。"喂？"

"啊。查尔斯。很高兴又听到你的声音。我知道你现在正享受着所应得的假期，但你看有没有可能明天上午随便过来待一会儿？比如十点左右？"

"哦，好的，"胖查理说，"没问题。"

"很高兴你能理解。我需要你在一些文件上签个字。好吧，到时候见。"

"谁的电话？"蜘蛛问道。他已经吃光了牛排，正用纸巾擦嘴。

"格雷厄姆·科茨。他要我明天上午过去一趟。"

蜘蛛说："他是个杂种。"

"哦？你才是杂种。"

"不同类型的杂种。他准没好事。你应该换个工作。"

"我爱这份工作！"胖查理是认真的。他已经设法忘记自己曾经多么讨厌这份工作，还有格雷厄姆·科茨事务所，还有那个潜藏在每扇房门后面，如幽魂鬼魅般的格雷厄姆·科茨。

蜘蛛站起身。"牛排不错，"他说，"我已经把自己的东西放到你的空房间里了。"

"你已经什么？"

胖查理快步走向走廊尽头，那里的小房间让这所居所可以从技术角度定义为两室一厅。这个房间里搁着几箱书，一盒老旧的斯卡莱崔克赛车玩具，有个铁盒里塞满了风火轮牌玩具车（多半都没了轮子），还有胖查理的各种童年碎片。对体形正常的花园侏儒和小个头的矮人来说，这是大小合适的房间，但对其他物种而言，这只是个带窗户的壁橱。

至少过去如此，但现在不同了。完全不同。

胖查理推开房门，站在门口，眨着眼睛。

里面是个房间，这倒是没错，但却是个超大的房间。绝妙的房间。对面有几扇彩画大玻璃窗，窗外是一道瀑布。再往远看，热带艳阳垂在地平线上，给世间万物染上金色光芒。房间里有个大火炉，足够烤两头公牛，三块木柴在里面烧得噼啪作响。角落里有张吊床，还有个白沙发和一张大床。火炉旁有个胖查理只在杂志里见过的东西，他估计可能是某种按摩浴缸。地板上铺着斑马皮地毯，墙上挂着一张熊皮，还有一套黑色抛光塑料材质的高级音响。一台平板电视挂在墙上，足有胖查理原先的房间那么宽。而且还不止这些……

"你干了什么？"胖查理问道。他没有走进房间。

"哦，"蜘蛛在他身后说，"既然要在这儿住上几天，所以我想最好把自己的东西拿来。"

"把你的东西拿来？把你的东西拿来，是指几个手提袋的换洗衣服，几张PlayStation游戏盘，外加一盆吊兰。这……这……"他没词儿了。

蜘蛛拍拍胖查理的肩膀，侧身走进房间。"如果你要找我，"他对兄弟说，"我就在房间里。"他说完便把门关在身后。

胖查理拧了拧把手。门已经锁上了。

他走进客厅，拿起墙上的电话，拨了希戈勒夫人的号码。

"这么一大早打电话，到底是谁啊？"她说。

"是我。胖查理。我很抱歉。"

"哦？你有什么事？"

"我打电话是为了寻求您的建议。您看，我兄弟来了。"

"你兄弟。"

"蜘蛛。你跟我说起过他。你说如果我想见他，就随便找只蜘蛛说一声。我说了，他来了。"

"哦，"希戈勒夫人含含糊糊地说，"那好啊。"

"不好。"

"为什么？他是你的家人，不是吗？"

"你看，我一时说不清，只想让他赶快离开。"

"你跟他好好谈过了吗？"

"我们刚谈过。他说他不会走。他在我的储藏间里搞了个好像忽必烈行宫似的房间。我是说，你想在这儿装个双层玻璃窗都要得到管理委员会的同意，可他搞出了一个瀑布。不是在这儿，是在窗子外面。而且他在追我的未婚妻。"

"你怎么知道的？"

"他跟我说了。"

希戈勒夫人说："我还没喝咖啡，不在最佳状态。"

"我只想知道怎么让他离开。"

"我不知道，"希戈勒夫人说，"我会把这件事告诉邓威迪夫人。"她说完就挂上电话。

胖查理回到走廊尽头，敲了敲门。

"有什么事？"

"我想跟你谈谈。"

房门咔嗒一声打开了。胖查理走了进去。蜘蛛赤身裸体地躺在浴缸里，从一个结霜的高杯里喝着某种颜色好像电流的饮料。彩画大玻璃窗已经打开，瀑布的怒吼衬托着隐蔽扬声器中传出的低沉透亮的爵士乐。

"听着，"胖查理说，"你必须明白，这是我的房子。"

蜘蛛眨眨眼。"这个？"他问，"这是你的房子？"

"哦，不完全是。但道理是一样的。我是说，我们是在我的空房间里，而你是个客人。嗯。"

蜘蛛抿了一口饮料，舒服地往热水里一躺。"人们常说，"他说，"客人和鱼一样，过三天就发臭。"

"说得好。"胖查理说。

"但这话会伤人。"蜘蛛说，"如果你一辈子都没见过自己的兄弟，这话会伤人；如果他根本不知道你的存在，这话会伤人；如果你最终见到他，却发现在他眼中你比一条死鱼强不了多少，这话就更伤人了。"

"但是……"胖查理说。

蜘蛛在浴缸里伸了个懒腰。"我跟你说，"他说，"我不可能永远待在这里。太冷。可能你一不留神，我就已经走了。而且换成是我，可永远不会把你看成一条死鱼。我知道咱们都承受着很大压力。所以别再谈这件事了。你干吗不出去吃点午餐——把大门钥匙留下——然后去看场电影？"

胖查理穿上外衣，把钥匙放在水槽旁边，走出家门。虽然天空灰蒙蒙的，还下着毛毛雨，但新鲜空气让人心旷神怡。他买了份报纸，又在快餐店买了一大包薯片和一条腊肠做午餐。细雨很快就停了，所以他坐在一处墓地旁的长椅上，读着报纸，吃着腊肠和薯片。

他特别想看电影。

胖查理走进影院，买了张首场电影的票。这是部动作冒险片，他进场时已经开演。东西炸得满天乱飞。是个好片子。

看到一半，胖查理觉得忘了点什么事儿。这件事就在他脑袋里某个地方，像是躲在眼睛后面一寸之处的搔痒，让人心绪不宁。

电影演完了。

胖查理意识到虽然自己很喜欢这片子，但刚看过的情节大部分都想不起来。所以他买了一大袋爆米花，又看了一遍。第二遍感觉更好了。

第三遍也是。

影片结束后，他心想也许应该回家，但是影院里要放《橡皮头》和《真实故事》的晚间连映。这两个片子胖查理都没看过，所以决定看上一次。但是他已经饥肠辘辘，结果最后也没搞清《橡皮头》到底在讲什么，也不知道片子里那位小姐跑到水箱里做什么。胖查理想留下来再看一遍，但影院工作人员一遍又一遍耐心地解释说，他们夜里要关门，还问他是不是无家可归，现在还没到他的睡觉时间吗？

当然，他有家，也该睡觉了，这件事只不过一时溜出了脑子而已。所以胖查理走回麦克斯韦花园，发现他家卧室亮着灯，心里有点吃惊。

他走到楼前，发现窗帘是拉上的。窗户上有两个黑影在移动。胖查理认出了这两个人影。

它们靠在一起，融成一团影子。

胖查理发出一声恐怖低沉的号叫。

邓威迪夫人家里有很多塑料动物。空气中的灰尘移动缓慢，似乎更适应过去那种舒缓岁月里的阳光，跟现代社会快节奏的光芒合不来。沙发上罩着透明塑料布，椅子坐上去也发出细脆的声音。

邓威迪夫人家里有松香硬厕纸——这是一种不透油也不舒服的闪亮纸卷。邓威迪夫人笃信节俭，松香硬厕纸已经是她可以接受的最贵的奢侈品了。你现在还能搞到硬厕纸，只要找得时间够长，又肯付更多的钱。

邓威迪夫人家里有股紫罗兰水的香味。这是所老房子。人们早已忘记，当那些面色沉郁的清教徒在普利茅斯巨岩[1]登陆时，佛罗里达移民者的孩子们都已经长成老头老太太了。这栋房子倒没那么老，它是在二十世纪二十年代佛罗里达发展计划中建好的。这是一座样板房，用来向其他买家展示那些还未成形的房子是个什么样。不过那些人最终发现，在他们买下的沼泽地里根本造不了这种房子。邓威迪夫人的房子经历过好几场飓风，却连块屋瓦都没少过。

门铃响起时，邓威迪夫人正往火鸡里塞食材。她发出不快的嘘声，洗干净双手，沿着过道朝前门走去，左手捋着墙纸，透过很厚很厚的眼镜窥视整个世界。

她把门打开一条缝，向外望去。

"劳艾拉？是我。"这是卡莉亚娜·希戈勒的声音。

"进来。"希戈勒夫人跟着邓威迪夫人走进厨房。邓威迪夫人在龙头下洗了洗手，重新抓起玉米面包屑填料，开始往火鸡肚子里塞。

"你有客人？"

邓威迪夫人发出不置可否的喉音。"有备无患，"她说，"你有什么事要跟我说？"

"南希的儿子。胖查理。"

"他怎么了？"

"哦，上礼拜他来的时候，我跟他说了他兄弟的事儿。"

邓威迪夫人把手从火鸡里抽出来。"这又不是世界末日。"

---

1 英国最早移民船"五月花号"的停泊之处。

她说。

"我还说了怎么跟他兄弟联系。"

"嗯，"邓威迪夫人说，她光靠这一个音节就可以表达自己的反对意见，"然后？"

"他兄弟跑去伦敦了。那孩子快要发疯了。"

邓威迪夫人抓了一大把湿面包屑，揣进火鸡里。力道之大足以让火鸡双目潮红——如果它还有双目的话。"没法把他送走？"

"嗯。"

锐利的目光透过厚实的镜片。邓威迪夫人说："我做过一次。没法再来第二次。那个法子行不通。"

"我知道。但我们总得做点什么。"

邓威迪夫人叹了口气。"老话儿说得没错。只要活得久，总会看到你的鸟儿回家筑巢。"

"没有别的法子了吗？"

邓威迪夫人终于塞好填料。她拿起一根叉子，把鸡皮串紧，然后用银箔纸把它盖好。

"我估摸着，"她说，"明天上午晚些时候把它放到火上，下午就能做好。然后夜里早点儿把它塞进烤箱，晚餐时就能上桌了。"

"你要招待谁吃晚餐？"希戈勒夫人问道。

"你，"邓威迪夫人说，"卓拉·巴斯塔蒙特、贝拉·诺尔斯，还有胖查理。等那孩子到了这儿，肯定饿得够呛。"

希戈勒夫人说："他要来？"

"你没听我说话吗，小姑娘？"只有邓威迪夫人才能称希戈勒夫人为"小姑娘"，又不会显得愚蠢，"好了，帮我把火鸡放到冰箱里去。"

实话实说，那天晚上是罗茜有生以来最美妙的一晚。神奇、完美、绝对精彩。她止不住地微笑，有意板住面孔都不行。食物美味绝伦，而且吃完饭后，胖查理就带她去跳舞。那是个很像样的舞厅，有个小乐队，人们穿着五颜六色的衣服在舞池中飘动。罗茜感觉就像是同胖查理一起经历了时间旅行，来到一个更为优雅的时代。她从五岁起就很喜欢上舞蹈课，但始终没有舞伴。

　　"我不知道你还会跳舞。"她说。

　　"还有很多事你不知道呢。"他说。

　　这让她高兴。用不了多久，她就要和这个人结婚了。还有很多事不知道？很好。她有一生的时间慢慢探寻。所有这些事。

　　她注意到其他女人，还有其他男人注视胖查理的眼神，罗茜很高兴他胳膊里挽着的是自己。

　　他们走过莱斯特广场，罗茜看到满天星辰无视于街灯的照耀，闪烁着明亮的光芒。

　　有一瞬间，她心想为什么过去跟胖查理在一起感觉不是这样。在内心深处，罗茜有时会怀疑自己跟胖查理交往，也许只是因为妈妈特别讨厌他；而且她同意胖查理的求婚，也只是因为妈妈肯定会反对……

　　胖查理曾带她来过一次西尾区。他们去了剧院，那是给她的生日惊喜。但他们的票居然是前一天的。剧院经理很通情达理，也相当帮忙，设法给胖查理找了个前排立柱后面的位子，而罗茜则坐在上层看台，就坐在一帮诺里奇来的女人后面，这些人一直叽叽咯咯笑个没完。出了这么多意外状况，那次约会可不算成功。

这个夜晚是美妙的。罗茜这辈子经历过的完美时刻并不多。但不管此前的总数是多少，今天这个数字都要加一。

她喜欢和胖查理在一起的感觉。

跳完舞后，两人相拥走入夜色，因为香槟和舞蹈有些头晕目眩。胖查理——罗茜心想为什么会把他看作胖查理？他一点儿也不胖啊——揽住罗茜说："现在，你要和我一起回家。"他的声音低沉真切，让罗茜觉得小腹颤抖，她没提明天要工作，也没提结婚后有的是时间，这些一概没提。实际上，她始终在想多么不希望今夜走到终点，还有自己多么多么想要——不，是需要——亲吻这个男人的嘴唇，将他抱紧。

接着，她想到自己必须说点什么，便说了声"好"。

坐在回程的出租车上，罗茜握着他的手，靠在他肩上。倏忽而逝的车灯和街灯照亮了胖查理的面庞，罗茜入迷地注视着他。

"你有个耳洞，"她说，"我过去怎么没注意到你有个耳洞？"

"嗨，"他笑着说，声音犹如贝斯的拨弦，"你觉得这会让我怎么想？你居然从没注意到这些事，虽然我们已经在一起……多久了？"

"十八个月。"罗茜说。

"十八个月了。"她的未婚夫说。

罗茜靠着他，闻着他的体味。"我真喜欢你的味道，"她说，"你用了什么香水吗？"

"只是我而已。"他说。

"哦，你应该把这股味儿收藏起来。"

胖查理打开前门时，罗茜付了车费。他们一起走上楼。到了二层后，胖查理似乎直奔走廊尽头的那个空房间而去。

"嗨，"罗茜说，"卧室在这边，傻瓜。你要去哪儿？"

"哪儿也不去，我知道。"他说。两人走进胖查理的卧室。罗茜把窗帘拉上，然后看着他，觉得幸福极了。

"哦，"过了一会儿，她说，"你不想亲我吗？"

"当然想。"胖查理这样说，也这样做了。时间融化、伸展、弯曲。罗茜也许是亲了他一小会儿，或是一小时，或是一生一世。突然……

"那是什么？"

他说："我什么也没听见。"

"听起来像是个痛苦的人。"

"也许是猫儿打架吧？"

"听起来像个人。"

"可能是一只城里的狐狸。它们发出的声音很像人。"

罗茜站在窗前，歪着脑袋，留心倾听。"现在没声了，"她说，"嗯，你知道最奇怪的是什么吗？"

"啊哈，"他说着吻上她的颈项，"好呀，告诉我最奇怪的是什么。但我已经把它轰走了。它不会再来打扰你。"

"最奇怪的是，"罗茜说，"它听起来很像你。"

胖查理走在街道上，试图让自己清醒过来。最合理的行动是走过去敲响自己家的大门，直到蜘蛛下楼来，让他进屋。他还要大骂他们一顿。这很合理。完全绝对的合理。

他只需要回到自己的公寓，把整件事跟罗茜解释清楚，将蜘蛛晾在一边，让他自取其辱。他只需要这样做就够了。这能有多难？

比想象的要难，这是肯定的。胖查理不知道自己为什么要离开公园。他甚至不知道如何才能找到回家的路。他熟识的那些街道，或者说他自以为熟识的街道，似乎都经过了自身重组变形。他发现自己正探索着无穷无尽的死巷，蹒跚在午夜伦敦纠结混乱的住宅街区中。

有时他会看到主干道。交通灯和快餐店的灯光就在不远处闪亮。他知道只要走上主干道，就能找到回家的路，但每次往那边一走，最终都会跑到别的什么地方。

胖查理的脚开始酸痛，肚子隆隆作响。他很生气，在永无止境的路途中怒火越烧越旺。

愤怒让他渐渐清醒。头脑里的蛛网开始蒸发；脚下的街巷网络也变得简单起来。他拐过一个弯，发现自己走上主干道，正站在通宵营业的"新泽西炸鸡"旁边。他点了一份家庭餐，坐下来，在没有任何家人帮忙的情况下，一个人把它全都干掉。吃完后，他站到便道旁，一直等到"出租"标志灯的橙色光芒和一辆黑色出租车出现在视线之中。他招了招手。出租车停在他身前，车窗摇了下来。

"去哪儿？"

"麦克斯韦花园。"胖查理说。

"你是想开我的玩笑，还是怎么着？"司机问道，"拐过弯不就是吗？"

"你能不能载我过去？我多给你五英镑。说真的。"

司机咬着牙，大声吸了口气，就是汽车机修工在问你是不是真的对这台引擎特别有感情之前发出的那种声音。"你看着办，"司机说，"上来吧。"

胖查理上了车。司机把车开上路，等待绿灯亮起，拐过弯去。

"你说要上哪儿来着？"司机说。

"麦克斯韦公园，"胖查理说，"34号。过了酒吧就是。"

他身上还穿着昨天的衣服，感觉很难受。他妈妈总跟他说要穿干净内裤，以防万一遇到车祸；另外要记得刷牙，以防他们需要通过牙医病历确认他的身份。

"我知道在哪儿，"司机说，"不就在新月公园之前吗？"

"没错。"胖查理说完就靠在后座上打起瞌睡。

"我肯定拐错弯了，"司机有点焦躁地说，"我会把计价器关掉，成吧？就算五英镑好了。"

"行。"胖查理说着彻底睡着了。车子行驶在夜色之中，试图拐过这个弯。

戴探员今年被借调到了商业欺诈稽查处。上午九点半，她来到格雷厄姆·科茨事务所。格雷厄姆·科茨正在前台等待，随后便把她带到自己的办公室。

"想喝杯咖啡吗，还是茶？"

"不，多谢。我不喝。"她拿出一个笔记本，坐在椅子上看着格雷厄姆·科茨，等他说话。

"嗯，我首先要着重强调一下，您的调查工作必须以慎重为首要原则。格雷厄姆·科茨事务所素来享有诚实正直、交易公平的声誉。在这里，客户的钱是神圣不可侵犯的。我必须告诉您，当我第一次开始怀疑查尔斯·南希时，马上打消了这个念头，认为它们不可能发生在一个勤奋的员工，一个正派的英国人身上。要是您一周前问我对查尔斯·南希的看法，我会告诉您他绝对是个正人君子、社会栋梁。"

"我相信。那么您是什么时候发现客户账号里的钱被转移走了呢？"

"哦，我还不敢确定。我可不想承担诽谤的罪责，或是充当第一个指责别人的人。我不想下结论，以免误导您的判断。"

黛西心想，要是在电视剧里，警察会说"有话直说"。她希望自己也能这么说，但显然不能。

黛西不喜欢这个人。

"我把所有反常的财务记录都打印出来了，"他说，"正如您所见，这些都是从南希的电脑里调出的。我必须再次叮嘱您千万要谨慎从事：格雷厄姆·科茨事务所代理了很多知名公众人士。而且，就像我跟您的上司说过的那样，如果这件事能尽量不动声色地处理掉，那我将感激不尽。一定要把谨慎当作您的座右铭。如果，哪怕有一点儿机会，可以劝说我们这位南希先生把他的非法所得退回来，我就心满意足了。这件事可以就此告终，我无意起诉。"

"我会尽力而为，但事情告一段落后，我们会把材料整理出来，呈报给皇家检察院。"她很想知道这个人对总警司到底有多大影响力，"那么到底是什么引起了你的怀疑？"

"哦，对了。开诚布公地讲，只是些反常行为。夜里没有狗叫。芹菜陷入黄油的深度。我们的探员都有见微知著的本事，不是吗，戴探员？"

"呃。是侦缉探员。好吧，请您把这些打印材料，"她说，"还有其他文件和银行记录都给我。我们可能还需要带走他的电脑，好查看硬盘档案。"

"绝定可以。"他说。桌上的电话响了。"请原谅，"他拿起电话，"他吗？我的天。好，告诉他就在前台等我。我马上出去见他。"格雷厄姆·科茨挂上电话。"这个，"他对黛西说，"我想就是你们警察常说的出人意料吧。"

她扬了扬眉。

"刚才提到的这位查尔斯·南希先生正要来见我。我们该让他进来吗？如果您需要的话，可以用我的办公室跟他面谈。我这儿还有个录音机可以借给您用。"

黛西说："没必要。而且我首先需要调查一遍这些文件。"

"那当然，"他说，"我真是冒傻气。嗯，那么您……您想见他一面吗？"

"我不觉得这有什么好处。"黛西说。

"哦，我不会告诉他您是来调查的，"格雷厄姆·科茨向她保证说，"免得他在我们拿到初步证据之前就远走高飞。说实话，我对当代警务工作所遇到的难题是非常同情的。"

黛西发现自己在想，从他手里偷钱的人也不算太坏。她知道这个念头不是警察该想的。

"我领您出去。"格雷厄姆·科茨对她说。

接待室里坐着个男人。他看上去似乎昨晚和衣而眠，胡子也没刮，表情有些懵懂困惑。格雷厄姆·科茨捅了捅黛西，朝这个人摆摆头。他大声说："查尔斯，我的天哪，伙计，看看你这样子。真是糟透了。"

胖查理迷迷糊糊地看着他。"咋晚没回家，"他说，"出租车出了点麻烦。"

"查尔斯，"格雷厄姆·科茨说，"这位是英国皇家侦缉探员戴小姐。她只是来做日常检查的。"

胖查理意识到还有别人在场。他眯起眼睛，看到一身很正经的套装，也有点像某种制服。接着又看到了那张脸。"呃。"他说。

"早上好。"黛西说。她嘴里说的是这句话，可在心里却嘟囔着哦见鬼哦见鬼哦见鬼，一遍又一遍。

"很高兴见到你。"胖查理说。他现在一头雾水，可潜意识中却做了件从没干过的事：他想象着一位身着便衣的警官没穿衣服的样子，随后发现想象中的画面，和他那天醒来时身边躺着的年轻女士几乎全无二致，就是在为他父亲守灵的第二天早上。这身正经八百的正装让她显得稍有些老，更加严肃，相当吓人。但说到底，这就是她。

跟所有智慧生物一样，胖查理心中也有个怪诞计量器。有时候，指针会摆到红色警报区，偶尔会发疯似的撞上限位销。但此刻，仪表彻底坏了。从现在起，胖查理估计任何事都不会让自己吃惊。他再也不会被怪诞吓倒，已经到了头。

当然，他搞错了。

胖查理看着黛西离开，然后跟格雷厄姆·科茨一同走进自己的办公室。

格雷厄姆·科茨用力把门关严，屁股往办公桌上一靠，笑得就像只刚发现农夫关鸡舍大门时，不小心把它也关在里面的白鼬。

"咱们打开天窗说亮话吧，"他说，"把牌摊到桌上。不要再拐弯抹角了。让我们，"他斟酌着词句，"让我们直言不讳。"

"好的，"胖查理说，"就这么着。你说有什么东西要让我签字？"

"这个计划已经过期。把它忘了吧。现在让我们来谈谈你几天前向我指出的问题。你警告我说，事务所里有些异常财务流动。"

"我说了吗？"

"两个人，查尔斯，人们常说，两个人一盘棋。自然，我的第一反应是开始调查。今天早上戴探员就是为此而来。而且我估计，调查的结果不会让你感到惊讶吧。"

"不会吗？"

"完全不会。就像你指出的那样，确实有些财务异常的迹象，查尔斯。但是啊，这些疑点都准确无误地指向了一个地方。"

"是吗？"

"是的。"

胖查理感觉完全是云里雾里。"哪儿？"

格雷厄姆·科茨试图显出关切的神色，或者说至少想假装显出关切。他挤出一个表情，在婴儿脸上，这种表情通常标志着他们需要打个饱嗝。"你，查尔斯。警察怀疑你。"

"嗯，"胖查理说，"他们当然会怀疑我。今天就是这种日子。"

说完他就回家去了。

蜘蛛打开前门。外面下着雨，胖查理湿漉漉地站在门口，衣服皱皱巴巴。

"哦，"胖查理说，"我现在被允许回家了，是吗？"

"我又不会阻止你，"蜘蛛说，"毕竟这是你家。你昨晚到哪儿去了？"

"你很清楚我到哪儿去了。我回不了家。不知道你用来影响我的是什么魔法。"

"不是魔法，"蜘蛛不快地说，"是神迹。"

胖查理从他身边挤进房门，重重踏上楼梯。他走进浴室，堵上塞子，打开水龙头，靠在墙上说，"我不在乎它叫什么。你在我家里搞了这些花样，而且你昨晚不让我回家。"

他脱下前天的衣服，又把头探出浴室说："而且还有警察在公司调查我。你是不是跟格雷厄姆·科茨说公司里有些财务异常情况？"

"当然是我说的。"蜘蛛说。

"哈！好吧，他只是怀疑上我了，就是这么回事。"

"哦，我觉得他不会。"蜘蛛说。

"好像你什么都知道似的，"胖查理说，"我跟他谈过了。警方已经介入。还有罗茜。等我洗完澡，咱俩得好好谈谈罗茜的问题。但首先，我要洗个澡。我昨天整晚都在四处游荡，只在出租车后座上睡了一下。我早晨五点醒来时，司机都快变成特拉维斯·比克勒[1]了，自言自语唠叨个不停。我跟他说别再找什么麦克斯韦花园，今晚显然是麦克斯韦花园不宜。他最终同意了这个意见，我们到某个出租车司机吃早餐的地方吃了顿饭。鸡蛋、豆子、香肠、烤面包，还有一杯能在里面立住勺子的茶。他跟其他司机说整个晚上都在寻找麦克斯韦花园，哦，我想当时差点酿成流血事件。幸好没有。不过事态一度非常危急。"

胖查理停下来喘了口气。蜘蛛看上去有些内疚。

"等我，"胖查理说，"等我洗完澡。"他把浴室的门关上。

他爬进浴缸。

他发出一声哀号。

1　好莱坞影片《出租车司机》中的主角，因为长期迷茫失落，最终产生暴力倾向。

他爬出浴缸。

他关上水龙头。

胖查理把浴巾围在腰上，打开了浴室的门。"没有热水，"他非常非常平静地说，"你知不知道我们为什么没有热水？"

蜘蛛还站在走廊里，没动过地方。"我的热水浴盆，"他说，"抱歉。"

胖查理说："好吧，至少罗茜没有。我是说，她不会……"这时他瞥见了蜘蛛脸上的表情。

胖查理咬着牙说："我要你滚出这里。滚出我的生活。滚出罗茜的生活。滚。"

"我喜欢这儿。"蜘蛛说。

"你他妈毁了我的生活。"

"真糟糕。"蜘蛛经过走廊，打开胖查理那间空房子的门。顷刻之间，金灿灿的热带阳光洒满过道，接着门关上了。

胖查理用凉水洗了洗头，又刷了牙。他在洗衣篮里翻了一会儿，最终找到一条牛仔裤和一件T恤。因为它们被压在最下面，所以几乎算是最干净的了。胖查理穿上它们，又套了件有泰迪熊图案的紫色运动衫。这是他妈妈送的，胖查理从没穿过，但也一直没找到机会送人。

他来到走廊尽头。

贝斯和鼓的嘣嚓嘣声透过房门传出来。

胖查理拧了下把手，它纹丝不动。"如果你不把门打开，"他说，"我就要撞进去了。"

门无声无息地打开，胖查理一个趔趄，跌进空荡荡的储藏室。透过敲打玻璃的雨丝，可以看到窗外小楼背后的景色。

但是，仿佛在一墙之隔的某个地方，立体声音响仍旧大声播放着。储藏室里的所有东西都随着遥远的嘣嚓嘣声中颤动。

"好吧，"胖查理对着空房子说，"你肯定知道，这意味着战争。"这是被逼急的兔子所惯用的战斗口号。有些地方的人认为安纳西是最狡猾的兔子。当然，他们错了，安纳西是蜘蛛。你可能觉得这两种动物很容易分辨，但它们被搞混的情况之多，远远超出你的想象。

胖查理走进卧室，从床头柜抽屉里拿出护照，又找到刚才放在浴室的钱包。

他冒雨走到大路上，招来一辆出租车。

"去哪儿？"

"希思罗机场。"胖查理说。

"好的，"司机说，"哪个航站楼？"

"不清楚，"胖查理说，但他觉得自己应该知道，毕竟几天前才去过，"他们从哪个航站楼飞佛罗里达？"

约翰·梅杰[1]还是英国首相时，格雷厄姆·科茨就已经在计划自己的退路了。毕竟，好事不长久。格雷厄姆·科茨很愿意向你保证说，哪怕你的鹅真能下金蛋，它早晚也会被煮掉。他的计划很周详——你永远不会知道自己何时需要马上消失，他也不是没注意到纰漏的马脚正逐渐积聚，就像地平线上的灰云，但格雷厄姆·科茨总想把离开的时刻推迟到没办法再拖下去为止。

1　1990—1997年任英国首相。

他很久以前就想好了，重点是不要离开，而是人间蒸发，消失得无影无踪。

格雷厄姆·科茨办公室里有个密室，这个小房间让他非常自豪。密室里有个架子是他亲手钉上去的，最近它掉下来过，他又再次装了上去。架子上放着个皮包，里面有两份护照，一份注明为巴兹尔·芬尼根，另一份则是罗杰·布朗斯坦。这两人跟格雷厄姆·科茨一样，都是大约五十年前出生的，但他们还没活满一岁就死了。两份护照上的照片都是格雷厄姆·科茨本人。皮箱里还有两个钱包，各放有一套信用卡和与护照持有人姓名相同的带照片的身份证件。这两个身份名下都有在开曼群岛的中转账户，这些账户又可以过渡到在英属维京群岛、瑞士和列支敦士登的其他账户。

格雷厄姆·科茨计划在五十岁生日时永远消失，距离现在不过一年多点，胖查理的问题让他怨怼难平。

他并不是真想把胖查理拘捕或是关进监狱，虽说如果发生这种情况，他也并不反对。格雷厄姆·科茨只想把他吓住，让他名声扫地，离自己远点。

格雷厄姆·科茨觉得从事务所客户身上榨油水是一种享受，而且对此很有一套。那还是在很久以前，他惊喜地发现，只要用心选择客户，他所代理的那些名人和艺人，就都是对钱没什么概念的傻瓜。如果有人做他们的代理，替他们处理财务，保证他们不用操心，这些人就求之不得了。如果现金、支票偶尔没能按时寄到，或者没有达到他们的预期，或者账户里出现无法确认的借记记录，哦，格雷厄姆·科茨事务所的员工流动率可是很高的，特别是在会计部门，这世上没有什么比怪罪前员工无能更便利的事了。而在极少数情况下，一瓶香槟和一张大额支票总能把事情摆平。

人们并不喜欢格雷厄姆·科茨，也不信任他。就连他代理的客户都认为他是只白鼬。但这些人以为格雷厄姆·科茨是他们的白鼬，这真是大错特错。

格雷厄姆·科茨是他自己的白鼬。

桌上的电话响了，他拿起话筒。"喂？"

"科茨先生？梅芙·利文斯顿打来的电话。我知道您把她转派给胖查理了，但他这周放假，我不清楚该怎么说。要我告诉她您不在吗？"

格雷厄姆·科茨斟酌片刻。在一场急性心脏病发作之前，莫里斯·利文斯顿这个约克郡小个子，曾是全国最受欢迎的喜剧明星，主演过《排除万难系列短剧》，还有自己的周六夜游戏节目《莫里斯·利文斯顿，我猜想》。他在八十年代甚至有一首单曲进过排行榜前十名，《外面天气很好（但是别去理会）》。和蔼可亲，逍遥自在。他不仅把自己所有的财务事宜交给格雷厄姆·科茨事务所管理，甚至在格雷厄姆·科茨的建议下，指定他做自己的财产托管人。

如果不向这种诱惑屈服，那简直是在犯罪。

然后这位梅芙·利文斯顿就出现了。实事求是地说，梅芙·利文斯顿很多年来一直在格雷厄姆·科茨最珍爱、最私密的白日梦中充当女主角，当然她自己并不知道。

格雷厄姆·科茨说："请把她接过来，"然后换上殷勤的口吻说，"梅芙，真高兴接到你的电话。最近怎么样？"

"很难说。"她说。

梅芙·利文斯顿遇到莫里斯时是个舞蹈演员，始终比这个小个子男人高上一些。他们彼此爱慕至深。

"哦，干吗不跟我说说？"

"我几天前跟查尔斯讲过了。我想知道。嗯，银行经理想知道。莫里斯的财产问题。我们听说现在应该能看到些结果了。"

"梅芙，"格雷厄姆·科茨说，他自以为拥有黑天鹅绒般的嗓音，会让女人们动心，"不是没有钱——只是有个资金流动的问题。我跟你说过，莫里斯临终前做过一些不明智的投资。虽然在我的建议下，他也做了些不错的投资，但我们需要让这些不错的项目慢慢成熟：不能马上抽出资金，不然损失就太大了。但是你别担心，别担心。我愿为我的好客户做任何事。我会从自己的银行账户里写一张支票给你，以保证你手头宽裕，生活舒适。银行经理需要多大金额？"

"他说就要被迫退回我的支票了，"梅芙说，"另外BBC告诉我，他们已经把那些老片子的DVD版收益寄过来了。那些钱还没进行投资，不是吗？"

"BBC是这么说的？实际上，我们一直在追着他们的屁股要钱呢。但我不会把所有问题都怪到BBC头上。我们的会计怀孕了，事情乱作一团。而且查尔斯·南希，就是跟你通过话的那人，心情也很沮丧——他父亲死了，他最近经常要出国——"

"上次我们谈起这事时，"梅芙说，"你在安装一套新的电脑系统。"

"哦，当然了。拜托，千万别让我想起这套财务系统的事儿。人们是怎么说的来着？人总会犯错，但想真正把事情搞砸，你需要一台电脑。反正是类似的意思。我会把这事彻底查清楚，如果有必要的话就用土办法，靠我的双手。你的钱肯定会交到你手里的。这是莫里斯的心愿。"

"我的银行经理说现在就需要一万英镑，他们才能不退支票。"

"一万英镑是你的了。我现在就在给你写支票。"他在笔记簿上画了个圈，顶上引出一条线。看起来有点像苹果。

"非常感谢，"梅芙，"希望我没给你带来麻烦。"

"你永远不会是麻烦，"格雷厄姆·科茨说，"一点儿都不麻烦。"

他放下电话。格雷厄姆·科茨时常会想到，有趣的是，莫里斯在戏中的角色总是那种精明强干、精打细算的约克郡人，知道自己兜里每一便士的下落，并以此为傲。

这是个有趣的游戏，格雷厄姆·科茨心想。他又在苹果上添了两只眼睛和一双耳朵。它现在看起来多多少少像只猫。很快他就要结束从名人身上榨油水的生活，换成阳光、游泳池、美食、好酒，还有，如果可能的话，大量高质量口交。格雷厄姆·科茨相信，生命中最美好的东西都能用钱买到。

他给猫画了张嘴，添上尖牙，让它看起来有点像头山狮。他画着画着，突然用尖细的男高音唱起歌来。

> 当我是个小男孩时，爸爸常说，
> 外面天气很棒，你该出去玩耍。
> 但我现在长大了，女士们都说，
> 外面天气不错，但是别去理会……

莫里斯·利文斯顿的钱替格雷厄姆·科茨买下了柯巴卡巴纳海滩的高级公寓，以及圣安德鲁斯群岛上的游泳池，绝对不要以为格雷厄姆·科茨一点儿不知感恩。

"外面天气不错，但是别去理会……"

蜘蛛觉得别扭。

有些东西正冒出头来：一种奇怪的感觉，像薄雾一般在他的生活中弥漫，毁了他今天的好心情。蜘蛛不知道它是什么，也不喜欢这种感觉。

如果说这世上有种感觉他无从体验，那就是内疚。这就不是蜘蛛曾体验过的东西。他曾体验过绝妙，也曾体验过酷，但从未体验过内疚。就算打劫银行被人现场抓住，蜘蛛也不会感到内疚。

但现在，他觉得浑身上下都有种隐隐约约的不适感。

迄今为止，蜘蛛都认为诸神是不同的：他们没有良心，也不需要良心。一个神与世界——哪怕是他正行走其间的世界——的关系，很像是电脑游戏玩家正在玩一个了如指掌的游戏，而且还有一整套作弊码。

蜘蛛总会给自己找乐子。这就是他的任务。这就是生命的意义。就算有一张绘图指南清楚地标明内疚的每个组成部分，他也不会认出这种感觉。与其说没有能力，倒不如说是分发这种能力的那天他刚好不在场。但如今有些东西发生了改变——在体内还是体外，他也说不好——而且这种变化让人心烦。蜘蛛又给自己倒了杯酒。他一挥手，将音乐声调大，又把迈尔斯·戴维斯换成了詹姆斯·布朗。但还是不管用。

他躺在吊床上，沐浴着热带阳光，倾听动人的音乐，享受自己的那股酷劲儿……但不知为什么，他有生以来第一次觉得心里空落落的。

他从吊床上爬下来，晃到门口。"胖查理？"

没人应声。公寓空空荡荡。窗外的天空灰蒙蒙的，还下着雨。蜘蛛喜欢这雨。他感觉很对路。

　　电话铃响了，发出高挑美妙的声音。蜘蛛拿起电话。

　　罗茜说："是你吗？"

　　"嗨，罗茜。"

　　"昨晚，"她沉默片刻，继续说，"你的感觉也和我一样好吗？"

　　"我不知道，"蜘蛛说，"对我来说真是妙极了。所以我想，答案也许是肯定的。"

　　"嗯。"她说。

　　两人都没说话。

　　"查理？"罗茜说。

　　"嗯哼？"

　　"知道你在电话的另一端，就算什么都不说，我也喜欢。"

　　"我也是。"蜘蛛说。

　　他们又享受了一会儿什么也不说的感觉，品味着，体验着，最终让它告一段落。

　　"你今晚想到我这儿来吗？"罗茜问，"我的室友到烟水晶国家公园去了。"

　　"这句话，"蜘蛛说，"也许可以进入最美妙的英文短语候选名单。我的室友到烟水晶国家公园去了。诗意盎然。"

　　罗茜咯咯笑了起来。"傻瓜。啊，带上你的牙刷……？"

　　"哦。哦！好的。"

　　经过几分钟"你挂电话"和"不，你挂电话"，这种荷尔蒙亢奋的十五岁小孩常用来增进感情的对话之后，电话终于被挂上了。

蜘蛛微笑得像个圣人。有罗茜存在的世界，是所有可能存在的世界中最美妙的一个。迷雾散去，世界豁然开朗。

蜘蛛甚至没再考虑胖查理到底跑哪儿去了。他干吗要在乎这些鸡毛蒜皮的小事？罗茜的室友到烟水晶国家公园去了。今晚？哦，今晚他要带上牙刷。

胖查理的身体坐在一架去往佛罗里达的航班上，蜷缩在五行座椅最中间的位子里，很快就睡着了。这是件好事，刚一起飞，后舱厕所就坏了。虽然乘务员在门上挂起了"暂停使用"的牌子，但这无法消除那股缓缓弥漫在飞机后部的、类似低浓度化学试剂的臭味。机上有婴儿的哭声、成人的牢骚、孩子的抱怨。有一批乘客计划前往迪士尼游乐园，他们觉得上了飞机假期就已经开始，所以坐在椅子上开起了演唱会。他们唱了《仙履奇缘》的插曲、《跳跳虎最棒的事》、《小美人鱼》，还有白雪公主里小矮人们唱的《嘿吼，嘿吼，我们去上工》。甚至还唱了《我们要去见巫师》[1]，因为他们觉得这个也是迪士尼歌曲。

飞机刚一升空，机组人员就发现由于配给失误，经济舱的午饭没有送上来，取而代之的是一堆早饭套餐。这就意味着所有乘客都只有麦片粥配一根香蕉，而且只能用塑料刀叉吃，因为很不幸，勺子也没装机。其实这是件好事，很快人们就发现也不存在泡麦片的牛奶。

这是一趟地狱航班，而胖查理一路睡了过去。

---

1 《绿野仙踪》里的插曲。

在梦中，他站在宽敞的大厅里，穿着一套礼服。罗茜站在他旁边，身着白色婚纱。而她妈妈则站在另一侧的礼台上。有些怪诞的是，诺亚夫人也穿着婚纱，不过她那件已经满是灰尘和蜘蛛网。大厅远端是遥远的地平线，那里的人正在展开枪战，有的还挥舞着白旗。

那些是第八桌的人，罗茜的母亲说，别理他们。

胖查理转身面对罗茜。罗茜冲他露出温柔甜美的笑容，接着舔了舔嘴唇。

蛋糕，罗茜在他的梦中说。

这仿佛是发给乐队的信号，他们开始演。这是支新奥尔良爵士乐队，演奏着葬礼进行曲。

主厨的助手是位警官，手里拿着一对铐子。主厨把蛋糕推上礼台。

好了，梦中的罗茜对胖查理说，切蛋糕吧。

第二桌坐的都不是人，而是些成人大小的卡通猫和老鼠，还有各种家畜。它们兴高采烈地唱起迪士尼动画片里的歌曲。胖查理知道它们想要他一起唱。即使在梦中，他都能体会到在公开场合唱歌这个念头所带来的恐慌感，他的四肢僵硬，嘴唇发麻。

我不能跟你们一起唱，他竭力寻找着借口，我得去切蛋糕。

这时，大厅突然一片寂静。在这寂静之中，一名厨师推出了一辆小车。厨师长着格雷厄姆·科茨的脸，小车上放着一个华丽的白色多层结婚蛋糕。一对小新人晃晃悠悠地站在最上面那层，就好像两个人试图在糖霜覆盖的克莱斯勒大楼[1]顶部保持平衡。

罗茜的妈妈从桌子底下掏出一把木柄长刀，几乎像是弯刀，刀刃已经生锈。她把刀递给罗茜，罗茜拉过胖查理的右手，放在自己的右

---

1 位于纽约市曼哈顿东边的摩天大楼，高319米，顶部为一尖塔。

手上，两人一起将锈迹斑斑的餐刀切向蛋糕顶部厚厚的白色奶油，从新郎新娘之间砍过去。起初蛋糕抗拒着刀刃，胖查理用力往下压，把全部重量都加在餐刀上。他感到蛋糕开始屈服，便又加了些力。

刀刃切过结婚蛋糕最上面一层，随后顺势而下，穿过每一层每一段，蛋糕顺势打开……

在梦中，胖查理发现蛋糕里满是黑色的珠子，似乎像是黑玻璃或者抛光的黑玉。接着，当它们滚出来时，他意识到这些珠子有腿，每个珠子都有八条快腿，它们如同一股黑潮从蛋糕里往外冒。蛛群汹涌而出，覆盖了白色的桌布，覆盖了罗茜的母亲和罗茜，将她们的白裙子变得黑如乌木。随后，蛛群仿佛被某种强大而歹毒的意志所主宰，成百上千地流向胖查理。他转身就跑，但双腿却被绊在不知什么强力粘胶中，一下子摔倒在地。

蜘蛛扑了上来，无数小腿从他裸露的皮肤上爬过；胖查理试图站起来，却被蛛群淹没。

他想要尖叫，但嘴里已经塞满蜘蛛。它们遮蔽了他的双眼，世界坠入黑暗……

胖查理睁开眼，只见漆黑一片，他开始尖叫，不断尖叫，继续尖叫；随后意识到是灯关了，窗帘也被拉上，因为乘客们正在看电影。

这几乎已经是趟地狱航班。但胖查理让所有人都感觉更糟了一点儿。

他站起身，试图走到过道，一路上不断绊到旁人。差不多走进过道时，他直起身，额头撞在舱顶储物柜上，柜子被撞开，不知什么人的手提箱砸在他头上。

附近一直看着他的人都大笑起来。这真是场一流闹剧，把他们逗得合不拢嘴。

第七章

胖查理远道而来

入境检验官瞄着胖查理的美国护照，似乎很遗憾他不是从某个可以直接拒绝入境的国家而来。她叹了口气，挥挥手让胖查理过去。

他想着通过海关后应该先做什么。租辆车，然后吃东西。

胖查理从电车上下来，走过安全门，来到奥兰多机场宽阔的购物广场，没什么比发现希戈勒夫人站在外面更让他惊讶的了。老妇人正检视着刚刚下机的人群，手里还拿着那个超大号咖啡杯。他们几乎是同时看到了对方，希戈勒夫人朝他走来。

"你饿吗？"她问。

胖查理点点头。

"好吧，"她说，"我希望你喜欢火鸡。"

胖查理很想知道希戈勒夫人的栗色旅行车是不是自己小时候她就在开的那辆。他估计是。这辆车肯定曾是新的，这合乎逻辑。毕竟所有东西都曾是新的。但现在座位已经开裂，皮革剥落，木质仪表盘上蒙了厚厚一层灰。

他们之间的座位上，放着个棕色购物纸袋。

希戈勒夫人的古董车上没有杯子架，她开车时，就把巨型咖啡杯夹在双腿之间。这辆车似乎比空调诞生的时间早，所以车窗都摇了下来，以便通风。胖查理倒不在意。经历过英格兰阴冷的天气之后，他挺喜欢佛罗里达的暖意。希戈勒夫人驾车向南开上收费公路。她一边开车，一边讲起上一场飓风；讲起她带侄子本杰明到海洋世界和迪士尼乐园玩，还说这些游览圣地全都变了样；还有建筑规划，煤气价格，以及跟建议她接受髋关节置换手术的医生所说的话；还有为什么那些游客总是要喂鳄鱼，为什么新来的人要把房子建在海滩，还老惊异于海滩和房子居然会消失，或是鳄鱼吃了他们的狗。胖查理任由这些话在脑海中冲刷而过。这只是闲聊。

希戈勒夫人放慢车速，接过收费公路的路票。她不再说话，似乎正在思考。

"这么说，"她说，"你遇见兄弟了。"

"说实话，"胖查理说，"你本该警告我一声。"

"我警告过你他是个神了。"

"但你没说他是个彻头彻尾的混球。"

希戈勒夫人哼了一声，从杯子里喝了一大口咖啡。

"有什么地方可以停下吃口东西的吗？"胖查理问道，"飞机上只有麦片和香蕉。还没勺。而且到我这排之前，牛奶就分光了。她们说很抱歉，还把所有快餐优惠券发给我们作为补偿。"

希戈勒夫人摇摇头。

"我本可以在机场用快餐券换个汉堡。"

"我跟你说了，"希戈勒夫人说，"劳艾拉·邓威迪给你做了一只火鸡。你觉得要是咱们到了她家，你却已经塞饱了麦当劳，一点儿胃口都没有，那她会怎么想，嗯？"

"但我快饿死了。而且还有两个多小时路程。"

"以我的开法，"她肯定地说，"就用不了。"

她说完这话，猛踩一脚油门。栗色旅行车行驶在高速路上，时不时颤抖一下。每当此时，胖查理都会紧闭双眼，同时用自己的左脚踩向假想中的刹车踏板。这活儿可真够累人的。

远远不到两个小时，他们就离开收费公路，驶上一条本地公路。他们驶向城市，经过巴诺连锁书店和办公百货商店，经过一栋栋装着安全门的7字形建筑。他们沿着老住宅区的街道行驶，胖查理记得他小时候这里的房屋状况要好上很多。他们经过西印度外卖餐馆，还有窗户上画有牙买加旗帜的饭店——上面还挂着手写海报，推荐牛尾、米饭特餐、家酿姜汁啤酒和咖喱鸡肉。

胖查理只觉口舌生津，肚子咕噜了一声。

又是一阵颠簸。周围的房舍更加老旧，一切都熟悉起来。

粉色塑料火烈鸟还戳在邓威迪夫人的前院里，不过经年累月的阳光已经快把它们褪成了白色。院子里有个玻璃水晶球，胖查理看到它时，心中突生一丝恐慌。

"跟蜘蛛在一起有多糟？"他们走向邓威迪夫人的前门时，希戈勒夫人问道。

"这么说吧，我想他跟我的未婚妻睡了觉。这一点我还没做到。"

"啊，"希戈勒夫人说，"啧。"

她按响门铃。

一小时后，胖查理心想这有点像《麦克白》。实际上，如果《麦克白》里的女巫是四位老妇人，如果她们不是搅着大锅，嘟囔着可怕的咒语，而是把麦克白迎进门，在红白花纹塑料桌布上放好白色瓷盘，招待他吃堆得老高的火鸡、米饭和豆子——更不用说甜味土豆布丁和辣味卷心菜。然后鼓励他吃上第二份、第三份，甚至更多。当麦克白宣称不行，他的肚子要爆了，发誓说真的一口都吃不下时，女巫们又强迫他吃她们自制的群岛米饭布丁和一大块巴斯塔蒙特夫人著名的倒置型菠萝蛋糕。如果没有上述这些差别，那就和《麦克白》完全一样。

"那么，"邓威迪夫人从嘴角擦掉倒置型菠萝蛋糕的碎屑，"听说你兄弟去找你了。"

"是的。我跟一只蜘蛛说要找他。我想这怪不了旁人，但我真没想到会发生任何事。"

一阵"嘘""喊"和"啧"在桌旁交相呼应，希戈勒夫人和邓威迪夫人和巴斯塔蒙特夫人和诺尔斯小姐咋着舌头晃着脑袋。"他常说你比较笨，"诺尔斯小姐说，"你父亲，老这么说。我从来都不相信。"

"哦，我怎么会知道？"胖查理抗辩道，"我父母又没跟我提过，'顺便说一句，儿子，你还有个兄弟。要是把他请进你的生活，他就会害你被警方调查，还会和你的未婚妻睡觉。他倒是不会搬进你家，顶多把一整栋房子塞进你的储藏室。而且会对你洗脑，让你去看电影，整晚在街上游荡回不了家……"胖查理把嘴闭上，这是因为四位老妇人注视他的那种神情。

一阵叹息在桌边响起。它从希戈勒夫人传到诺尔斯小姐再到巴斯塔蒙特夫人最后是邓威迪夫人。它非常令人不安，怪诞至极。可惜巴斯塔蒙特夫人的饱嗝声毁掉了这种效果。

"那么你想要怎样？"邓威迪夫人说，"说吧，你想要怎样？"

胖查理坐在邓威迪夫人的小饭厅里，思忖着自己到底想要怎样。窗外的阳光已然蜕变成柔和的暮色。

"他毁了我的生活，"胖查理说，"我想要你们请他离开。只要离开就行。你们能做到吗？"

三位年纪较小的女士什么都没说。她们只是望向邓威迪夫人。

"我们没法让他离开，"邓威迪夫人说，"我们已经……"她打断自己，改口说，"嗯，你看，我们已经尽力而为了。"

胖查理欣慰地发现，自己并未如内心深处所希望的那样哀号不断，痛哭失声，像没烤好的蛋奶酥似的垮掉。他只是点点头。"哦，那好吧，"他说，"很抱歉打扰你们。多谢你们请我吃这顿晚餐。"

"我们没法让他离开，"邓威迪夫人苍老的棕色眼眸在厚如石子的眼镜背后几乎变成了黑色，"但我们可以送你去见能做到的人。"

佛罗里达刚刚入夜，这就意味着伦敦已是午夜时分。在胖查理从没碰过的罗茜的大床上，蜘蛛打了个哆嗦。

罗茜紧贴在他身上，正所谓肌肤相亲。"查尔斯，"她说，"你还好吗？"她能感到蜘蛛胳膊上起了一层鸡皮疙瘩。

"没事，"蜘蛛说，"只是突然一阵发冷。"

"有人在背后骂你了。"罗茜说。

他把罗茜拉过来，亲了上去。

而黛西则坐在汉登区公寓的小客厅里，身穿颜色鲜艳的绿色睡裙，脚下是一双很可爱的粉色毛茸拖鞋。她坐在电脑前，摇着头，不停点击鼠标。

"你还要搞多久？"卡罗尔问，"你知道，这是整个电脑部门要做的事，而不是你一个人。"

黛西咕哝一声。这咕哝既不表示肯定，也不表示否定，它表示的是"我知道有人跟我说了句话，如果我咕哝一声也许她们就会走开"。

卡罗尔以前听到过这种咕哝。

"哼，"她说，"大屁股。你还要用多久？我要更新我的博客。"

黛西对这句话进行压缩，一个词浮现出来。"你刚才是说我有个大屁股吗？"

"不，"卡罗尔说，"我是在说已经很晚了，我要更新博客。我准备让他在一家知名不具的夜总会洗手间里，跟一个超级名模调情。"

黛西叹了口气。"好吧，"她说，"这案子有点可疑，仅此而已。"

"哪里可疑？"

"侵占问题上，我想是。好了，我登出。电脑归你了。你知道假冒皇室成员会给你惹上麻烦的。"

"得了吧。"

卡罗尔以一位英国皇室成员的身份更新她的博客。年轻，男性，放荡恣肆。很多人在争论她到底是不是真货，不少人指出她所写的内

160

容，只有真正的皇室成员才会知道，要不就是某个读八卦时尚杂志的人。

黛西离开电脑，尚自揣摩着格雷厄姆·科茨事务所的经济案件。

在帕里路一所很大但绝对算不上奢华的宅子里，格雷厄姆·科茨很快就在卧室睡着了。如果这世上还有公正可言，那他应该被噩梦折磨，呻吟哀号，冷汗涔涔，良心中的复仇女神该用蝎尾鞭对他抽打不休。但我只能痛苦地承认，格雷厄姆·科茨睡得就像个刚刚饱餐一顿，还泛着奶味的婴儿，而且他什么梦都没做。

在格雷厄姆·科茨家里的某个地方，一台落地大座钟轻柔地鸣响了十二下。在伦敦，此刻正是午夜。在佛罗里达则是下午七点钟。

不管哪个时间，都是巫蛊之时。

邓威迪夫人撤掉红白相间的方格桌布，把它放到一旁。

她说："谁买了黑蜡烛？"

诺维尔小姐说："我买了蜡烛。"她在脚底下的购物袋里翻了半天，掏出四根蜡烛。它们几乎是全黑的。一根长而普通。另外三根则是黑黄色的卡通企鹅形状，脑袋上有一根蜡芯。"他们只有这些了，"她辩解说，"而且我不得不爬上三楼，才能找到它们。"

邓威迪夫人没说话，只是摇了摇头。她把四根蜡烛放在桌子四边，不是企鹅的那根放在桌首，也就是她坐的地方。每根蜡烛底下都搁了个野餐盘。邓威迪夫人拿过一大罐粗盐，打开盖，在桌上倒了一堆。她凝视着盐堆，用枯瘦的食指把它分成螺旋形。

诺尔斯小姐从厨房走回来，把手里的大玻璃碗放在桌子正中。她拧开一瓶雪利酒，在碗里倒了很多。

"好了，"邓威迪夫人说，"恶魔草、征服者圣乔治的根，还有流血的爱[1]。"

巴斯塔蒙特夫人从购物袋里翻出一个小玻璃瓶。"这是混合香草，"她解释说，"我想应该管用。"

"混合香草！"邓威迪夫人说，"混合香草！"

"有什么问题吗？"巴斯塔蒙特夫人说，"食谱上提到罗勒这个、牛至[2]那个的时候，我都是用它。没它可不行啊。要我说的话，混合香草就没问题。"

邓威迪夫人叹了口气。"倒进去吧。"她说。

半罐混合香草倒进雪利酒里。干叶片漂浮在酒液上。

"那么，"邓威迪夫人说，"四种泥土。我希望，"她字斟句酌地说，"在场的人不要告诉我说她们没能找到四种泥土，那我们就得用一块鹅卵石、一个死水母、一块冰箱磁铁和一条肥皂了。"

"我带了四种泥土。"希戈勒夫人说。她拿过棕色纸袋，从里面翻出四个三明治保鲜袋，每袋都装了些似乎是沙子或者干土的东西，每种颜色都不一样。她把这些泥土分别倒在桌子四角。

"至少还算有人上心。"邓威迪夫人说。

诺尔斯小姐点燃蜡烛，还不忘指出三只企鹅容易点，又是多么可爱有趣。

巴斯塔蒙特夫人给四位女士一人倒了一杯雪利酒。

"有我的吗？"胖查理问道，但其实他并不想要，他不喜欢雪

---

1 三种植物的名称。
2 罗勒、牛至均为薄荷科植物。

利酒。

"没有，"邓威迪夫人严肃地说，"没你的。你需要保持头脑清醒。"她从衣袋里拿出一个金色小药盒。

希戈勒夫人把灯关上。

五个人坐在烛光摇曳的餐桌周围。

"现在做什么？"胖查理说，"我们要拉起手，把生命能量连接起来吗？"

"不用，"邓威迪夫人低声说，"另外我不想再听你多说一个字儿。"

"抱歉。"胖查理说，但他马上就反应过来，只希望自己没有说这句。

"听着，"邓威迪夫人说，"你会去一个地方，那儿的人也许能帮上忙。尽管如此，也不要把你的任何东西送给别人，不要随便作出承诺。明白吗？如果你必须给别人点东西，那么要保证拿到等价的回报。好吗？"

胖查理差点说出"好的"，但他及时控制住自己，只是点了点头。

"很好。"说完这话，邓威迪夫人开始发出不成调的哼哼，苍老的声音不住颤抖。

诺尔斯小姐也开始哼哼，相对来说更有韵律，声音也更高更强。

巴斯塔蒙特夫人没有哼哼，她发出咝咝声，一种断断续续的、蛇一般的咝咝声。这声音似乎找到了另外两人哼哼的节奏，游身而过躲到下面。

希戈勒夫人也开始了，但她没哼，也没嘘。她嗡嗡，声音犹如窗子上的苍蝇。她用舌头和牙齿发出古怪的震颤声，仿佛嘴里有一群愤怒的蜜蜂，嗡嗡飞舞，撞击着她的牙关，试图钻出来。

胖查理想知道自己要不要加入，但他不清楚自己该出什么声音，所以只好集中精神，老老实实坐着，争取不被这些怪声吓倒。

希戈勒夫人往盛着雪利酒和混合香草的碗里扔了一撮红土。巴斯塔蒙特夫人扔了一撮黄土。诺尔斯小姐扔了一撮棕土，而邓威迪夫人颤颤巍巍地探过身，扔了一块黑泥。

邓威迪夫人抿了口雪利酒，接着用生有关节炎的手指摸索着，从药盒里取出某种东西，扔到烛火上。房间中一度弥漫着柠檬香气，但很快就变成有什么东西被烧着了的气味。

诺尔斯小姐开始敲打桌面，但嘴里并没有停止哼哼。烛火摇曳，巨大的黑影在墙上舞动。希戈勒夫人也开始拍打桌面，她的手指敲出与诺尔斯小姐不同的节奏，更快、更有力；两种拍打声拧在一起，形成新的韵律。

在胖查理的脑海中，所有这些哼哼和咝咝和嗡嗡和敲打声都逐渐混杂成一种奇异的声音。他开始觉得头晕。一切都这么有趣。一切都这么不可思议。在妇人们的合声里，他听到了丛林中的兽嘶鸟鸣，听到了大火堆的噼啪。他感觉手指像皮筋一样伸展，双脚处在某个很远很远的地方。

此刻，他似乎飘在众人之上的某个地方，也在万物之上。下面有五个人围在桌边。其中一个女人打了个手势，往桌子中间的碗里扔了点儿不知什么东西，它突然绽放出耀眼光芒，让胖查理一时目盲。他闭上眼，但却发现这没用。就算闭着眼睛，周围的一切也都亮得让人难受。

他遮住日光，揉了揉眼睛，然后环顾四周。

他身后有一道陡峭岩壁直冲云霄，应该是段山壁。前方是一处险峻悬崖，直坠而下。胖查理走到悬崖边，小心翼翼地向下望去。他看到一些白色的东西，刚开始还以为是羊群，过了一会儿才意识到它们是云彩，又大又白又蓬松的云彩，在他身下很远很远的地方飘荡。而在云层之下，他只能看到蓝天；似乎只要继续望下去，就能看到黑暗的空间，再往下就只有闪烁寒光的星辰了。

他从悬崖边退开一步。

胖查理转过身，走向山壁。它不断上升，高不见顶，高到胖查理感觉它们就要砸下来，拍在自己身上，将他永远埋葬。他强迫自己低下头，把目光收回地面；如此一来，才注意到接近地平线的岩壁上有些孔洞，似乎是洞穴的入口。

胖查理估计岩壁和悬崖之间，也就是他所在的地方，宽度不超过四分之一英里：这条圆石道路上长着片片绿色植物，还有些褐色树木点缀其间。这条路似乎沿着山壁一路向前，最后融入远方的朦胧景象。

有人正看着我，胖查理心想。"嗨！"他仰起头叫道，"嗨，有人吗？"

离他最近的洞口中走出一个男人，肤色比胖查理黑，甚至比蜘蛛还黑。一头茶色长发像鬃毛似的框在脸庞周围。腰上系着一块粗制黄狮皮，身子后面还悬着一条狮尾。胖查理看到这条尾巴"嗖"的一下轰走了停在那人肩膀上的苍蝇。

男人眨了眨金色的眼眸。

"你是谁？"他粗声说，"谁准你到这儿来的？"

"我是胖查理·南希，"胖查理说，"蜘蛛安纳西是我的父亲。"

那颗巨大的头颅点了一下。"你到这儿来做什么，安纳西之子？"

就胖查理所见，岩石间只有他们两个人，但他感觉有很多人在聆听，很多声音在沉默，很多耳朵在煽动。胖查理提高声音，好让所有人都能听见。"我兄弟。他毁了我的生活。我没有能力让他离开。"

"所以你寻求我们的帮助？"狮子问。

"是的。"

"这个兄弟。他和你一样，也是安纳西的血脉？"

"他跟我没一点相像，"胖查理说，"他是你们的一员。"

随着一阵金光流动，狮子轻巧慵懒地从洞口跳了下来，越过灰色岩石，瞬间飞掠了五十码的距离。他站在胖查理面前，尾巴不耐烦地抽打着。

他抱着胳膊，低头看向胖查理，开口说："你干吗不自己解决这件事？"

胖查理嘴巴发干，喉咙涩得要命。面对他的这个生物比任何人都高，气味也不像是人。犬牙的尖端就压在下唇上。

"做不到。"胖查理细声说道。

一个巨大的身影从旁边的洞口探出身来。他有一身皱皱巴巴的灰褐色皮肤，还有一双圆滚滚的腿。"如果你和你兄弟起了冲突，"他说，"那必须让你父亲作出裁断。把问题交给家长处理。这是律法。"他一仰头，从鼻子和喉咙后面发出一阵响亮的象鸣。胖查理知道自己看到的是大象。

胖查理咽了口吐沫。"我父亲死了。"他说。他的嗓音忽然清亮起来，远比料想中的声音澄明响亮。这句话在岩壁间回荡，从一百个洞口，一百块凸起的岩石上反射回来。死了死了死了死了死了，回声说："所以我才到这儿来。"

狮子说："我对蜘蛛安纳西可没好感。很久以前，他曾把我绑在一根木桩上，让一头驴拖在地上，一路拖到造物主玛乌[1]的宝座前。"狮子说到这里，发出一阵咆哮。胖查理真希望站在他面前的不是自己。

"往前走，"狮子说，"这里可能有人愿意帮你的忙，但肯定不是我。"

大象说："也不是我。你父亲骗过我，还吃了我肚子上的肥肉。他跟我说要帮我做双鞋，结果却把我架到火上烤，一边笑一边吃。我可没忘。"

胖查理向前走去。

下一个洞口站着个人，身穿干净整洁的绿色套装，足蹬蛇皮靴，腰缠蛇皮带，头戴尖顶帽，帽子上还有一圈蛇皮镶边。胖查理走过去时，他发出一阵嘶嘶声。"往前走，安纳西的孩子，"他说起话来有一种冷冰冰的嘎嘎声，"你们这个该死的家族只会带来麻烦。我可不想跟你们有什么瓜葛。"

下一个洞口里的女人非常漂亮，双眼像黑色的油滴，嘴边的胡须雪一样白，胸前有两排乳房。

"我认识你父亲，"她说，"很久以前。呵呵。"她沉浸在回忆中，不觉摇了摇头，胖查理感觉自己像是在读一封私信。胖查理走过去时，女人给了他一个飞吻，但却摇摇头。

他继续向前走。一株死树戳在前方地面上，好似一堆老朽的灰色枯骨。影子越拉越长，太阳慢慢从无尽天空落下，经过怪石嶙峋的悬崖，坠向世界尽头。这太阳是轮巨大的橙金光球，下方所有细小白云

---

1 西非达何美地区（今贝宁共和国附近）黑人民族传说中的创世神。

都被染上了金色和紫色。

亚述人冲下山谷，如恶狼扑向羊群，胖查理想，诗句从某堂早被忘记的语文课中浮现出来，他们的军团闪烁着金紫光芒[1]。他努力回想军团是什么意思，但是没想起来。大概，他猜测着，是某种战车吧。

在他附近，有个东西动了一下。胖查理发现死树下的棕色岩石其实是个人，沙色皮肤，背上布满美洲豹似的斑点，头发很长很黑。他微笑时，露出了大猫的利齿。他只笑了一下，而这笑容中毫无温暖、友善或是幽默的感觉。那人说："我是老虎。你父亲，他曾用一百种方式伤害过我，曾用一千种方式冒犯过我。老虎决不忘记。"

"抱歉。"胖查理说。

"我会跟你一起走，"老虎说，"走一小段。你说安纳西死了？"

"是的。"

"很好，很好，很好。他把我当傻子耍了不知多少回。过去，一切都是我的——故事、星辰，一切。他把这些东西都偷走了。也许现在他死了，人们就不会再讲那些该死的故事。不会再嘲笑我。"

"我敢说他们不会了，"胖查理说，"我就从没嘲笑过你。"

颜色犹如无瑕琥珀的眼眸，在那人脸上闪出精光。"血就是血，"他说，"安纳西的血脉就是安纳西。"

"我不是我父亲。"胖查理说。

老虎露出牙齿。它们都很尖。"你不能总让人们发笑，"老虎解释说，"那是个严酷的大世界，没什么可笑的。从来没有。你必须

---

1 出自拜伦的诗歌，描写了古代亚述人围攻耶路撒冷的情景。英文中"战车"与"军团"单词相仿，所以查理会有这种联想。

教会孩子们恐惧，教他们颤抖，教他们残忍，教他们成为黑暗中的危险。藏在影子里，突袭、扑击、飞跃、下落，还有永恒的杀戮。你知道生命的真谛是什么吗？"

"呃，"胖查理说，"彼此关爱？"

"生命的真谛是舌头上猎物的热血，是牙齿间撕下的鲜肉，是敌人的尸体被抛在烈日下任由食腐者了结。这就是生命。我是老虎，我向来比安纳西更有力、更壮硕、更危险、更强大、更残忍、更睿智……"

胖查理不想待在这里跟老虎交谈。倒不是说老虎太疯狂，而是因为他对自己的信念太热切、太执著，而这些信念无一例外地令人不安。另外，他还让胖查理想起某个人，虽然说不出到底是谁，但他知道肯定是某个他不喜欢的人。"你能帮我摆脱我兄弟吗？"

老虎咳嗽起来，好像喉咙里塞着一根羽毛，或是一整只黑鸟。

"需要我给你找点水吗？"胖查理问道。

老虎狐疑地盯着胖查理。"上次安纳西要给我水喝时，最后害我试图吃掉池塘里的月亮，结果被淹死了。"

"我只是想帮忙。"

"他就是这么说的。"老虎探身逼向胖查理，盯着他的眼睛。从近处观瞧，老虎一点儿都不像人——他的鼻子太扁，眼睛的位置也不一样，味道好像动物园的笼子。他的声音是一种低沉的隆鸣。"要想帮我的忙，就这样做，安纳西的孩子。你和你所有的血族，如果还想把这身肉留在骨头上，就都离我远点。明白吗？"他舔了舔嘴唇，那条舌头红得像刚杀好的鲜肉，比古往今来任何人的舌头都长。

胖查理倒退几步，他坚信只要自己一转身，老虎的尖牙就会咬上他的脖子。此刻这生物身上再无半点人形。它的体态就是只真正的老

169

虎，就是每个变成食人兽的大猫，每个像家猫扑杀老鼠一样咬断人类脖子的老虎。所以他盯着野兽，一点点往后退。很快这生物就缩回死树下面，趴在岩石间，融入片片阴影，只有那条不耐烦的尾巴偶尔挥动一下，暴露出它的位置。

"你不用怕他，"一个女人站在一个洞口说，"到这儿来。"

胖查理说不清她是妖媚动人，还是丑陋畸形。他走了过去。

"他装得好像目空一切，趾高气扬，其实连自己的影子都怕，更怕你老爹的影子。他的下颚没有力量。"

女人面容有点像狗。不，不像狗……

"至于我，"胖查理走过去时，她继续说，"我，我咬碎骨头。好东西都藏在里面。最鲜美的肉就藏在里面，除了我谁都不知道。"

"我想找个人，帮我摆脱我的兄弟。"

女人仰头大笑起来，这狂野嘶鸣的笑声，又响又长又变态。胖查理终于认出了她。

"你在这儿找不到会帮你的人，"她说，"他们过去跟你父亲较劲时，都受了不少罪。老虎对你和你这一族的恨意，超过任何人对任何东西的恨。但只要你父亲还在那个世界，就连他也什么都不敢做。听着，走这条路。听我的没错，我的眼睛后面有块预言石。在找到一个空洞穴之前，你遇到的人都不会帮你。走进那个空洞。跟你在里面找到的人谈谈。明白了吗？"

"我想我明白了。"

她又笑起来，这笑声让人觉得危险。"你不想先跟我待会儿吗？我可是很专业的。你知道他们怎么说——没有比土狼更精瘦、更卑鄙、更淫亵的了。"

胖查理摇摇头，继续向前走，经过世界尽头岩壁上的一个个洞口。他走过每个黑暗洞穴时，都会朝里面看上一眼。那里有各种体形各种模样的人，有高，有矮，有男，也有女。他经过时，他们会躲进影子，或是从影子里冒出来；他看到了肋腹和鳞片，尖角和利爪。

有时胖查理的出现会把一些人吓得退到洞穴深处。也有些人会走上前来，或挑衅或好奇地盯着他。

有个东西在空中翻着筋斗，从一个洞口上方跳到胖查理身旁。"你好。"他气喘吁吁地说。

"你好。"胖查理说。

这家伙浑身长毛，非常兴奋。他的四肢似乎都不大对劲。胖查理努力辨认。其他兽人都是动物，这没错，但他们也是人。这不奇怪，也不矛盾——兽性和人性交织在一起，就像斑马身上的条纹，融合出迥然不同的生物。但这个家伙似乎完全是人，又完全不是人。这种怪诞的感觉让胖查理觉得牙疼。接着他终于想通了。

"猴子，"他说，"你是猴子。"

"有桃子吗？"猴子说，"有芒果吗？有无花果吗？"

"恐怕没有。"胖查理说。

"给我点吃的，"猴子说，"我会做你的朋友。"

邓威迪夫人警告过他。什么都别给，他心想，什么承诺也别做。

"恐怕我什么也给不了你。"

"你是谁？"猴子问，"你是什么？你似乎只有一半。你是从这边来的，还是从那边来的？"

"安纳西是我的父亲，"胖查理说，"我想找个人对付我兄弟，好让他离开。"

"可能会惹安纳西生气，"猴子说，"这主意太糟了。惹安纳西生气，故事里就再也没有你了。"

"安纳西死了。"胖查理说。

"在那边死了，"猴子说，"倒有可能。在这儿死了？那就完全是另外一回事了。"

"你是说，他可能在这儿？"胖查理抬起头，警惕地扫视着山岩。他想到自己可能发现父亲就在某个洞穴里，正坐在摇椅上前后摇晃，绿色软呢帽顶在脑后，抿着一罐棕啤酒，用柠檬黄色的手套捂着嘴打哈欠。这个念头让他惴惴不安。

"谁？什么？"

"你觉得他在这儿？"

"谁？"

"我父亲。"

"你父亲？"

"安纳西。"

猴子吓了一跳，蹿到一块岩石顶上，整个贴在上面；他来回扫视着周围的情况，好像是在提防一场突如其来的龙卷风。"安纳西？他在这儿？"

"我是在问你。"胖查理说。

猴子猛地一摆，头上脚下挂在岩石上，倒置的面孔正对着胖查理的脸。"我有时会回到那个世界，"他说，"人们说，猴子，聪明的猴子，来，来。来吃我们给你的桃子。还有坚果。还有虫子。还有无花果。"

"我父亲在这儿吗？"胖查理耐心地问。

"他没有洞穴，"猴子说，"如果他有，我会知道的。我想是的。也许他有，但我忘了。如果你给我个桃子，我的记性会好些。"

"我身上什么都没带。"胖查理说。

"没桃子？"

"恐怕没有。"

猴子荡上岩顶，转眼就消失了。

胖查理在岩石路上继续向前走。太阳已经落到与这条道路平齐，绽放着浓郁的橙色。它把老朽的光芒射入洞穴，展示出每个洞穴和洞里的住客。那个灰皮的肯定是犀牛，正近视眼似的向外望；那个颜色好像水沟里的烂木头，应该是鳄鱼，眼睛黑得跟玻璃珠一个样。

一阵石块刮蹭声在他身后响起，胖查理猛一转身，看到猴子正趴在地上盯着他看。

"我真没有水果，"胖查理说，"要不肯定给你几个。"

猴子说："真替你难过。也许你应该回家去。这是个很坏很坏很坏很坏很坏很坏的主意。对吧？"

"不。"胖查理说。

"啊，"猴子说，"好吧。好吧好吧好吧好吧好吧。"他愣了一下，然后突然加速，从胖查理身边蹿过，停在不远处的一个洞口。

"别进这个洞，"他叫道，"坏地方。"他指了指洞口。

"为什么？"胖查理问道，"谁在里面？"

"没人在里面，"猴子兴高采烈地说，"所以这不是你想找的地方，对吧？"

"不，"胖查理说，"就是它。"

猴子上蹿下跳，吵闹不休，但胖查理从他身边走过，爬上岩壁，来到空荡荡的洞口。深红色的太阳已经从世界尽头的悬崖落下。

走在世界之初山脉（如果你从另一个方向来，这里就是世界尽头山脉）旁边的大路上，现实似乎奇异而吊诡。这些山脉和它们的洞穴都是由最古老的故事铸成（当然是早在人类出现之前，你怎么会认为首先开始讲故事的是人类？）。胖查理离开大路，走进洞穴，感觉完全像是行走在他人的现实之中。这个洞穴很深，地面上到处都是鸟粪，还有不少羽毛。不时能看到些干瘪的羽毛掸子似的东西，那是鸟儿风干压扁的尸体。

这洞里，除了黑暗空无一物。

胖查理叫道："你好？"回声从洞内传了回来。你好你好你好你好。他继续朝前走。此刻黑暗几乎触手可及，仿佛某种稀薄黑沉的东西就蒙在他眼睛上。胖查理慢慢朝前走，一次一步，双臂向两旁伸开。

有个黑影动了一下。

"你好？"

胖查理的眼睛渐渐习惯了昏暗的光线，他约略能看清周围的情况。什么也没有。破布和羽毛。仅此而已。他又往前走了一步，小风卷起羽毛，吹摆着洞穴地上的破布。

有什么东西在他周围扇动，从他身边飞过，拍打着空气，发出鸽子扑翼的声音。

气旋。灰尘粘在他的眼睛和脸上。胖查理在冷风中眨眨眼，退后一步。尘土、碎布和羽毛中升起一个黑影。旋风消失后，刚才羽毛飞转的地方出现一个人形，它伸出手来，示意胖查理过去。

胖查理本想后退，却被它伸手拉住袖子。它的碰触清爽干燥，把他拉了过来……

胖查理又往洞里走了一步——

站在开阔的赤褐色平原，酸奶色的天空下，周围一棵树都没有。

不同的生物有着不同的眼眸。人类的眼睛（举例来说，和猫眼或是章鱼眼，都不一样）一次只能看到一种现实。胖查理的眼睛看到了一个世界，但意识看到的却是另一个；在这两个世界之间的沟壑中，疯狂在等待它的猎物。胖查理感到狂乱的恐慌从内心深处汹涌而出，心脏怦怦撞击着胸腔。他深吸口气，压抑住恐慌，强迫自己相信眼睛，而不是意识。

所以虽然他知道自己正在注视一只鸟——疯狂的眼神，散乱的羽毛，比鹰大，比鸵鸟高，嘴喙是猛禽那种可怕的撕咬利器，暗蓝色的羽毛上盖着一层油光，显出由紫到绿的暗色霓虹——那一瞬间，在内心的极深之处，他确实知道这些。但眼睛看到的是一个女人，发色如鸦翼漆黑，站在他想象中那只鸟所在的位置。她注视着胖查理，容貌既不老也不年轻，那张脸就像是在世界还很年轻之时，用上古黑曜石刻就。

她看着胖查理，一动不动。云朵在酸奶色的天空中翻卷而过。

"我叫查理，"胖查理说，"查理·南希。有些人，好吧，人们都管我叫胖查理。如果愿意的话，你也可以这么叫。"

没有回应。

"安纳西是我父亲。"

还是没有。纹丝不动，一声不响。

"我希望你能帮忙把我兄弟弄走。"

听到这话，她歪过脑袋。足以显示出她在聆听，足以显示出她还活着。

"我自己办不到。他有魔力之类的东西。我跟一只蜘蛛说了句话，接着你猜这么着，我兄弟就冒出来了。现在我没法把他弄走。"

她终于开口了，声音粗哑低沉犹如鸦啼。"你想要我做什么？"

"帮我个忙？"胖查理提示说。

她似乎在思考。

后来，胖查理曾试图回忆女人穿的是什么衣服，但从未成功。有时他觉得肯定是件羽毛披风，可有时他又坚信是件旧衣服，也许是一身破破烂烂的风衣，就像后来事态开始恶化时，他在伦敦皮卡迪利大街看到她穿的那身一样。不过女人并非赤身裸体，这一点胖查理几乎可以断定。要不然他肯定会记得，不是吗？

"帮你。"她重复道。

"帮我摆脱他。"

她点点头。"你希望我帮你除掉安纳西的血脉。"

"我只想让他离开，别再打搅我。不是让你伤害他什么的。"

"那么就作出承诺，把安纳西的血脉交给我。"

胖查理站在宽广的赤褐色平原，他知道这地方应该是在世界尽头山脉的洞穴里，而这地方，从某种角度来说，又是在邓威迪夫人泛着紫罗兰香气的前厅里。他试图理解女人的要求。

"我不能给别人东西，也不能作出承诺。"

"你想要他离开，"她说，"快说。我的时间宝贵。"她抱着胳膊，用疯狂的眼神注视他，"我不怕安纳西。"

胖查理记得邓威迪夫人的话。"呃，"他说，"我没法作出承诺。而且必须拿到等价的东西。我是说，这应该是桩交易。"

鸟女面色不悦，但还是点点头。"那么我会给你等价的东西作为交易条件。我给你我的诺言。"她把手放在胖查理的手上，好像是在给他什么东西，然后又紧紧握住他的手，"现在快说。"

"我给你安纳西的血脉。"胖查理说。

"很好。"话音未落，她的身体已然支离破碎。

女人刚才站立的地方，出现了一大群鸟。它们就像是被枪声惊扰似的，飞向四面八方。天空中充满了飞鸟，比胖查理所能够想象的还多。棕色和黑色的鸟群，在空中盘旋飞掠，像一片体积大到超越人类思维极限的黑云，像一片大如世界的蚊群。

"你现在就要让他离开了吗？"胖查理冲渐黑的乳白色天空喊道。鸟群在天上滑翔。每只不过沧海一粟，而且都在不断飞行，但胖查理突然发现空中出现了一张面孔，鸟群漩涡形成的面孔。它大得离谱。

它用无以计数的鸟鸣鸟啼鸟啭声，叫出他的姓名，摩天楼大小的双唇在空中吐出词句。

这张脸瓦解成混沌与疯狂，鸟群从苍白的天空飞落，直扑向他。胖查理用双手盖住脸，试图保护自己。

面颊上的疼痛强烈而突然。他一度以为是有只鸟啄在脸上，用喙或爪撕扯着他的面颊，但马上看清了自己是在什么地方。

"别再打了！"他说，"行了。你们不用再打我了！"

桌上的企鹅已经烧得很低，脑袋和肩膀都不见了，烛火此刻正在曾是企鹅肚子的不成形的黑白蜡球上燃烧。它们的脚下是一摊凝固的黑色蜡油。三个老妇人正盯着他看。

诺尔斯小姐往他脸上泼了杯水。

"你也用不着这么干，"他说，"我醒了，不是吗？"

邓威迪夫人趾高气扬地走进房间，手里拿着一个棕色小玻璃瓶。"嗅盐，"她说，"我就知道肯定是搁在什么地方了。我是，哦，一九六七、一九六八年时买的。不知道还有没有用。"她瞥见胖查理，皱着眉头抱怨道，"他醒了。谁把他弄醒的？"

"他不喘气了，"巴斯塔蒙特夫人说，"所以我给了他一巴掌。"

"我还给他泼了杯水，"诺尔斯小姐说，"帮他完全清醒过来。"

"我用不着嗅盐，"胖查理说，"我已经又疼又湿了。"但邓威迪夫人还是用衰老的双手，拧开瓶盖，把它放在胖查理鼻子底下。他往后躲的同时吸了口气，一股氨水味扑鼻而来。泪水随即涌出，他感觉像是鼻子上被揍了一拳。泪珠顺着面颊流淌。

"嗯，"邓威迪夫人说，"感觉好点了吗？"

"现在几点了？"胖查理问。

"差不多早上五点，"希戈勒夫人说着从巨型咖啡杯里喝了一大口，"我们都很担心你。你最好告诉我们发生了什么？"

胖查理努力回忆。这段记忆并未如梦境一般消失得无影无踪；但之前几小时的经历更像是发生在别人身上，而不是他自己。他必须用从没练习过的某种心电感应术，和那个人取得联系。胖查理脑子里已经乱成一团，另一个世界的彩色底片蜕变成了现实的黑白色调。"那里有洞穴。我请人帮忙。那里有很多动物。既是动物，又是人。他们都不肯帮忙。他们都怕我爸。然后有个人说她会帮我。"

"她？"巴斯塔蒙特夫人说。

"有些人是男的，有些是女的，"胖查理说，"这是个女人。"

"你知道她是什么吗？鳄鱼？土狼？老鼠？"

他耸耸肩。"在我被别人扇了一巴掌，又被泼了一脸水之前，也许还记得。还有在我鼻子下面塞东西，把我脑袋里的东西都给熏走了。"

邓威迪夫人说。"你记得我跟你说的话吗？不要给别人东西？只能交换？"

"是的，"他隐隐显出几分自豪，"是的。有只猴子想管我要东西，我说没有。那个，我想我得喝一杯。"

巴斯塔蒙特夫人从桌上拿过一杯不知什么饮料。"我们估计你也许得喝一杯。所以就把那些雪利酒用滤网滤了一遍。里面可能还有点混合香草，但只是碎末而已。"

胖查理的双手还放在大腿上，攥成了拳头。他张开右手去接酒杯，接着忽然愣住，低头看向自己的手。

"怎么了？"邓威迪夫人问，"那是什么？"

在他的手掌里，有个皱皱巴巴的黑东西，已经被汗水浸湿。这是一根羽毛。他终于记起来了。一切都记起来了。

"是个鸟女。"他说。

胖查理坐上希戈勒夫人那辆旅行车的副驾驶座时，灰色黎明已经冲破黑暗的天空。

"你困吗？"她问。

"还行。我只是觉得怪异。"

"你想让我把你送到哪儿去？我家？你老爹的房子？汽车旅馆？"

"我也不知道。"

希戈勒夫人驱动汽车，驶上街道。

"咱们去哪儿？"

她没回答，只是从大杯子里灌了口咖啡，接着才开口说："也许我们今晚所做的一切能有所帮助，也许没有。有时候自家的事儿，最好由自家人处理。你和你兄弟。你们太相似了。我猜这就是你们打架的原因。"

"我想你用的大概是某种西印度英语的隐讳用法，'相似'表示'完全不一样'。"

"别拿英国人那一套来唬我。我知道自己在说什么。你和他，你俩是一个模子刻出来的。我记得你父亲曾跟我说，卡莉亚娜，我的儿子们，他们都笨得——你知道，他说了什么其实都不重要，关键是，他说的是你们俩。"她忽然冒出一个念头，"嗨，你到了古神们住的地方，有没有在那边看见你父亲？"

"我想是没有。不然肯定记得。"

希戈勒夫人点点头，一言不发地继续开车。

她把车停下，两人走了出来。

佛罗里达的黎明清冷凄寒。纪念憩园仿佛一部电影里的场景，雾气贴在地上，模糊了万事万物的焦点。希戈勒夫人打开小门，两人走进墓园。

当初他父亲的墓地中只有新填的泥土，此时上面已经覆盖了草皮。坟头有块金属纪念板，上面造了个金属花瓶，花瓶里插着一支黄玫瑰。

"请上帝宽恕这座坟墓中的罪人，"希戈勒夫人动情地说，"阿门，阿门，阿门。"

他们有两位听众，就是胖查理上次来时看到的那两只红头鹤鸟。它们昂首阔步朝这边走来，脑袋摇来晃去，活像两个趾高气扬的监狱社工。

"嘘嘘！"希戈勒夫人想把它们轰走。但鸟儿无动于衷地盯着她，没有离开。

一只鸟把头伸进草地，抬起来时嘴里多了只挣扎不休的蜥蜴。鹤鸟一吞一仰，蜥蜴就成了它脖子上的鼓包。

黎明的合唱已经开始。白头翁、小金莺和知更鸟在纪念憩园外面的野地里歌唱。"我应该回家去，"胖查理说，"要是运气好，没准儿回去的时候，她就已经把蜘蛛轰走了。一切都会走上正轨。我可以跟罗茜把这些事料理清楚。"乐观情绪隐约从他心中涌出。今天会是个好日子。

在那些老故事里，安纳西和你我一样，生活在自己的房子里。当然，他贪婪、好色，而且狡诈，还满口谎言。但他也善良、幸运，甚至偶尔还会诚实。有时他是好人，有时是坏人，可从来不是恶人。通常，你都会站在安纳西这边。这是因为安纳西拥有全部的故事。玛乌把这些故事给了他，那还是在黎明纪元的时候，玛乌把它们从老虎手里拿走，交给了安纳西。他织出的故事之网是如此美丽。

在那些故事里，安纳西是蜘蛛，但他也是个人。把这两件事同时装在脑子里并不难，就连小孩都能做到。

安纳西的故事被非洲西海岸和加勒比海附近的祖母和阿姨们讲述着，一路传遍整个世界。这些故事被编成童书：微笑的老安纳西跟全世界开着他那快活的玩笑。问题是，祖母们、阿姨们和童书作者们都倾向于把一些事略去不表。有些故事并不适合讲给小孩子听。

这里就有个你不会在托儿所听到的故事。我把它叫作：安纳西和鸟。

安纳西不喜欢鸟，因为鸟要是饿起来很多东西都吃，蜘蛛就是其中一类。而且鸟，她总是饿。

他们过去曾是朋友，但现在已经不是了。

有一天，安纳西在外面溜达，看到地上有个洞，这让他想到一个点子。他在洞底放上木头，然后生了一堆火，又在洞上架了口大锅，往里面扔了些根茎和香草。然后开始围着大锅来回跑，一边跑一边跳，一边喊一边叫。他喊道，我的感觉真是好。我的感觉特——别——好。哦，天哪，我的疼痛都没了，这辈子都没这么舒服！

鸟听到了这阵喧闹。她从天上飞下来想看看出了什么乱子。她说，你在唱什么？怎么像个疯子似的乱跑乱叫，安纳西？

安纳西唱道，我的脖子疼，但现在好了。我的肚子疼，但现在没了。我的关节硬，但现在软得如同一棵小棕榈树，滑得就像头天晚上刚蜕皮的蛇。我快活极了，身体好得没话说。因为我知道一个秘密，谁都不知道的秘密。

什么秘密？鸟问。

我的秘密，安纳西说，所有人都想用他们最喜欢的东西，最宝贵的东西，来换我的秘密。哈！嘿！我感觉特别好！

鸟跳近了几步，把脑袋歪向一边，然后问道，能把你的秘密告诉我吗？

安纳西看着鸟，脸上写满狐疑。他走到洞上冒着气泡的大锅前。

我不这么想，安纳西说，可能不够用。你就别动这个心思了。

鸟说，好了，安纳西，我知道咱们不总是朋友。但是我跟你说，你把秘密告诉我，我就保证所有鸟类都不再吃蜘蛛。我们永永远远都会是好朋友。

安纳西挠挠下巴，摇了摇头。这可是个惊天大秘密，他说，能让人重获青春、精力充沛、生机勃勃，还能摆脱所有疼痛。

鸟用嘴把自己打扮漂亮。她说，哦，安纳西，你知道有时候我觉得你是个特别英俊的男人。我们干吗不到路边躺上一会儿，我保证能让你忘掉所有顾虑，把秘密告诉我。

所以他们躺在路边，他们相互爱抚，大声欢笑，干了所有傻事。安纳西得到了自己想要的东西后，鸟说，好了，安纳西，你的秘密是什么？

安纳西说，好吧，这个秘密我谁都不告诉，但是我会告诉你。它是个药草浴，就在地上这个洞里。你看，我把这些叶子和根茎都扔进去了。现在进去洗澡的人会得到永生，再也没有痛苦。我洗了澡，现在活泼得像头小山羊。但我可不想让别人洗这个澡。

鸟低头看了眼冒泡的开水，飞快地钻进大锅里。

这里烫死了，安纳西，她说。

药草需要温度才能发挥作用，安纳西说。他把锅盖拿过来，盖在大锅上。这是个很沉的盖子，而且安纳西还在上面压了块石头，好让它更加沉重。

"砰！嘣！"敲击声从大锅中传来。

如果我现在让你出来，安纳西说，泡泡浴的效果就全白费了。你就在里面放松一下，体会体会重获青春的感觉吧。

也许鸟没听见他的话，也许不相信他。因为敲击声和推举声在大锅里响了好一阵子，然后终于停止。

那天晚上，安纳西和他的家人吃了一顿世上最美味的炖鸟汤，还有煮鸟肉。他们很多年都没再感到饥饿。

从那以后，鸟儿们一有机会就要吃蜘蛛，而且蜘蛛和鸟永远也不会成为朋友。

这故事还有另外一个版本。有人说安纳西也钻进了那口大锅。所有故事都属于安纳西，但他在故事里并不总有好结局。

第八章

一壶咖啡顶大用

如果说有什么东西正要让蜘蛛离开，那至少他现在还没有感觉。蜘蛛以胖查理的身份过得很快活。他太喜欢当胖查理了，以至于开始思索自己过去为什么没当过胖查理。这可比一桶猴子[1]有趣得多。

　　身为胖查理最美妙的地方，就是能和罗茜在一起。

　　迄今为止，蜘蛛一直把女人视作某种可替代品。你不会给她们真名，或是有效期超过一周的地址。这么说吧，除了可抛弃式手机的号码外，什么都不能给。女人既有趣，又有装饰作用，是很棒的附属品。但世上有很多女人，就像传送带上的一碗碗菜炖牛肉，吃掉一份后，只需要拿起另一份，舀进你的酸奶油里就好了。

　　但是罗茜……

　　罗茜不同。

　　他也说不清到底怎么不同。他试过但失败了。部分原因是和她在一起时的感觉，就好像从她眼中看到自己的倒影，就会感觉自己变成了更加优秀的人。这是部分原因。

1　原注：几年前，蜘蛛曾经对一桶猴子大失所望。它没有起到任何蜘蛛期望中的娱乐作用，顶多是发出些有趣的声音。最后，当这些声音停止，猴子们再也不动了——当然也许在器官水平上还存在某种运动，他还得在夜深人静的时候把这些东西处理掉。

蜘蛛喜欢让罗茜知道在哪儿能找到自己。这让他觉得踏实。他喜欢罗茜柔软的发卷，她对整个世界只存善意的气质，还有她笑起来的模样。和罗茜在一起，没有半点儿缺憾——除了必须熬过她不在自己身边的时间。当然，蜘蛛也逐渐发现了罗茜妈妈的小问题。那天晚上，在四千英里外的一个机场里，胖查理被无缘无故调到了头等舱；而蜘蛛则坐在罗茜妈妈的温坡街公寓里，通过严峻的方式了解到这个小问题。

蜘蛛通常会在现实上稍稍动点手脚，只是一点点，但通常这样已经足够。你只需要让现实知道谁才是老大，这就行了。说起来，他过去从没遇到过像诺亚夫人这样，对自己心中的现实如此执著的人。

"这是谁？"他们走进门时，诺亚夫人问道。

"我是胖查理·南希。"蜘蛛说。

"他干吗这么说？"诺亚夫人问，"他是谁？"

"我是胖查理·南希，您未来的女婿，而且您特别喜欢我。"蜘蛛用极富感染力的口气说。

诺亚夫人动摇了，她眨眨眼仍旧注视着他。"你也许是胖查理，"她不太信服地说，"但我不喜欢你。"

"哦，"蜘蛛说，"您会的。我特别招人喜欢。很少有谁像我这么招人喜欢。坦率地说，我招人喜欢的程度无以言表。人们会聚集起来，专门讨论他们有多喜欢我。我得过几个奖，其中有个奖章是南美洲一个小国发给我的，旨在表彰我多么招人喜欢，以及我全方位多层次的优越和可人。当然，我没带在身上。我把奖章都放在搁袜子的抽屉里了。"

罗茜的妈妈对此嗤之以鼻。她不知道出了什么事，但无论如何，她反正是不喜欢。在此之前，她觉得自己已经摸准了胖查理的脉。她承认这件事一开始有些处理失当。罗茜如此执著地和胖查理搅在一起，很可能是因为自己和胖查理第一次见面后，所表达出的非常强烈的反对意见。他是个失败者，诺亚夫人早就这么说过，因为她能嗅出恐惧，就像鲨鱼隔着海湾就能闻到血腥味。但她没能说服罗茜甩掉胖查理，现在她的主要策略是全盘掌控婚礼筹备计划，让胖查理尽可能地出丑，并对本国离婚率数据，抱持一种笃定而冷酷的满足之情。

事态发展有些非比寻常，她不喜欢这种感觉。胖查理不再是那个软弱可欺的家伙。这个精明的新生物让她感到困惑。

蜘蛛，从他的立场来说，必须采取行动。

大多数人都不会注意别人。但罗茜的妈妈会。一切都逃不过她的眼睛。此刻，她正从手里的瓷杯中抿着热水，知道自己刚刚输掉了一场小规模冲突，但也说不清楚这场战斗是为何而打，又是怎么打的。所以她决定将下一波攻势瞄准更为重要的阵地。

"查尔斯，亲爱的，"她说，"跟我讲讲你的表妹黛西。我担心你们家在婚礼中的戏份儿有点少。你看要不要请她担任个更重要的角色？"

"谁？"

"黛西，"诺亚夫人和蔼地说，"那天早上我在你家里遇见的那位年轻姑娘。穿着内衣到处溜达的那个。当然，如果她真是你表妹的话。"

"妈妈！查理说是那就……"

"让他自己说，罗茜。"她妈妈说着又抿了口热水。

"哦，"蜘蛛说，"黛西。"

他把思绪拉回那个醇酒、美人和歌的夜晚。他把那群人里最漂亮最有趣的女人一道带回了家，当然跟她说了这是她自己的主意，然后还说需要她帮忙把人事不省的胖查理抬上楼梯。那天夜里蜘蛛已经享受过其他几个女人的关照，把这个有趣的小女人带回家，主要是为了预备一份饭后甜品。但等到返回公寓，把洗干净的胖查理弄上床后，他发现自己已经不饿了。就是那个女孩。

"可爱的小表妹黛西，"他毫不迟疑地说，"我敢说只要她还在国内，就肯定特别乐意参加婚礼。啊，她是个情报人员。总是到处跑。今天在这儿，明天呢，没准就要到俄罗斯摩尔曼斯克送机密文件去了。"

"你没有她的地址？或是电话号码？"

"我们可以一起找她，您和我，"蜘蛛说，"她总是来来去去，根本歇不住。"

"那么，"罗茜的母亲说这话的语气，很像是亚历山大大帝下令劫掠一个波斯小村庄，"下次她回国的时候。你一定要把她请来。我觉得黛西是个非常可爱的小东西，罗茜肯定乐意跟她见上一面。"

"好的，"蜘蛛说，"一定。我一定办到。"

无论过去、现在，还是未来，每个人都有一首歌。不是别人写好的歌。它有自身的旋律，有自身的词句。很少有人能唱出自己的歌。大部分人都担心自己的声音没法把它唱好，或是害怕词句太愚蠢、太诚实，抑或太怪异。所以人们干脆用生活来表达这首歌。

就拿黛西来说。她的歌长久以来一直沉睡在脑海深处，拥有令人振奋的进行曲旋律，歌词说的是保护弱者，有一段合唱以"坏蛋们小心了！"开头。她觉得太蠢，没法大声歌唱。黛西偶尔会在淋浴时，涂着肥皂，把它小声哼出来。

总的来说，关于黛西的情况，知道这些就足够了。剩下的都是细节。

黛西的父亲生在香港。母亲来自埃塞俄比亚一个富有的地毯出口商家庭，他们在首都亚的斯亚贝巴有一所宅子，在本国第二大城市纳兹瑞特附近，还拥有另一所宅院和一些土地。黛西的父母是在剑桥相遇的。在电脑技术的职业前景还没被看好之前，她父亲就选择了这个专业。她母亲如饥似渴地学习着分子化学和国际法。这两个年轻人同样勤奋刻苦、天生羞怯，总是有些不安。他们都有点思乡病，不过想的是完全不同的东西。他们都下国际象棋，所以才会在某个星期三的下午，在一个象棋俱乐部相遇。他们作为初学者，被安排在一起切磋棋艺。头一次对弈时，黛西的母亲轻易杀败了黛西的父亲。

黛西的父亲非常郁闷，以至于害羞地要求下周三再来一局，这个传统在此后两年中的每个星期三（包括寒暑假和法定假日）一直延续下去。

他们的社交活动随着他的社交技能和她的英语口语水平一道增长。他们一起，手拉着手作为人墙的一部分，阻止运送导弹的大卡车经过。他们一起，作为大团体的一部分，前往巴塞罗那抗议不可阻挡的国际资本主义浪潮，并对企业霸权主义表示严正抗议。他们一起经历过催泪瓦斯喷射，戴先生的手腕还被把他推开的西班牙警察扭伤了。

他们在剑桥就学的第三年中，有个周三下午黛西的父亲下赢了黛西的母亲。他为此欢欣鼓舞、兴高采烈、得意扬扬，借着这场胜利带来的勇气，他求婚了。而黛西的母亲很失落，很沮丧，担心他赢过一局后就会对自己丧失兴趣。当然，她表示同意。

他们在英国定居，留在学术圈里。生了个女儿，起名黛西，这是因为当时他们有一辆串座车——一种两个人骑的自行车[1]（后来，为了逗黛西开心，还确实骑过）。他们从一所大学搬到另一所大学，他教授计算机科学，而她则写书，写没人要读的关于国际企业霸权主义的书，还有确实有人想读的关于国际象棋战术和历史的书。因此在好年景里，她一年赚的钱比他还多，当然从来也没太多。随着年龄的增长，他们对政治的兴趣逐渐消退。人到中年时，他们成了一对幸福的夫妻，兴趣范围只涉及对方、国际象棋、黛西，还有对早被人遗忘的操作系统进行重建和调试上。

他们都不理解黛西，一点儿也不理解。

他们埋怨自己没把黛西对警察部门的幻想扼杀在萌芽状态——差不多也就是她刚会说话的时候。那时黛西就会高兴地指出警车，就像其他小女孩指出小马驹那样兴奋。她的七岁生日派对是一场化装晚会，好让她能穿上那身下级警官制服。她父母阁楼上的一个盒子里，还放着晚会照片；画面上的黛西，脸庞洋溢着七岁小孩最完美的喜悦之情，目不转睛地盯着自己的生日蛋糕：七根蜡烛围成一圈，闪烁着蓝色光芒。

到了十几岁时，黛西成了个刻苦、活泼、聪慧的少女。她决定到伦敦大学学习法律和计算机，这让父母大感宽慰。父亲梦想着她会成为一名法律讲师；而母亲则幻想女儿会成为律师，甚至是一名皇家大法官，并且运用法律手段把企业霸权主义扼杀在摇篮里。但黛西毁掉了这一切，她参加就职测验，最终成为英国警察。警局张开双臂欢迎

---

1 会有这种联想是因为，英文儿歌《双人自行车》中唱道："黛西，黛西，快回答我的问题。我已如痴如狂，只为爱你疼你。不会有华丽的婚礼，马车我也雇不起。但骑在双人自行车上，你会特别美丽。"

她的到来：一方面，上面有指示说要改善警察队伍的性别比例；另一方面，计算机犯罪和与计算机有关的经济犯罪与日俱增。他们需要黛西。事实上，他们需要一大把黛西。

关于这个问题，可以说四年的警员生涯没能达到黛西的预期。父母不断警告她，警察机构是制度化的种族主义和性别歧视的纪念碑，会把她的个性磨灭殆尽，形成整齐划一的体制内人格，让她和速溶咖啡一样变成小卖部文化的一部分。但是不，问题不在这里，最让人灰心的是如何让其他警官明白她也是个警察。黛西早就得出结论，对大多数警察来说，警务工作是保护英国主流人群不受那些来自不同社会背景的违法分子侵害，这些人很有可能会干出偷手机之类的勾当。而黛西的定义却有所不同。她知道有个待在家里的德国小孩，可以散布一种病毒，足以让一所医院停止运作，所造成的损害比炸弹还要大。黛西认为如今真正的坏家伙都了解FTP站点和高级密码技术，以及预付费的可抛弃式手机。她不敢说人们是否都能了解。

黛西从塑料杯中抿了口咖啡，禁不住扮个鬼脸。在她一屏屏浏览档案时，咖啡已经凉了。

她看了格雷厄姆·科茨给她的所有信息。这是个证据确凿的案子，问题是肯定有的——不说别的，至少查尔斯·南希上星期给自己开了一张两千英镑支票，这绝对没错。

但是。但是有些事感觉不对头。

她经过走廊，敲了敲警司的门。

"进来！"

坎伯威尔坐在办公桌后面抽烟斗的历史长达三十年之久，但如今这座大楼施行了无烟政策。现在他只能摆弄一坨橡皮泥转移注意力，又捏又挤又揉又戳。作为嘴里叼着烟斗的人，坎伯威尔平和温厚，至少在底下人关心的范畴内，绝对是个谦谦君子。作为手里捏着橡皮泥的人，他永远都处在暴躁易怒的边缘。心情好时，勉强可以把脾气限制在古怪的范畴以内。

"怎么？"

"格雷厄姆·科茨事务所的案子。"

"嗯？"

"我有点吃不准。"

"吃不准？这有什么可吃不准的？"

"哦，我想也许我应该退出这个案子。"

他面无表情，只是盯着她。放在桌上的双手下意识地将橡皮泥揉成了一个烟斗的形状。"因为？"

"我曾和嫌疑人有私人来往。"

"而且你和他一起度假了？你是他孩子的教母？怎么了？"

"不。我见过他一次。我在他家里过了夜。"

"你是说，你和他做过那个？"坎伯威尔发出一声沉重的叹息，其中厌世、恼怒以及对半盎司揉好的秃鹫牌烟草的渴望各占三分之一。

"不。长官。没有这种事。我只是在那儿睡了一宿。"

"这就是你跟他全部的交集？"

"是的，先生。"

他把橡皮泥捏成了不成形状的泥团。"你知道是在浪费我的时间吧？"

"是，长官。抱歉，长官。"

"做你该做的事。少来烦我。"

梅芙·利文斯顿独自乘电梯来到六层，这趟缓慢颠簸的旅程，让她有足够的时间默想一遍见到格雷厄姆·科茨后该说什么。

　　梅芙手里提着个棕色小皮包，原本是莫里斯的东西：一个特别男性化的物件。她身穿白色宽松上衣、蓝色斜纹粗布衬衫，外面还套了件灰大衣。她有一双长腿，皮肤特别白皙，在极少量化学药品的帮助下，头发还和二十年前嫁给莫里斯·利文斯顿时一样金黄。

　　梅芙很爱莫里斯。莫里斯死后，梅芙取消了他的电话服务，并归还了手机，但没有把他的号码从自己手机里删除。外甥给莫里斯拍的照片还存在手机里，她不想失去这些。梅芙真希望现在就能给莫里斯打个电话，寻求他的建议。

　　她通过楼下的对讲器说明了自己的身份，所以走到前台时，格雷厄姆·科茨已经在那里等着她了。

　　"你好吗，你好吗？亲爱的女士。"他说。

　　"我们需要私下谈谈，格雷厄姆，"梅芙说，"就现在。"

　　格雷厄姆·科茨傻笑了一下。真是古怪，在他的许多白日梦里，梅芙都是以这句话开头的。接下来她会说"我要你，格雷厄姆，马上"以及"哦，格雷厄姆，我是个很坏很坏很坏的女孩，需要有人教我点规矩"，在很少出现的场景中，还有"格雷厄姆，一个女人实在吃不消你，所以让我给你介绍一下，这是我没穿衣服的同卵双胞胎妹妹，梅芙二号"。

　　他们走进办公室。

　　格雷厄姆·科茨略微有些失望，梅芙没提现在就要之类的话。她也没脱下大衣，而是打开了皮包，从里面拿出一摞文件，放在办公桌上。

"格雷厄姆，在银行经理的建议下，我对过去十年你为我们所做的账目数据进行了单独审计。从莫里斯还在世时开始。如果你想看的话，结果都在这里。数目对不上。完全对不上。我想在叫警察之前，应该先跟你谈谈。看在莫里斯的份上，我给你这个面子。"

"哦，当然了，"格雷厄姆·科茨表示赞同，语气滑得像奶油搅拌器里的蛇，"当然了。"

"那么？"梅芙·利文斯顿扬起形状娇好的眉毛。她的表情并不让人安心。格雷厄姆·科茨更喜欢自己想象中的样子。

"恐怕在很长时间里，我们格雷厄姆·科茨事务所里都有个流氓员工，梅芙。我本人已经给警方打电话了，就在上周，在我意识到情况不太对劲之后。法律的长臂已经展开调查。由于格雷厄姆·科茨事务所的客户中有几位知名人士——包括你在内——的关系，警方决定尽量低调处理，谁能怪罪他们？"和他料想不同的是，梅芙似乎并未放松下来，格雷厄姆又试了一招，"他们说很有可能追回大部分损失，如果不是全部的话。"

梅芙点点头。格雷厄姆·科茨放松了些，不过只是一点点。

"能问一句这人是谁吗？"

"查尔斯·南希。我必须承认过去对他绝对信任。这真是晴天霹雳。"

"哦。他挺可爱的。"

"外表，"格雷厄姆·科茨指出，"是会骗人的。"

梅芙露出微笑，一种非常甜美的微笑："这洗不清，格雷厄姆。这件事可以回溯到很久以前。远在查尔斯·南希开始在这儿工作之前。也许甚至在我出现之前。莫里斯百分之百地信任你，而你却偷他的钱。现在你还试图构陷某个员工——或是怪罪某个同谋。得了，这洗不清。"

"是的，"格雷厄姆·科茨懊悔地说，"抱歉。"

梅芙拿起那些文件。"不算利息，"她说，"你这些年从莫里斯和我这里偷了多少钱？我估计是三百万英镑。"

"啊，"他刻意板起面孔，没敢露出一丝笑容（数目肯定比三百万大得多），"听起来差不多。"

他们对视良久，格雷厄姆·科茨飞快进行计算。他需要争取时间。这就是他需要的东西。"那么如果，"他说，"如果我作出补偿，全额，用现金，就现在。当然还有利息。就算是总金额的百分之五十吧。"

"你要给我四百五十万英镑？现金？"

格雷厄姆·科茨冲她露出微笑，尽力不让自己表现得像条即将发动进攻的眼镜蛇。"绝对没错。如果你去找警察，那我就会否认一切，雇用最好的律师团。考虑到最糟糕的结果，我可能会被判个十到十二年。但在旷日持久的审判过程中，我会被迫从各种角度诋毁莫里斯的好名声。我也许会服五年刑，在此期间表现良好，保证会成为模范囚犯。考虑到监狱机构普遍过度拥挤的情况，我多半会在不设防监狱服满大部分刑期，甚至会被允许白天出外工作。我不觉得这算什么大问题。另一方面，我保证如果你去找警察，就永远别想拿到莫里斯留下的一分钱。另一个选择是闭上你的嘴，拿上你那笔钱，哪怕是更多的钱也没问题。我好给自己争取一点儿时间……去做正经事。如果你明白我在说什么。"

梅芙思忖片刻。"我希望你烂在监狱里，"她说着叹了口气，然后点点头，"好吧，我会拿走那笔钱。我再也不想见到你，不想跟你打交道。以后所有版税支票都要直接寄给我。"

"绝定! 保险箱在这边。"他说。

对面墙上有个书架,上面放着统一规格皮面精装的狄更斯、撒克里、特罗洛普和简·奥斯丁,全都没读过。他拉出一本书,书架整个滑到一边,显出后面一扇被漆成墙壁颜色的暗门。

梅芙揣摩着会不会有密码锁,但是没有,门上只有个小钥匙孔。格雷厄姆·科茨用一把大铜钥匙拧开锁,把门打开。

他走进去打开灯。这是个窄小的房间,放着一排手艺很糙的架子。最里面有个小小的防火档案柜。

"你可以拿现金,或者首饰,或是两者混合,"他坦率地说,"我建议是后者。这里有很多不错的古董金饰。非常方便携带。"

他打开几个保险箱,露出里面的物品。戒指、项链和小金盒绽放出熠熠光华。

梅芙惊得合不拢嘴。"看看吧。"格雷厄姆说。她挤过身去。这简直是个藏宝洞。

梅芙拿起一条项链上的金盒,捧在手里,着迷地观赏着。"这太漂亮了,"她说,"肯定值——"这句话没有说完。因为她借着光滑闪亮的金盒表面,看到身后有个人影在动。她猛一转身,铁锤没能按照格雷厄姆·科茨的预想,击中她的后脑,而是从脸上擦了过去。

"你这个杂种!"她说着踢了过去。梅芙有一双好腿和有力的踢击,但她和格雷厄姆间的距离太近了。

梅芙的脚踢在他的胫骨上,与此同时伸手去抢他的锤子。格雷厄姆·科茨又用它砸了下来,这次打中了,梅芙歪向一边,目光涣散。格雷厄姆又锤了她一下,击在脑袋正中,然后又一下,又一下,直到她摔倒在地。

格雷厄姆·科茨希望有一柄枪。一把实用的好手枪。就像电影里那样，带有消音器。说实话，如果他想到有可能需要在办公室里杀人，肯定会好好准备一下的。也许可以预备一些毒药。这才是明智的选择。没必要像现在这样蛮干。

锤头上沾着鲜血和几缕金发。格雷厄姆厌恶地把它放到一边，绕过躺在地上的女人，抓起放有珠宝的保险箱。他把珠宝倒在桌上，将箱子放回暗室，然后拿过装有一捆捆百元美钞和五百欧元的手提箱，还有一个黑色天鹅绒小袋，里面盛着半袋未经雕琢的钻石。他还从文件柜里抽出几份文件。最后也是最重要——正如他指出的那样——的是，提着放着两个钱夹和两套护照的小皮箱。

格雷厄姆·科茨随后把沉重的暗室门关好，将书架推回原位。

他站在办公室里，喘了几口气，平复呼吸。

他心想，总而言之，应该为自己感到骄傲。干得好，格雷厄姆。好家伙。好表现。他临时起意，利用手边的资源摆脱了困境。狡诈、大胆，而且极富创意。正如诗人们常说的那样，时刻准备着倾其所有来一场豪赌。他赌了，他胜了。他是豪客。他是赢家。总有一天，在那个热带天堂里，他会写出自传，人们会知道他是如何击败一个危险的女人。尽管，他心想，如果这女人手里真有把枪就好了。

没准，格雷厄姆·科茨回想着，她真朝自己拔出了枪。他非常肯定已经看到梅芙伸手去拿了。他在暗室里放了个工具箱，用来进行必要的DIY整修。手边有把锤子真是天大的运气，不然怎么可能如此迅速有效地进行正当防卫？

他这才想起应该锁上办公室的大门。

同时格雷厄姆·科茨也注意到衬衫和手上的鲜血，一只鞋的鞋底也沾上了些。他脱掉衬衫，用它把鞋擦干净，然后扔进办公桌下的垃圾桶。他惊讶地发现自己正把手伸到嘴边，像猫似的用鲜红的舌头舔掉手上的血珠。

格雷厄姆·科茨打了个哈欠，从桌上拿起梅芙带来的文件，扔进碎纸机。她的公文包里还有备份文件，他将这些东西也一并碎掉。碎了一遍又一遍。

办公室的角落里有个壁橱，里面挂着一套西装，还有备用的衬衫、袜子和内裤之类的东西。毕竟你永远也不知道什么时候需要直接从办公室出发参加首映式。早作准备，以防万一。

他仔细穿好衣服。

壁橱里还有个带轮子的小皮箱，就是那种正好可以放进机上储物柜的箱子。他把东西都放了进去，来回摆放好腾出空间。

他给前台打了个电话。"安妮，"他说，"你能出去给我买份三明治吗？不要速食的，不。我想布鲁尔街那个新馆子可能不错？我就快处理完利文斯顿夫人的事务了。也许最后要带她出去吃顿真正的午餐，不过以防万一嘛。"

格雷厄姆·科茨花了几分钟，运行了电脑磁盘清理程序——就是清除所有档案，用随机的0和1完全覆盖，然后把它压缩到特别小，最终装进鞋套，沉到泰晤士河底。随后他拉着带轮手提箱，走过走廊。

他把头探进一间办公室。"出去一会儿，"他说，"如果有人问起，就说我大概三点回来。"

安妮已经不在前台。他想，这是件好事。人们会以为梅芙·利文斯顿已经离开事务所，正如他们以为格雷厄姆·科茨随时都可能回来一样。等人们开始寻找时，他已经远走高飞了。

格雷厄姆·科茨乘电梯下楼。这件事发生得早了一些。他还有一年多才到五十岁。但逃亡机制早就准备停当。他只需要把这场意外看成一份退职金，或者说是高层遣散费。

他拖着小轮箱，出了大楼正门，走进奥德乌奇街明媚的晨光，永远离开了格雷厄姆·科茨事务所。

胖查理的储物间里，蜘蛛在自己的大床上美美睡了一觉。他半心半意地想着胖查理是不是永远消失了，并决定回头只要有时间就去调查一下——除非是被更好玩的事分了神，或是干脆忘了这码事。

他睡得很晚，现在正要去接罗茜吃午餐。他要到罗茜的公寓接她，然后再找个好地方。时值早秋，天高气爽，而且蜘蛛的快乐是会传染的。这是因为蜘蛛——在误差允许的范围内——是个神。如果你是神，那么你的情绪就会有感染力，其他人可以接收它们。蜘蛛心情好时，站在他周围的人就会觉得整个世界都光明了几分。如果他哼起歌，周围的人也会开始哼那个调子，就像一幕音乐剧。当然，如果他打呵欠，附近上百人都会同时打呵欠。如果他感到痛苦，这糟糕的心情就会像湿重的河雾蔓延开来，让周围所有人的世界显得阴沉。这跟蜘蛛的所作所为没有关系，他就是这样的人。

此时此刻，唯一让蜘蛛觉得有些扫兴的问题，就是他决定把真相告诉罗茜。

蜘蛛并不善于说实话。他把现实看作一种延展性很强的东西，全看你自己的视角；如果有必要的话，蜘蛛可以提出很多非常有说服力的看法。

冒名顶替也不是问题。他喜欢冒名顶替，并且长于此道。这也符合他的计划。迄今为止蜘蛛的计划一直很简单，差不多可以总结为：

（一）到某个地方；（二）找点乐子；（三）在厌倦之前离开。他心知肚明，现在应该尽快离开。世界是他的龙虾大餐，餐巾已经围在脖子上，一罐溶好的奶油和一排奇形怪状但十分好用的龙虾餐具就摆在手边。

只是……

只是他不想走。

这件事蜘蛛已经反反复复想了好几次，而迟疑本身就让他相当惶恐。通常蜘蛛做事根本想都不想。不用想的生活是幸福的极致——本能、冲动和无以言表的好运一直让他过得很好。但就连神迹也只能帮到这一步了。蜘蛛走在街上，人们都冲他微笑。

他跟罗茜说好了，要到她的公寓去接她，所以蜘蛛看到罗茜正在路口等他时，只觉一阵惊喜。还不完全是内疚的情绪在他心头刺了一下，蜘蛛随即把它抛到脑后。

"罗茜？嗨！"

罗茜沿着便道朝他走来，蜘蛛露出微笑。他们会把这些事情搞定的。一切都会有个完美结局。一切都绝无问题。"你看上去就像是百万美元那么耀眼，"蜘蛛说，"也许两百万。你想吃点什么？"

罗茜笑着耸耸肩。

他们路过一家希腊餐馆。"希腊馆子可以吗？"她点点头。两人走下几阶楼梯，进入饭馆。这里有些暗，也没什么人，似乎刚刚开门，老板把他们领到后面的一个角落，或者说是个凹室里。

他们面对面坐在一张只供两人用餐的小桌旁。蜘蛛说："有些事我想告诉你，"她什么也没说，"不是坏事，"蜘蛛继续说，"嗯，也不算好事。但是。哦，是你应该知道的。"

老板问他们准备吃点什么。"咖啡，"蜘蛛说，罗茜点头表示同意，"两杯咖啡，"蜘蛛说，"另外能否给我们，呃，五分钟？我需要一点儿私人空间。"

老板走开了。

罗茜用探询的目光看着蜘蛛。

他深吸口气。"嗯。好吧。我这么说吧，因为这件事有点复杂，而且我不知道自己能不能……嗯。好吧。听着，我不是胖查理。我知道你觉得我是，但其实不然。我是他兄弟，蜘蛛。你觉得我是他，是因为我们有点像。"

罗茜沉默不语。

"好吧，我也不怎么像他。但是，你知道，这事对我来说也不轻松。嗯。我怎么也忘不了你。所以我是说，我知道你和胖查理订了婚，但还是想问一句，呃，你有没有想过也许可以甩了他，跟我在一起？"

一个小银盘端了上来，里面盛着一壶咖啡和两个杯子。

"希腊咖啡。"送来咖啡的老板说。

"好的。谢谢。我说过需要几分钟……"

"很烫，"老板说，"非常烫的咖啡。很浓。希腊的。不是土耳其式。"

"很好。听着，如果你不介意的话——五分钟。好吗？"

老板耸耸肩走开了。

"你也许恨我，"蜘蛛说，"换作是我，也可能会恨自己。但我是认真的。比我这辈子任何时候都要认真。"罗茜只是看着他，面无表情，所以蜘蛛继续说，"求你了。说点什么。什么都行。"

她的嘴唇动了动，似乎是在寻找合适的词句。

蜘蛛等待着。

她把嘴张开。

蜘蛛的第一个念头是觉得她在吃什么东西，因为他看到罗茜的牙齿间有团棕色，而且肯定不是舌头。接着它动了下脑袋和眼睛，黑珠子似的小眼睛，盯着他。罗茜把嘴张到不可思议的程度，鸟群飞了出来。

蜘蛛说了声："罗茜？"

转瞬之间，空中就充满了尖嘴、羽毛和利爪，一个接着一个。鸟群随着阵阵窒息的咳嗽声，从罗茜喉咙里喷了出来，排成一队直扑向他。

蜘蛛抬起胳膊挡住眼睛，被什么东西伤到了腕子。他一甩手，又有个东西朝他的脸飞来，直取双目。蜘蛛猛一仰头，鸟喙啄进了他的面颊。

噩梦中突然有了短暂的澄明。一个女人坐在他对面，但蜘蛛不明白为什么自己会把她错当成罗茜。首先，这个女人比罗茜老，身穿一件赭色破风衣，蓝黑色的头发中夹杂着缕缕银丝。她的皮肤不是罗茜那种温暖的棕色，而是黑如燧石。她裂开嘴，又张得老大，这次蜘蛛可以在她嘴里看到海鸥锐利的尖嘴和疯狂的眼眸……

蜘蛛没有思考，直接开始行动。他抓住咖啡壶把，一只手抄起壶，另一只手掀开盖子，然后朝坐在对面的女人使劲泼去。那一壶滚烫的黑咖啡，朝她飞了过去。

女人疼得发出嗷嗷叫声。

鸟群在这个地下饭馆中乱扑乱撞，他对面的女人已经消失不见，鸟儿四下飞舞，疯狂地往墙上撞。

老板说："先生，你受伤了？我很抱歉。它们肯定是从街上飞进来的。"

“我没事。”蜘蛛说。

“你的脸流血了。”那人说着递过来一块餐巾，蜘蛛把它按在脸上。伤口有些刺痛。

蜘蛛提议帮老板把鸟群赶出去。他打开面向大街的门，但此时餐馆里一只鸟都没有，就和他刚来的时候一样。

蜘蛛掏出五镑钞票。“给，”他说，“咖啡钱。我要走了。”

老板感激地点点头。“拿着餐巾吧。”

蜘蛛站在门口，想了一下。“我进来的时候，”他说，“有没有一个女伴？”

老板一脸迷惑——甚至有点恐慌，蜘蛛也说不好。“我不记得了，”他似乎有些头晕，“如果你是一个人来的，我不会让你坐在那后面。但我真不记得了。”

蜘蛛走到街上。天空还很明亮，但阳光似乎不再令人安心。他环顾四周，看到一只鸽子啄食着被人扔在地上的冰激凌蛋卷；一只麻雀站在窗台上；阳光中闪过一个白点，那是海鸥伸展双翼，在高空盘旋。

第九章

胖查理去应门，蜘蛛遇到火烈鸟

胖查理转运了。他能感觉到。回程航班机票销售过多，结果他被调整到了头等舱。食物好极了。飞到大西洋上空时，乘务员走过来说，他赢到一盒免费巧克力，并把奖品给了他。胖查理将巧克力放到头顶的储物架上，点了杯加冰苏格兰威士忌。

他要回家了。他会跟格雷厄姆·科茨把一切都解释清楚——如果说胖查理对某件事还有信心，那就是对账目工作的诚实态度了。他要处理好和罗茜的问题。总之很快就会万事大吉。

也许他到家时蜘蛛已经走了，也许他还有机会享受到亲手把蜘蛛扔出去的快感。胖查理希望是后者。他希望看到蜘蛛跟自己道歉，最好是卑躬屈膝。他开始想象自己该说些什么。

"滚出去！"胖查理说，"把你的阳光，你的按摩浴缸，还有你的卧室一起带走！"

"对不起？"乘务员说。

"呃，"胖查理说，"自言自语。没什么。"

但就连这尴尬都不算太糟。他甚至不希望飞机就此坠毁，结束这份耻辱。生活绝对是在向好的方面发展。

他打开乘务员给的杂物包，拿出眼罩，把椅背放到最低，就这样躺了一路。他想着罗茜，但罗茜在他脑海中不断变形，化作一个小个子女人，身上真是没穿多少东西。胖查理内疚地为她想象出衣服，结果骇然发现她穿的似乎是身警服。真是可怕，他对自己说。但心里似乎并不这么想。他应该为自己感到耻辱。他应该……

胖查理在座椅上换了个姿势，发出满足的轻鼾。

飞机降落在希思罗机场时，他的心情仍旧好得没话说。他乘希思罗特快前往伦敦帕丁顿区，高兴地注意到自己离开英格兰才没几天，太阳已经决定露出头来了。每件小事，他心想，都在朝好的方向发展。

唯一的不和谐音符，出现在这趟车程的半路上，给美好的早晨添加了一点儿阴霾。他当时正观赏着窗外的景致，后悔没在希思罗买一份报纸。火车经过一片宽阔绿地——也许是某个学校的足球场。天空突然阴沉下来，随着刹车的咝咝声，火车在一个信号灯前停了下来。

这并没破坏胖查理的心情。在秋天的英格兰，太阳的定义就是某种只在非阴非雨的天气中出现的东西。但绿地旁的一片树林附近矗立着一个人影。

第一眼望去，他以为那是个稻草人。

这太傻了。它不可能是稻草人。稻草人应该出现在田地中，而不是足球场。稻草人肯定不会放在林地边缘。不管怎么说，如果它真是稻草人，那活儿干得可够次的。

到处都是乌鸦，黑的的大乌鸦。

它动了一下。

胖查理离它太远，只能看出大致形状，似乎是个套着棕色破风衣的细小身影。但他还是认了出来。他知道如果距离够近，就会看到一张仿佛是用黑曜石刻出的面庞，一头黑如鸦翼的发丝，一双饱含疯狂的眼眸。

火车颤抖了一下，继续行驶，片刻之后穿褐色风衣的女人就从他的视线中消失。

胖查理感到不安。他本来已经说服自己，在邓威迪夫人的前厅里发生的事，或者说他自以为发生的事，都是某种幻觉，某种以假乱真的梦境；在一定程度上是真实的，但又并非现实。其实什么都没有发生，那只是一种至高真理的象征。他不可能真去过世界尽头山脉，不可能真做了个交易，不是吗？

毕竟，那只是个隐喻。

他没有问过自己，为什么如此肯定一切都即将好转。这是现实，这就是现实，而有些事比另一些更加现实。

火车逐渐加速，咔嚓咔嚓地带着他驶进伦敦。

离开希腊餐馆后，蜘蛛拿着餐巾按在脸上，几乎就快走到家时，忽然有人拍了拍他的肩膀。

"查尔斯？"罗茜说。

蜘蛛吓了一跳。或者说，至少是浑身一颤，发出受惊的声音。

"查尔斯？你还好吗？你的脸怎么了？"

他盯着罗茜。"你是你吗？"他问。

"什么？"

"你是罗茜吗？"

"这是什么问题？我当然是罗茜。你脸上到底怎么搞的？"

蜘蛛又把餐巾往脸上压了压。"划破了。"他说。

"让我看看？"罗茜把他的手从脸上拿开。白餐巾中间印着红渍，好像是流出的血，但蜘蛛的脸庞完好如初，没有半点破损。"什么也没有啊。"

"哦。"

"查尔斯？你还好吗？"

"是的，"他说，"我很好，除非我不好。我想咱们应该回我家去，那里会安全些。"

"咱们不是要去吃午餐吗？"罗茜的口气就像是时刻准备着看到电视主持人跳到面前，露出隐藏的摄像机。

"是的，"蜘蛛说，"我知道。但我想有人要杀我。而且她假装是你。"

"没人要杀你。"罗茜到底没能掩饰住开玩笑的口吻。

"就算没人要杀我吧，那咱们能否改成到我家去吃午餐？我家还有吃的。"

"当然可以。"

罗茜跟着他走在街上，心想胖查理到底是什么时候减了肥。他看上去很好，她想，他看上去好极了。两人静静走进麦克斯韦花园。

他说："看这个。"

"什么？"

蜘蛛把餐巾拿给她，上面的血迹已经消失，重新变回一片纯白。

"这是个戏法吗？"

"就算是，也不是我要的，"他说，"这次不是。"他说着把餐巾扔进一个垃圾桶。正当此时，一辆出租车停在胖查理家门口，胖查理走了出来，衣服皱皱巴巴，手里提着个白色塑料袋。

罗茜看了看胖查理，看了看蜘蛛，又看了看胖查理。他正从袋子里掏出一大盒巧克力。

"这是给你的。"他说。

罗茜接过巧克力说："谢谢。"这里有两个人，他们相貌不同，声音不同，但她还是搞不清楚哪个才是自己的未婚夫。"我发疯了，是吗？"她的声音非常紧张。有了结论就好办多了，至少她知道哪里出了问题。

比较瘦的胖查理，也就是戴耳环的这个，把手放在她肩膀上。"你需要回家去，"他说，"你需要打个盹。醒来后，你会把这一切都忘记。"

哦，她心想，这就简单多了。还是有个计划比较好。她开始往家走，脚底下蹦蹦跳跳，手里还拿着那盒巧克力。

"你做了什么？"胖查理问，"她好像突然蒙了。"

蜘蛛耸耸肩。"我不想让她心烦。"

"你干吗不把真相告诉她？"

"这似乎不太合适。"

"就好像你知道什么叫合适似的？"

蜘蛛碰了下前门，门应声打开。

"你知道，我有钥匙，"胖查理说，"这是我家的前门。"

他们走进过道，上了楼梯。

"你去哪儿了？"蜘蛛问。

"没去哪儿。出去转了转。"胖查理答道，就好像十几岁的孩子在敷衍父母。

"我今天上午在餐馆里被鸟群袭击了。你知道这是怎么回事吗？你肯定知道，对不对？"

"说不好。也许吧。现在你该离开了，仅此而已。"

"别找碴儿。"蜘蛛说。

"我？我找碴儿？我觉得自己是个隐忍的模范。你闯进我的生活。你惹我老板生气，害我被警察调查。你，你还吻了我的女朋友。你毁了我的生活。"

"嗨，"蜘蛛说，"要我说，你已经把自己的生活毁得相当可以了。"

胖查理攥紧拳头，猛地一挥，打在蜘蛛的下巴上，就跟电影里的场面差不多。蜘蛛往后踉跄一下，吃惊的成分倒比疼痛来得多。他伸手摸摸嘴唇，然后低头看看手上的血迹。"你打了我！"他说。

"我还能再来一次！"胖查理说。其实他并不肯定，手指疼得厉害。

蜘蛛说了声"哦？"，随即扑向胖查理，挥拳直捣。胖查理向后倒去，胳膊圈在蜘蛛腰上，把他一起拉倒在地。

他们在走廊地板上滚来滚去，朝对方乱打。胖查理隐约觉得蜘蛛会发动某些魔法反击，或是拥有超人的力量。但他们两个真可以说旗鼓相当，打得都毫无章法，打得像是孩子——像是兄弟。胖查理依稀记得过去曾这样打过一次，在很久很久以前。蜘蛛更聪明更灵活，但只要胖查理可以压住他，控制住蜘蛛的双手……

胖查理抓住蜘蛛的右手，拧到背后，然后坐到他胸口上，用全身重量压住。

"服不服？"他问。

"不服！"蜘蛛扭来扭去，但胖查理岿然不动，始终坐在他身上。

"我要你发誓，"胖查理说，"滚出我的生活，永远别打扰我和罗茜。"

听到这话，蜘蛛愤怒地往上一拱。胖查理失去平衡，仰面躺倒在厨房地板上。"你看，"蜘蛛说，"我跟你说了。"

楼下传来一阵捶门声，蛮横的敲法表示有人急着想要进来。胖查理瞪着蜘蛛，蜘蛛也瞪着他。两人慢慢站起身。

"要我去开门吗？"蜘蛛说。

"不，"胖查理说，"这他妈是我家。我他妈才能去开我的门，万分感谢！"

"随你便。"

胖查理蹭到楼梯口，然后又转过身来。"等我处理完这件事，"他说，"就来对付你。收拾好你的东西。准备马上给我搬出去。"他走下楼梯，整理好衣服，掸了掸尘土，试图让自己看起来不像刚在地上打过滚。

胖查理打开门。外面站着两个身穿制服的大块头警察，还有位个子较小，身穿普通便装，气质相当特别的女警官。

"查尔斯·南希？"黛西说。她面无表情，好像从没见过他似的。

"唔嗯。"胖查理说。

"南希先生，"她说，"你被捕了。你有权……"

胖查理转身面对自己的房间。"浑蛋！"他冲楼上喊道，"浑蛋浑蛋浑蛋浑蛋加三级！"

黛西拍了拍他的胳膊。"你能老老实实跟我们走吗？"她平静地问，"如果不能的话，我们可以先制服你。但我不推荐这么做。他们都很喜欢制服别人。"

"我会老老实实的。"胖查理说。

"那就好，"黛西说。她把胖查理领到外面，将他锁进一辆黑色警用货车的后车厢。

警察搜查了公寓。所有房间都空无一人。走廊尽头有个储物间，里面放着几盒玩具汽车和书。他们到处翻查，但没发现任何有价值的东西。

蜘蛛躺在自己卧室的沙发上，生着闷气。胖查理去开门时，他就回到了自己的房间。他想一个人待会儿。蜘蛛不太习惯正面冲突。通常在事态发展到这步之前，他就已经离开了。蜘蛛明白自己早该上路，但他还是不想走。

他不知道把罗茜送回家是不是正确的选择。

蜘蛛想——蜘蛛的行为完全由"想"来驱动，从来没有"应该"——告诉罗茜，他想要她。是他，蜘蛛。还要告诉她自己不是胖查理，而是完全不同的人。这件事本身并没有问题。他可以做到说服力十足，就跟她说："其实我是蜘蛛，胖查理的兄弟。你完全不用在乎这个问题。它不会让你心烦。"然后宇宙就会对罗茜施加一点儿影响，让她接受这个想法，就像刚才她回家时一样。罗茜会觉得理当如此，并不会在意，一点儿都不会。

但蜘蛛知道，在心底深处的某个地方，她会在意。

人类不喜欢被诸神影响。他们也许表面不在意，但在心中，在意识的最底层，他们会有所察觉，会心生怨怼。他们什么都知道。蜘蛛可以告诉罗茜"你对现状很满意"，而她就会觉得满意。但这就像是在她脸上画出一个笑容——一个她百分之百相信是发自内心的笑容。短期内（到现在为止，蜘蛛只想过短期），这样做没什么问题，但长期发展下去，就肯定会出事。他不想要个表面上像洋娃娃一样温柔平

216

和，心底却对他恨之入骨的生物。他想要罗茜。

而那生物不是罗茜，对吗？

蜘蛛盯着窗外恢宏的瀑布和热带天空，开始琢磨胖查理什么时候会来敲他的门。他敢说，今天早上在餐馆里发生的事，胖查理知道的肯定比刚才所说的要多。

过了一会儿，他等烦了，就溜达回胖查理的公寓。一个人也没有。这地方一团糟——看起来像是被受过训练的专业人士翻了个底朝天。蜘蛛心想，很可能是胖查理自己弄乱的，好表示他因为打架输给蜘蛛有多么沮丧。

他朝窗外看去。外面停着一辆警车，还有辆警用小公共汽车。他刚看了一眼，它们就开走了。

蜘蛛给自己做了点烤面包，抹好黄油吃下去，随后在公寓里转了一圈，谨慎小心地拉上所有窗帘。

门铃响了。蜘蛛拉上最后一道窗帘，走下楼梯。

蜘蛛打开门，罗茜看着他，似乎还有些头晕。蜘蛛看着她。

"嗯？你想请我进去吗？"

"当然。请进。"

罗茜走上楼梯。"这儿出了什么事？像是发生地震了。"

"是吗？"

"你干吗黑灯瞎火地坐着？"她说着就要去拉窗帘。

"别动！让它们关着。"

"你怕什么？"罗茜问。

蜘蛛朝窗外望了一眼。"鸟。"他最后说。

"但鸟是我们的朋友。"这话像是说给小孩子听的。

"鸟，"蜘蛛说，"是最后的恐龙。带翅膀的迅猛龙。就爱吃无力反抗的小虫子，还有坚果，还有鱼，还有，还有其他鸟。它们不放过早起的虫子。而且你见过小鸡吃东西的样子吗？它们也许看起来清白无辜，但这些鸟，哦，它们可邪恶了。"

"前几天新闻里说了件事，"罗茜说，"有关一只鸟救了一个人的命。"

"这也无法改变事实上……"

"是只渡鸦，或是乌鸦。那种大个的黑家伙。有个加利福尼亚人躺在他家的草坪上看杂志，他听见头顶呱呱响个不停，那是只渡鸦在努力吸引他的注意。所以那人站起来，走到乌鸦栖息的树下，树底下趴着一只山狮，已经蓄势待发。所以那人赶紧跑回屋里。如果渡鸦没发出警告，他已经是狮子嘴里的肉了。"

"我不觉得这是渡鸦的惯常行为模式，"蜘蛛说，"但不管渡鸦有没有救过人，也什么都改变不了。反正那些鸟就是跟我过不去。"

"好吧，"罗茜装出一本正经的口气，"那些鸟跟你过不去。"

"没错。"

"这是因为……？"

"呃。"

"肯定有个原因。你不会是想说，全世界的鸟无缘无故就把你当成一大堆早起的虫子了吧？"

他说："我想你不会相信。"这话是认真的。

"查理。你向来诚实正直。我是说，我相信你。如果你告诉我，我会尽量相信。我真的会努力去相信。我爱你而且信任你。所以你为什么不让我试试看到底会不会相信呢？"

蜘蛛想了想，然后握住她的手，捏了一下。

"我想应该给你看点东西。"他说。

他领着罗茜来到走廊尽头，站在胖查理储物间的门口。"这里有点东西，"他说，"我想它比我更有说服力。"

"你是个超级英雄，"她说，"通向秘密基地的滑竿就在后面？"

"不。"

"某种怪癖？你喜欢穿两件套女装，戴珍珠首饰，管自己叫朵拉？"

"不。"

"不是……一套火车模型吧？"

蜘蛛推开胖查理储物间的门，同时打开了自己卧室的门。房间对面的彩画大窗外是气势恢宏的瀑布，从九天之上直落而下，坠入一个丛林湖泊。窗外的天空比蓝宝石还蓝。

罗茜轻轻惊叹一声。

她转过身，通过走廊来到厨房，望着窗外苍白压抑的伦敦天空。过了一会儿，她走回来说："我不明白。查理？出了什么事？"

"我不是查理，"蜘蛛说，"看看我。好好看看我。我一点儿都不像他。"

罗茜收起玩笑的态度。她瞪大眼睛，吓得不轻。

"我是他的兄弟，"蜘蛛说，"我把一切都搞砸了。一切。也许我目前最好的选择，就是离开你们的生活，永远消失。"

"那胖——那么查理在哪儿？"

"我不知道。我们打了一架。他下楼去应门，我就回房间了，他一直没回来。"

"他没回来？你甚至没想过应该搞清他出了什么事？"

"呃。他可能被警察带走了，"蜘蛛说，"只是个想法。我没法证明。"

"你叫什么？"她逼问道。

"蜘蛛。"

罗茜重复着。"蜘蛛。"她看到一群火烈鸟在窗外的瀑布飞沫上飞翔，阳光模糊了它们粉白相间的翅膀。鸟群数目众多，雄壮恢宏，是罗茜见过的最美丽的事物之一。她回头看向蜘蛛，凝视着他。她想不通为什么自己曾觉得这个人是胖查理。胖查理坦诚、懒散、不安，而这个人就像弯曲的钢条，随时可能反弹。"你真的不是他，对吗？"

"跟你说了我不是。"

"那么。那么我和谁。谁和我。那是谁——谁和我睡的？"

"那应该是我。"蜘蛛说。

"我想也是。"罗茜说着扇了他一巴掌，用尽全力打在他脸上。蜘蛛觉得嘴唇又开始流血了。

"我想这是我自找的。"他说。

"当然是你自找的，"她顿了顿才说，"胖查理知道这件事吗？关于你？还有你和我在一起？"

"哦，是的。但他……"

"你们都是变态，"她说，"变态，变态，恶棍！我希望你们烂在地狱里！"

她将迷惑的目光最后一次投向大卧室，还有卧室窗外的热带丛林、大瀑布和火烈鸟群，然后便扭头离去。

蜘蛛坐在地板上，觉得自己很蠢，一缕很细的血痕从他的下唇流出。他听到前门被摔上后，便走到按摩浴缸旁，用条蓬松浴巾蘸了点热水，然后拧干按在嘴上。"我不需要这样，"蜘蛛大声说，大声说话时比较容易欺骗自己，"我上礼拜还不需要你们这些人，现在也不需要你们。我不在乎。我很好。"

火烈鸟群突然撞在玻璃窗上，犹如长羽毛的粉色炮弹。玻璃应声破碎，碎片飞得到处都是，扎进墙壁、地板和床上。空中充满了淡粉色的躯体，一团团粉色大翅膀，还有弯曲的黑色鸟喙。瀑布的轰鸣随之闯进房间。

蜘蛛被撞在墙上。他和大门间充满了火烈鸟，数以百计：五尺高的鸟儿，腿和脖子几乎占了全部。他站起身，在愤怒的粉鸟雷区中蹚了几步，每只鸟都用疯狂的粉眼睛瞪着他。从远处看，它们也许是美丽的生灵。但现在……

有只鸟啄在蜘蛛手上。没啄破皮，但是很疼。

蜘蛛的卧室很宽敞，但转瞬之间已经被迫降的火烈鸟群塞满。与此同时，瀑布上的蓝天中出现了一朵黑云，另一群鸟正在路上。

它们用嘴啄他，用爪子挠他，还用翅膀扇他。蜘蛛知道这不是关键问题。关键问题是鸟群身上蓬松的粉色羽毛毯子，会压得他窒息而死。这死法实在太不体面——被鸟压死，甚至都不是什么聪明的鸟。

快想，他心道，它们是火烈鸟。鸟脑袋。你是蜘蛛。

所以？他焦躁不安地质问自己。跟我说点我不知道的。

地上的火烈鸟把他团团围住。天上的鸟群正在俯冲。蜘蛛用外套遮住脑袋，片刻之后火烈鸟空降部队已经击中了他。感觉就像有人用小鸡当子弹冲你扫射。他踉跄一下，倒在地上。好吧，耍耍它们，笨蛋。

蜘蛛站起身，在喙山羽海中跋涉，一直挤到窗口。窗棂上还留有玻璃碴儿，好像长满尖牙的大口。

"蠢鸟。"他兴奋地说了一句，随后爬上窗台。

火烈鸟素来不以智慧和解决问题能力著称。面对一根铁丝和一个装有食物的瓶子，乌鸦也许可以用铁丝做个工具，吃到瓶子里的东西。而另一方面，如果铁丝的样子类似小虾，火烈鸟就会试着吃掉它；甚至不像也吃，以防它是某种新型小虾。所以说就算一个人站在窗台上冲它们挑衅这件事有什么吊诡之处，火烈鸟们也看不出来。它们只是用暴走兔般红通通的疯狂眼神瞪着他，随即冲了过来。

蜘蛛从窗口纵身而下，跳向瀑布飞沫，一千只火烈鸟跟着他冲进空中。考虑到火烈鸟起飞需要一定的助跑空间，所以许多鸟都像石头一样直接栽了下去。

很快卧室里就只剩下死伤的火烈鸟：那些打破窗户的，那些撞在墙上的，那些被其他火烈鸟压在下面的。还活着的鸟看到卧室房门自己打开，又再度关上。但是作为火烈鸟，它们没有多想。

蜘蛛站在胖查理公寓的过道里，屏住呼吸，集中精神让自己的卧室消失，这让他很伤心，主要是因为蜘蛛特别喜欢自己的音响系统，也是因为他的东西都在那里。

但你总能搞到更多东西。

如果你是蜘蛛，需要做的只是开口。

罗茜的妈妈不是那种把洋洋自得写在脸上的人，所以当罗茜倒在齐本德尔式古董沙发上痛哭流涕时，诺亚夫人忍住了笑意，忍住了唱歌和在房间里跳摇摆舞以示庆祝的冲动。但一个细心的旁观者也许可以看出她眼神中闪过的胜利光芒。

她递给罗茜一大杯加冰块的维生素水，然后认真倾听女儿饱含热泪地倾诉着被欺骗的伤心故事。但到了最后，胜利的光芒被迷惑的表情所取代，她的脑袋开始发晕。

"所以胖查理不是真的胖查理？"诺亚夫人说。

"不是。哦，是的。胖查理是胖查理。但上周和我在一起的是他兄弟。"

"他们是双胞胎？"

"不。我觉得他们一点儿都不像。我不知道。我都糊涂了。"

"跟你分手的是哪一个？"

罗茜擤擤鼻子。"我跟蜘蛛掰了。就是胖查理的兄弟。"

"但你并没和他订婚。"

"嗯，但我以为订过。我以为他是胖查理。"

"所以你也跟胖查理分手了？"

"差不多。我只是还没告诉他。"

"那他，他知道这个、这个兄弟的事吗？他们是不是对我可怜的小姑娘有什么邪恶变态的企图？"

"我不这么想。但都无所谓了。我不会嫁给他。"

"当然，"她妈妈赞同道，"你当然不会。没门。"诺亚夫人在自己脑海中跳了一曲胜利的快步舞，还放了一场很有品位的庆功焰火。"我们可以给你找个好小伙儿。别担心。那个胖查理向来没好事。我第一眼看见他时就知道。他吃了我的蜡水果。我就知道他是个麻烦。他现在在哪儿？"

"我不清楚。蜘蛛说他可能被警察带走了。"罗茜说。

"哈！"他妈妈把头脑中的焰火规模增加到迪士尼乐园新年前夜的程度，并且在心中额外杀了十二头完美无瑕的黑牛作为献祭。但表面上，她只是说：“要我说，可能进监狱了。那里最适合他。我一直都在说，这个年轻人早晚要出这种事。”

罗茜又哭了起来，这次比之前更厉害。她拿过一卷纸巾擤鼻子，发出特别大的声音，然后勇敢地咽了口吐沫，又哭了一会儿。诺亚夫人以尽可能温柔的手法拍着罗茜的背。“你当然不能嫁给他，”她说，“你不能嫁给一名罪犯。但如果他进了监狱，你很容易就可以解除婚约。”微笑的鬼魂游荡在她的唇角，“我可以替你给他打电话。或是在探监日到那儿去，当面告诉他，就说他是个恶心的骗子，你不想再见到他。我们还可以申请一份限制令。”她建议说。

“这，这不是我不能嫁给胖查理的原因。”罗茜说。

“不是？”他妈妈说着扬起一根描到完美的眉毛。

“不，”罗茜说，“我不能嫁给胖查理，是因为我不爱他。”

“你当然不爱他。我早就知道。那只是小女孩的一时冲动，但现在你知道真相……”

“我爱的是，”罗茜完全没有理会她妈妈，“蜘蛛。他的兄弟。”诺亚夫人脸上滑过的表情就像是发现一群黄蜂飞到了野餐会。“没关系的，”罗茜说，“我也不会嫁给他。我跟他说了，再也不想见到他。”

罗茜的妈妈抿着嘴唇。“好吧，”她说，“我还是有些糊涂，但我敢说这反正不是坏消息。”她脑袋里的齿轮转了一下，轮齿咬合成新鲜有趣的形态：棘齿咬死，发条上紧。“你知道，”她说，“现在应该怎么办吗？你有没有想过度一次假？我很乐意替你出钱。毕竟我为婚礼存了不少钱。”

这话也许不该说。罗茜又拿起纸巾开始擦眼泪。诺亚夫人继续说：“总之我请客。我知道你还有没用的年假。而且你也说过现在

224

工作上没什么要紧事。像这种时候，女孩就需要摆脱一切，好好放松。”

罗茜心想这些年自己是不是错怪妈妈了。她抽了下鼻子，咽了口唾沫，然后说："那可太好了。”

"那就这么定了，”她妈妈说，"我会跟你一起去，好照顾我的小宝贝。”在脑海中那场焰火表演最后一幕的华丽场景下，她暗自想道，还要保证我的小宝贝只遇到合适的男人。

"我们去哪儿？”罗茜问。

"我们要来一次，”她妈妈说，"乘船旅游。”

胖查理没戴手铐。这是好消息。除此以外都是坏消息，但至少他没戴手铐。生活变成了令人困惑的混沌场景，却又充满过于清晰的细节：值班警官挠挠鼻子，签字让他进去——"六号是空的”——通过一扇绿门，监室的气味传来。他以前从没遇到过这种淡淡的臭气，但又感觉熟悉得令人恐惧：沉闷的空气中含有隔夜呕吐物的气味，消毒剂和烟味、发馊的毯子和没冲的厕所，以及绝望的气息。这里有种底层沉渣的味道，而这底层似乎正是胖查理的最后归宿。

"你要冲厕所的时候，”领他走过通道的警员说，"就按监室里的按钮。我们会有人过来，帮你拉冲水绳，早晚的事。这是为了防止你企图把证据冲走。”

"什么证据？”

"省省吧，小子。”

胖查理叹了口气。自从他年纪大到懂得以此为傲时起，就一直是亲手冲走自身代谢废物，但现在却失去了这个权利。这比失去自由更让他明白一切都发生了变化。

"这是你第一次？"警察说。

"抱歉。"

"药？"警察说。

"不，多谢。"胖查理说。

"我是说，是因为毒品的事儿进来的吗？"

"我不知道为什么进来，"胖查理说，"我是无辜的。"

"白领犯罪，嗯？"警察说着摇摇头，"让我告诉你一点儿蓝领小伙子们早就知道的事。你不给我们找麻烦，我们就不给你找麻烦。你们这帮白领，总是坚持自己的权利，最后倒霉的还是自己。"

他打开六号监室的门。"温馨的家。"他说。

六号监室的臭味比外面更浓。墙壁涂上了斑斑点点的花纹，以防止涂鸦。屋子里只有一张低矮的搁板床，角落里还有个没盖的抽水马桶。

胖查理把领到的毯子放到床上。

"好了，"警察说，"那么放轻松，就当是在家。另外就算你觉得无聊，也别用毯子把马桶堵上。"

"我干吗要这么做？"

"我也一直觉得奇怪，"警察说，"到底为什么？也许是为了打破单调的生活。我不知道。作为一名迈向警察养老金之路的守法公民，我真的不需要在监室里熬年头。"

"你知道，我不会这么做的，"胖查理说，"无论如何都不会。"

"那就好。"警察说。

"抱歉，"胖查理说，"我有什么东西可以读吗？"

"你觉得这儿像个外借图书馆吗？"

"不。"

"我还是个菜鸟时，有个小子管我要本书。我去给他找了本我在读的书。是J. T. 艾德森，也可能是路易斯·拉穆尔。结果他只是想用书把马桶堵上，对不对？别以为我还会上当。"

他说完就走了出去，把门锁上。胖查理在里面，而他则在外面。

格雷厄姆·科茨不是个习惯自省的人，但他此刻在想，为什么自己的心情始终这么愉悦、快乐和平静，这真的很奇怪。

机长通知大家系紧安全带，并说他们很快就要在圣安德鲁斯降落了。圣安德鲁斯是一个加勒比海小岛，1962年宣布独立，并决定在诸多方面展示出自己已经摆脱殖民统治。其中包括创建自己的法院，以及成为唯一未与别国达成引渡条例的国家。

飞机降落了。格雷厄姆·科茨走下步梯，穿过阳光灿烂的停机坪，那个带轮手提箱就拖在身后。他拿出合适的护照——巴兹尔·芬尼根——盖了章，然后在传送带上找到行李，走出无人管理的海关大厅，进入小机场，然后又走进明媚的阳光。他穿着T恤、短裤和凉鞋，看上去就像个英国游客。

他的园丁正在机场外等他。格雷厄姆·科茨坐进黑色奔驰后座，说："回家，谢谢。"车子向威廉斯镇驶去，在前往山顶宅邸的路上，他始终注视着窗外的小岛风情，脸上挂着主人般满足的笑容。

他想起自己离开英国之前，曾把一个女人留在办公室等死。他想知道梅芙是否还活着，当然并不对此抱有希望。杀人不令他烦恼。与此相反，格雷厄姆·科茨感到极大的满足，就像是因此获得了完美新生。他在想自己会不会再干一次。

他在想这会不会很快。

第十章

胖查理见识世界，梅芙·利文斯顿不满意

胖查理坐在金属床铺的毯子上，希望能有事发生，但什么也没有。时间仿佛过去了几个月，感觉非常缓慢。他试图睡觉，但不记得该怎么入睡。

他开始捶门。

有人喊道："安静！"他也不知道是个警官还是狱友。

他绕着监室转悠，根据保守估计，肯定是过了两年或三年。随后他坐下来，任由永恒将自己吞没。透过墙壁顶端起到窗户作用的厚玻璃砖，日光依稀可见，和上午他被关进来时的光线相比，完全没有变化。

胖查理试图回忆人们在监狱里是怎么打发时间的，但他只能想起保存秘密日记和把东西藏进下体。他没有能写字的纸，同时深刻理解到不用把东西藏进下体的人生是多么幸福。

空虚。依旧空虚。更加空虚。空虚的回归。空虚之子。空虚卷土重来。空虚和亚博特和科斯蒂洛大战狼人[1]……

1　亚博特和科斯蒂洛是美国二十世纪四五十年代著名喜剧搭档，曾主演过多部恐怖喜剧电影，其中包括《亚博特和科斯蒂洛大战隐形人》《亚博特和科斯蒂洛大战狼人》等。

门打开时，胖查理几乎欢呼起来。

"好了。锻炼场。如果想要的话，你可以抽根烟。"

"我不抽烟。"

"确实是恶习。"

锻炼场是警察局中央的一片空地，四周有高墙围绕，上面还装着铁丝网。胖查理绕着场子一圈圈地转，心想如果把他不喜欢的事情排成队列，那第一名就是被拘留。胖查理一直对警察没什么好感，但迄今为止，他还设法保留着一种对世界正常秩序的基本信任，坚信尚有某种力量——维多利亚时代的人认为是神的意志——会保证罪犯受到惩罚，无辜者获得自由。但这个信念在最近发生的一系列事件中土崩瓦解，取而代之的是一种猜测——猜测余生都将用来向众多冷酷无情的法官和行刑人申辩自己的无辜，其中很多人的样子都像是黛西。而且第二天他在六号监室醒来时，很有可能会发现自己变成了一只超级大蟑螂。他现在肯定是被传送进了某个会把人变成蟑螂的邪恶平行宇宙了……

有什么东西从天上落到他头顶的铁丝网上。胖查理抬头看去。一只黑鸟向下看着他，眼神中有种高高在上的漠然。更多扑翼声传来，黑鸟身边落下了几只麻雀，还有一只胖查理觉得可能是画眉。

它们盯着他，他也盯着它们。

更多的鸟落下。

胖查理说不清到底从什么时候起，聚集在铁丝网上的鸟群给他的感觉从有趣变成了恐怖。大约是刚到一百只左右的时候吧。也是因为它们既不叫也不啼，既不鸣也不唱的样子。它们只是落在铁丝网上，然后看着他。

"走开。"胖查理说。

它们全都没动，而是说起话来。它们说出了他的名字。

胖查理跑向角落的大门，使劲捶打，说了几声"抱歉"，然后开始喊"救命"。

"咔嗒"一声，门开了，一个眼皮很厚的皇家警官说："你最好有个绝佳的理由。"

胖查理朝上面指了指。他没说话，也不用说。警官的嘴张得特别大，松松垮垮地吊在脸上。要是胖查理的妈妈看见，肯定会跟这人说快把嘴闭上，小心有什么东西飞进去。

铁丝被数以千计的飞鸟压得垂了下来。无数细小的鸟眼睛盯着他们，一眨不眨。

"我的老天爷！"警察说着把胖查理拉回囚房，一个字儿也没多说。

※

梅芙·利文斯顿仰面倒在地上，感觉很疼。她醒转过来，头发和脸上又湿又热，随即又睡去，再度醒来时头发和脸又黏又凉。她时梦时醒，醒来时能够感觉到后脑的疼痛；随后因为睡去相对容易，而且入梦后不会感觉疼痛，所以就任由睡梦像舒适的毯子一样将自己包裹。

在梦里，她穿行在一处电视演播厅中，寻找莫里斯。梅芙不时瞥见他出现在监视器中，总是一脸关切的表情。她试图寻找出去的路，但所有路都把她带回演播大厅。

"我好冷。"梅芙心想，随即明白自己再次醒了过来。疼痛已经消失。总的来说，她感觉很好。

梅芙觉得有点沮丧，但又不知道为什么。也许是因为睡梦中的某段记忆。

不管这里是什么地方，反正够黑的。她似乎是在某个杂物间里。梅芙伸开双臂，以免在黑暗中撞到什么东西。她闭着眼睛，双手往前摸索，紧张地走了几步，然后把眼睛睁开，发现自己站在一个熟悉的房间里。这是个办公室。

格雷厄姆·科茨的办公室。

梅芙想起来了。刚睡醒的眩晕感还没退去——头脑还不清醒，她也知道自己在喝上一杯清晨咖啡之前，无论如何都会觉得不对劲——但她还是想起来了。格雷厄姆·科茨的欺诈，他的背叛，他的罪行，他的……

哦，梅芙想，他袭击了我。他打了我。接着她又想起来，警察，我应该叫警察。

她伸手去拿桌上的电话，或者说试图去拿，但电话似乎很沉，很滑，或者二者兼而有之。话筒在手指间感觉很怪，她实在抓不住。

我的身体肯定比想象中还要虚弱，梅芙心想，我最好让他们顺便派个医生来。

她外衣口袋里有部银色手机，铃声是英国民谣《绿袖子》。梅芙摸到电话，没费什么劲就拿了起来，不觉松了口气。她拨下应急号码，等待应答时心中胡思乱想着。既然从她很小时起电话上就没有拨盘了，为何还要叫拨号呢。拨盘电话之后出现了带按键的轻型电话，这玩意儿会发出特别烦人的铃声。她记得自己十几岁时，有个男友就会模仿轻型电话的铃声，而且老是模仿个没完。现在想想，梅芙觉得那是他唯一的本事。她想知道这人后来怎么样了。她想知道一个能够模仿轻型电话铃声的人，该如何应付电话铃可以是任何声音的世界……

"我们很抱歉没能及时处理您的来电，"一个机器应答声说，"请不要挂断。"

梅芙感到异乎寻常的平静，仿佛任何坏事都不可能再落到她头上。

一个男人的声音响起。"你好？"听起来特别干练。

"我要接警察局。"梅芙说。

"你不需要接警察局，"男人说，"所有罪行都终将交于有关部门进行处理。"

"哦，"梅芙说，"我大概是拨错号码了。"

"而且，"那人说，"所有号码，从本质上说，都是正确的。它们只是数字，没有对错之分。"

"对你来说可能是这样，"梅芙说，"但我需要找警察。我可能还需要一部救护车。而且我显然是打错了电话。"她说完便把电话挂断。也许，梅芙心想，手机打不了999。她打开存储电话簿，拨了姐姐的号码。电话铃响过一声，那个熟悉的声音再度出现。"让我解释一下。我不是说你有意拨打了错误的号码。我想说的是所有号码本质上都是正确的。好吧，当然除了π。我拿π没辙。一想起来就头疼，没完没了，没完没了……"

梅芙按下红色按钮，切断电话，拨给银行经理。

应答的声音说："但我在这儿，没完没了地唠叨号码的正确性，你肯定以为此时此地万事万物……"

嘀。打给她最好的朋友。

"现在我们应该讨论一下你的最终归宿。恐怕今天下午交通特别拥堵，所以如果你不介意的话，请在原地稍等片刻，你会被接……"这是个令人安心的声音，类似广播传教士在给你讲述他今天思考的问题。

如果梅芙不是感觉如此平静的话，现在肯定已经开始恐慌。但她略一斟酌，就明白自己的电话肯定是——怎么说来着，被黑了？她知道自己只要下楼到街上去找个警察，直接报警就好了。梅芙按下电梯按钮，什么也没发生，所以她走下楼梯，心想没准你要找警察的时候，他们就没影了。他们总是坐在那些车里飞驰而过，警铃嗡嗡响个不停。梅芙觉得，警察就应该两两成组在街上巡逻，告诉人们现在的时间，顺便在排水管底下等着背着包裹的夜贼滑下来……

一层楼梯间的过道里，走来了一男一女两名警官。他们没穿制服，但准是警察，不会有错。男人身材敦实，红脸庞；女子个子较小，肤色较黑，换作其他场合，应该会相当漂亮。"我们知道她到这儿来了，"女人说，"前台记得她来过，就在午饭时段之前。她吃完饭回来时，那两人都走了。"

"你觉得他们一起逃跑了？"敦实的男人说。

"嗯，打扰一下。"梅芙·利文斯顿礼貌地说。

"有可能。肯定会有些简单的解释。格雷厄姆·科茨的失踪。梅芙·利文斯顿的失踪。至少我们把南希拘留了。"

"我们绝对没有一起逃跑。"梅芙说，但他们没有理会。

两个警察走进电梯，把门关上。梅芙看着他们乘坐电梯颠簸上升，去往顶楼。

电话还在她手里，它震动一下，开始播放《绿袖子》。梅芙低头看去，莫里斯的照片出现在屏幕上。她紧张地接通电话："喂？"

"嗨，亲爱的。过得还好吗？"

她说："很好，谢谢，"接着又说，"莫里斯？"然后是，"不，一点儿也不好。实际上是糟透了。"

"嗯，"莫里斯说，"我想也是。不过现在也只能静观其变，你该上路了。"

"莫里斯？你从哪儿打来的电话？"

"这有点复杂，"他说，"好吧，我并不是真的在打电话。只是想帮你一把。"

"格雷厄姆·科茨，"她说，"是个骗子。"

"对，亲爱的，"莫里斯说，"但该放手了。把这些留在身后吧。"

"他打了我的脑袋，"梅芙对他说，"而且他一直在偷咱们的钱。"

"都是些凡尘俗事，亲爱的，"莫里斯安慰道，"现在你已经越过了……"

"莫里斯，"梅芙说，"那条该死的小虫子试图谋杀你妻子。我想你至少应该表现得更关切些。"

"别这样，亲爱的。我只想试图解释……"

"我跟你说，莫里斯，如果你是这个态度的话，我只能自己处理这件事了。我肯定不能一笑了之。你倒是无所谓，已经死了，不用再为这些事烦心。"

"你也死了，亲爱的。"

"这完全是另一码事，"梅芙顿了一下才说，"我什么？"在莫里斯接口之前，她又继续说，"莫里斯，我说的是他试图谋杀我。没说他成功了。"

"呃，"已故的莫里斯·利文斯顿似乎不知该怎么说才好，"梅芙。亲爱的。我知道这对你来说可能是个打击，但真相……"

手机发出哔哔的声音，一个空电池的图像出现在屏幕上。

"抱歉，我没听清，莫里斯，"她说，"我估计手机电池快没电了。"

"你不需要手机电池，"莫里斯说，"你不需要手机。这都是幻象。我一直在试图告诉你，你现在已经穿越了那条什么河，已经成为……哦，该死，这就像虫子和蝴蝶，亲爱的。你明白的。"

"毛虫，"梅芙说，"我想你是要说毛虫和蝴蝶。"

"哦，似乎是这么回事，"莫里斯的声音从电话里传来，"毛虫。我就是这意思。话说回来，虫子会变成什么？"

"它们什么也不变，莫里斯，"梅芙有点烦躁地说，"它们就是虫子。"银色手机发出一声噪声，就像电子音饱嗝，又显出那个空电池图案，然后便自动关机了。

梅芙合上电话，放回口袋。她走到最近一堵墙前，试探地用一根手指推了推。墙壁摸上去又湿又冷，有点凝胶的感觉。她稍微使点劲，结果整只手都陷了进去，随后穿墙而过。

"哦，天哪。"梅芙真希望刚才听了莫里斯的话——这些年来这种感觉已经不是第一次了。毕竟她得承认，莫里斯现在对死掉这种事比她了解得多。好吧，她心想。做个死人估计就跟生活中的其他问题一个样。你只要先明白一小部分，然后逐渐把其他部分补上就行了。

她走出前门，却发现自己穿过大厅后墙，回到了这栋大楼。她又试了一次，结果一样。梅芙穿过大楼一层的旅行社，试图从西侧墙壁走出去。

她穿墙而过，结果从东边回到大厅。这就像是在一台电视机里，试图走出屏幕。从地形学来讲，这栋办公楼似乎变成了她的宇宙。

梅芙走上楼去，想看看警探们在干什么。他们正盯着写字台，还有格雷厄姆·科茨整理行装时留下的一片狼藉。

"你们看，"梅芙说，"我在书架后面的房间里。我在那儿。"

他们没有理会。

女警官蹲下身，翻了翻垃圾桶。"找到了。"她说着抽出一件沾满干涸血迹的男士衬衫，然后把这件衣服放进一个塑料袋。敦实的男人拿出手机。

"派鉴证科过来。"他说。

现在胖查理觉得这间牢房更像是避难所，而不是监狱。首先，监室在囚房深处，哪怕最富冒险精神的鸟儿也飞不进来。而且他兄弟也不在这儿。胖查理不再介意六号监室的空虚无聊。空虚比他最近遇到的大多数情况都要好得多得多得多。就算是一个只有城堡、蟑螂和名字叫K的人的世界，也比被齐声叫喊他名字的邪恶鸟群所占领的世界要好。

门打开了。

"你不敲门吗？"胖查理问道。

"不，"警察说，"实际上，我们不敲。你的律师终于来了。"

"梅里曼先生？"话音未落，胖查理就站定不动。伦纳德·梅里曼是个戴金丝小眼镜的圆胖绅士，出现在警官身后的那个人绝对不是。

"一切正常，"不是他律师的人说，"你可以离开了。"

"谈完了就按铃。"警察说着把门关上。

蜘蛛拉住胖查理的手。他说："我要把你弄出去。"

"但我不想被弄出去。我什么也没干。"

"这是出去的最佳理由。"

"但如果离开了的话，就意味着我肯定干了什么。我会变成逃犯。"

"你不是犯人，"蜘蛛愉快地说，"你还没受到任何指控。你只是帮助他们进行调查。听着，你饿吗？"

"有点。"

"你想要什么？茶？咖啡？热巧克力？"

热巧克力听起来实在妙极了。"我比较喜欢热巧克力。"胖查理说。

"好的，"蜘蛛抓住他的手说，"闭上眼睛。"

"为什么？"

"感觉轻松些。"

胖查理闭上眼睛，但他不清楚感觉轻松些是什么意思。世界伸展压缩，胖查理觉得快要吐了。接着他的心绪平静下来，一股暖风扑面而来。

他睁开眼。

他们站在一个很大的露天市场里，这地方看起来特别不像英国。

"这是哪儿？"

"我想是叫思寇普希。在意大利或是别的地方。我从几年前起开始光顾这里。他们有特别好吃的热巧克力。我还没尝到过更好的。"

他们在一张小木桌前坐下。它被涂成了消防车的红色。侍者走过来用一种胖查理觉得不太像意大利语的语言说了点什么。蜘蛛说："热巧克力，伙计。"那人点点头，走开了。

"好吧，"胖查理说，"现在你又把我卷进了更大的麻烦。他们会进行搜捕什么的。我要上报纸了。"

"他们还能怎么做？"蜘蛛微笑着说，"把你送进监狱？"

"哦，得了吧。"

热巧克力上来了，侍者把它倒进两个小杯子。它的温度跟岩浆相差无几，浓度介于巧克力汤和巧克力羹之间，闻起来香得不可思议。

蜘蛛说："嗨，咱们把这场亲人重逢搞得一团糟，对吗？"

"咱们把它搞得一团糟？"胖查理将激愤心情表现得淋漓尽致，"我不是偷别人未婚妻的人。我不是害别人被解雇的人。我不是让别人被捕……"

"对，"蜘蛛说，"但是你把鸟卷进来的，对吗？"

胖查理试着稍稍抿了一口巧克力。"哦，我的嘴要被烫熟了。"他望向蜘蛛，却看到一脸和他相同的表情：担忧、疲惫、害怕。"是的，是我把鸟卷进来的。咱们现在怎么办？"

蜘蛛说："对了，他们这儿有种焖面条也很不错。"

"你确定咱们是在意大利吗？"

"不确定。"

"我能问你个问题吗？"

蜘蛛点点头。

胖查理思索着最恰当的表述方式。"鸟的问题。它们突然冒了出来，就像是从阿尔弗雷德·希区柯克那部《鸟》里逃出来的。你觉得这个现象只局限在英格兰吗？"

"干吗问这个？"

"因为我觉得有几只鸽子在注意咱们。"他指了指广场对面。

鸽群正在做的事并不是鸽子常做的那些。它们没有啄食三明治面包皮，或是来回摇晃着脑袋，捕捉游客扔来的食物。它们静静地站在那里，似乎正在盯视什么东西。一阵羽翼扑打，又有上百只鸟儿加入到它们的行列，大部分都落在广场中心一个戴大帽子的胖男人塑像上。胖查理看着鸽群，鸽群也看着他。"最糟糕的情况会是什么？"他压低声音问蜘蛛，"它们会拉咱们一身屎？"

"我不知道。但我估计会更糟。快把你的热巧克力吃完。"

"但太烫了。"

"我们需要两瓶水，对吧？Garçon？[1]"

一阵低沉的扑翼声，更多鸟儿已经到达。而在扑打声之下，还有些更低的声音——偷偷摸摸的咕咕声。

侍者拿来几瓶水。胖查理注意到蜘蛛又穿上了那身黑红皮夹克。他把水瓶揣进口袋。

"它们只是鸽子。"胖查理说道。但话音未落，他就已经意识到这么说太欠考虑。它们不止是鸽子，而是一支军队。胖男人的塑像已经完全消失在灰紫相间的羽毛中。

"我想我比较喜欢过去的鸟，在它们决定联手对付咱们之前。"

蜘蛛说："而且它们到处都是。"他说着抓住胖查理的手，"闭上眼睛。"

鸟群飞上天空。胖查理闭上眼睛。

鸽群扑了下来，犹如狼群扑向羊圈……

寂静，遥远，胖查理心想，我在烤炉里。他睁开眼，发现这是真的：这是个布满红色沙丘的烤炉。沙丘连绵起伏向远方蔓延，最终融入了珍珠色的天空。

"沙漠，"蜘蛛说，"应该是个好主意。无鸟区。是个可以把话说完的地方。给。"他递给胖查理一瓶水。

1　法语，侍者之意。

"谢谢。"

"那么。你能告诉我这些鸟是从哪儿来的吗？"

胖查理说："有那么个地方。我去了一趟。那里有很多兽人。他们，呃，他们都认识老爹。其中有个女人，一种鸟女。"

蜘蛛看着他。"有那么个地方？这话可帮不上什么忙。"

"那里有处洞穴密布的山腰。还有悬崖，一直坠入虚空。像是世界尽头。"

"世界之初，"蜘蛛纠正说，"我听说过那些洞穴。我过去认识的一个女孩曾提起过那里。但我从没去过。那么你遇到了鸟女，然后……？"

"她提议帮我把你赶走。所以，嗯。好吧，我就接受了。"

"这，"蜘蛛脸上挂着影星般的微笑，"可真蠢。"

"我可没让她伤害你！"

"那你觉得她会怎么对付我？给我写一封措辞强硬的信？"

"我不知道。我没想过。我很烦。"

"好极了。哦，如果她完成了这个任务，那么你会心烦，而我会死。你本可以直接跟我说，让我离开。"

"我说过！"

"哦。我是怎么回答的？"

"你说喜欢住在我家，还说哪儿都不去。"

蜘蛛喝了口水。"那你到底都跟她说了什么？"

胖查理努力回忆。现在回想起来，这句话说起来还真古怪。"就说了我会把安纳西的血脉给她。"他不情不愿地说。

"你什么？"

"是她让我这么说的。"

蜘蛛不可思议地看着他。"但这不光指我。而是我们俩。"

胖查理突然觉得嘴巴很干。他希望这只是因为沙漠的空气，所以又喝了口水。

"等等。为什么来沙漠？"胖查理问。

"没鸟。记得吗？"

"那么那些是什么？"他指了指远方的天空。起初它们看上去很小，但很快你就会发现那只是因为位置很高：它们扑打着翅膀，正在空中盘旋。

"秃鹫，"蜘蛛说，"它们不会攻击活物。"

"对。而且鸽子都害怕人类。"胖查理说。空中的小点逐渐盘旋下降，鸟群变得越来越大。

蜘蛛说："有道理，"然后说，"该死！"

他们并不孤单。有个人正站在远处一座沙丘上注视他们。要是不仔细看的话，很可能被误认为是稻草人。

胖查理喊道："走开！"他的声音似乎被沙漠瞬间吞食，"我要把它收回。咱们没什么交易了！离我们远点！"

大衣在热风中飞舞，沙丘上突然变得空空荡荡。

胖查理说："她走了。谁会想到居然这么简单？"

蜘蛛拍拍他的肩膀，伸手指了指。此刻身穿棕色大衣的女人正站在最近的沙丘顶端，近到胖查理都能看清她玻璃状的黑色眼眸。

秃鹫群变成了斑驳的黑影，接着纷纷降落。它们伸长光秃秃的紫红色头颈——把头探进腐尸时，没有羽毛会方便很多——近视眼似的瞪着兄弟二人，似乎正在考虑是等这两个人死了再说，还是做点什么加速这一进程。

蜘蛛说："这桩交易里还有什么东西？"

"嗯？"

"是不是还有别的东西？她给你什么作为交换？有时候买卖里会涉及这种东西。"

秃鹫群一步一步往前挪，缩小彼此间的空隙，收紧包围圈。空中出现了更多黑影，颤动着逼近他们，变得越来越大。蜘蛛握紧胖查理的手。

"闭上眼睛。"

寒冷犹如一记重拳，击中了胖查理的肚子。他深吸一口气，感觉肺部像是结了冰，止不住地咳嗽。四周寒风呼啸，仿佛一头巨兽。

胖查理睁开眼："能问一句这次是什么地方吗？"

"南极洲，"蜘蛛拉上夹克拉链，似乎并不觉得有多冷，"恐怕有点凉。"

"就不能找个中间环节吗？直接从沙漠到冰原？"

"这儿没鸟。"蜘蛛说。

"找个既舒服又没鸟的建筑，进去歇一会儿不是更简单吗？我们可以吃顿午餐。"

蜘蛛说："行了。你又开始抱怨了，只是因为有一点点冷。"

"这可不是一点点冷。这里有零下五十摄氏度。而且不管怎么说，看。"

胖查理指着天空。那里有个苍白的花体字母，像是粉笔画的小写m，挂在冷空气中一动不动。"信天翁。"他说。

"军舰鸟。"蜘蛛说。

"什么？"

"不是信天翁，是只军舰鸟。它可能根本就没注意到咱们。"

"也许没有，"胖查理承认道，"但它们有。"

蜘蛛转头看去，嘟囔出一个很像"军舰鸟"的词。朝这边逼近的企鹅可能没有上百万，不过看上去很有这种气势——它们有的摇摇摆摆，有的跌跌撞撞，有的靠肚皮滑行，都在往这边赶。按照自然法则，企鹅的逼近只能吓倒小鱼，但数量达到这种程度时……

胖查理主动伸出手去，握住蜘蛛的手，然后闭上眼睛。

等他睁开眼时，已经到了一个温暖的地方。不过睁开眼并没使他看到的景象有何变化。到处都是夜的颜色。"我瞎了吗？"

"这是一座废弃的煤矿，"蜘蛛说，"我几年前见过一张这里的照片。咱们在这儿大概是安全的；除非矿里有群瞎雀鸟进化到适应了黑暗环境，并以煤渣为食。"

"这是个笑话，对吗？一群瞎雀鸟？"

"差不多吧。"

胖查理叹了口气，叹息声在地下洞窟中久久回荡。"你知道，"他说，"如果你能离开，如果当初我让你走的时候，你就搬出我家，咱们就不会落到这步田地。"

"说这些也没用。"

"我也没想有用。天知道我该怎么向罗茜解释这一切。"

蜘蛛清清嗓子。"我想你不用为这件事操心。"

"因为……？"

"她跟咱们分手了。"

寂静持续了很长时间。胖查理这才说："她当然会这么做。"

"这部分大概也许可能是被我弄糟了。"蜘蛛不安地说。

"但如果我跟她解释清楚呢？我是说，如果我告诉她我不是你，还有你假装成我……"

"我已经说过了。所以她才决定再也不见咱们俩。"

"也包括我？"

"恐怕是的。"

"听着，"蜘蛛的声音在黑暗中响起，"我没想过要……嗯，我决定来见你时，只是想打声招呼。并不是要，呃。我把这件事彻底搞砸了，对吗？"

"你是想说抱歉？"

寂静。接着，蜘蛛说："我想。大概是吧。"

更久的寂静。胖查理说："好吧，那么我也很抱歉找鸟女来对付你。"看不见蜘蛛的时候，道歉的话说起来比较容易。

"哦。谢谢。我只想知道怎么能对付她。"

"一根羽毛！"胖查理说。

"在哪儿？"

胖查理使劲回忆。"不清楚。我在邓威迪夫人家的前厅醒来时，还握在手里，上飞机时就没了。我估计多半是在邓威迪夫人手里。"

这次的寂静又长又深，感觉牢不可破。胖查理开始担心蜘蛛已经走了，把他一个人丢在这世界之下的黑暗中。他最终开口说："你还在吗？"

"还在。"

"那我就放心了。如果你把我丢在这里，我可不知道该怎么出去。"

"别诱惑我。"

更长时间的寂静。

胖查理说："我们在什么国家？"

"波兰，我估计。我刚才说了，是在杂志上看到了这里的照片。只不过图片里是有光的。"

"你需要看到其他地方的照片，才能过去？"

"我需要知道它们在哪儿。"

胖查理心想，废矿真是惊得出奇。这地方有种特有的寂静。他开始思考寂静的问题。比如说，墓地的寂静和外太空的寂静一样吗？

蜘蛛说："我记得邓威迪夫人。她有股紫罗兰味。"人们说"没希望了，我们要死了"的时候，也比这句话更有激情。

"就是她，"胖查理说，"小个子，老得像座山。厚眼镜。我估计咱们只要到她家去，把羽毛拿来。然后还给鸟女，她就会停止这场梦魇。"胖查理喝光了那瓶水，就是从在意大利的露天市场一路带到这儿来的那瓶。他拧上瓶盖，把空瓶子放在黑暗之中，心想如果再也不会有人看到它，那这算不算乱丢废物。"咱们就拉起手来，去找邓威迪夫人吧。"

蜘蛛"哼"了一声。并非骄傲自大，倒显得不安而怯懦。胖查理想象着蜘蛛在黑暗中越变越小，就像吐了气的牛蛙，或是放了一星期的气球。他想看到蜘蛛遭受打击，但不想听蜘蛛像个吓坏了的六岁小孩一样哼哼。"等等。你怕邓威迪夫人。"

"我……我不能靠近她。"

"哦，如果这可以给你点安慰的话，我承认小时候我也怕她。但葬礼后我又见了她一面，发现邓威迪夫人也不坏，没那么可怕。她只是位老妇人。"在他的脑海中，邓威迪夫人再次点燃黑蜡烛，往碗里撒了些香草，"也许有点古怪。但你见到她后，就会发现其实没事。"

"是她把我赶走的，"蜘蛛说，"我不想走。但我打破了她花园里的那个球。挺大的玻璃玩意儿，像是圣诞树上的装饰品。"

"我也干过。她气疯了。"

"我知道，"黑暗中传来的声音非常轻，显得忧虑而困惑，"是同一次。一切都是从那时开始的。"

　　"哦。听着，这不是世界末日。你带我去佛罗里达，我可以进屋去，从邓威迪夫人手里拿回羽毛。我不怕。你可以在外面等着。"

　　"做不到。我不能去她所在的地方。"

　　"哦，你想说什么？她给你施加了某种魔法禁令？"

　　"差不多。是吧。"蜘蛛说，"我想罗茜了。这件事我很抱歉。你知道的。"

　　胖查理想到罗茜，发现很难回忆起她的面容。他想到罗茜的母亲不会变成自己的岳母，想到卧室窗帘上的那两个人影。他说："别把自己想得太坏。好吧，如果你非要这么想也无妨，毕竟你表现得就像个十足的浑蛋。但也许这个结局，对大家都好。"胖查理感觉差不多是心脏的部位传来一阵刺痛，但他知道自己说的是真的。在黑暗中说这些话比较容易。

　　蜘蛛说："你知道这件事哪部分不合情理吗？"

　　"一切？"

　　"不。只有一个问题。我不明白为什么鸟女会卷进来。这不合情理。"

　　"老爹把她惹毛……"

　　"老爹把所有人都惹毛了。但她不对劲。而且如果她想杀了咱们，为什么不直接动手？"

　　"我把安纳西的血脉给了她。"

　　"你说过了。不，还有其他问题，我还没搞清楚，"寂静，接着蜘蛛说，"抓住我的手。"

　　"要闭眼吗？"

"也行。"

"我们去哪儿？月球？"

"我要带你去个安全的地方。"蜘蛛说。

"哦，太好了，"胖查理说，"我喜欢安全。哪儿？"

他马上就知道了答案，甚至不用睁开眼睛。这里的味道死气沉沉。未经洗漱的躯体，没冲的马桶，消毒剂，旧毯子和冷漠的味道。

"我打赌豪华酒店的房间也会同样安全。"他大声说道，但这里没人听他说话。胖查理坐在六号监室架子似的床铺上，把薄毯子裹在肩上。他可能会永远待在这里。

半小时后，有人来把他带去审讯室。

"嗨，"黛西笑着说，"想来杯茶吗？"

"你就别费劲了，"胖查理说，"我看过电视，知道是怎么回事。整个一套红脸白脸的把戏，对吧？你会给我一杯茶和几块巧克力小甜饼，然后某个点火就着的大块头硬汉就会闯进来，冲我大喊大叫，把茶倒掉，开始吃我的小甜饼。然后你会阻止他对我进行人身攻击，让他把茶和小甜饼还给我。我就会感恩戴德，把所知的一切都告诉你。"

"我们可以把这些都跳过，"黛西说，"你只要说出我们想知道的情况就好。不过，我们确实没有巧克力小甜饼。"

"我知道的都告诉你们了，"胖查理说，"一切！格雷厄姆·科茨给了我一张两千英镑支票，让我去休两周假。他说很高兴我把那些财务异常状况报告给他，然后问了我的密码，挥手跟我告别。没了。"

"那么你还是坚持说，对梅芙·利文斯顿的失踪一无所知？"

"我根本就没正经见过她。也许她来事务所的时候见过一次吧。我们在电话里聊过几回。她想跟格雷厄姆·科茨谈话。我告诉她支票已经在邮局了。"

"真的？"

"我不知道。我以为是真的。听着，你肯定不相信我跟她的失踪毫无关系。"

"哦，"她愉快地说，"我相信。"

"因为我真不知道怎么才能——你什么？"

"我相信你跟梅芙·利文斯顿的失踪没关系。我也不认为你和格雷厄姆·科茨事务所的经济犯罪问题有什么瓜葛，虽说有人费了很大力气让它看起来像是你做的。但很明显账目异常变动和持续的资金挪用问题很久以前就存在了。你在那儿才干了两年。"

"原来如此。"胖查理说。他意识到自己的嘴巴张得老大，连忙把它合起来。

黛西说："听着，我知道小说和电影里的警察都是些傻瓜，特别是那种主角是身为犯罪克星的退休警官和硬汉私家侦探的小说。而且真的很抱歉我们没有巧克力小甜饼。但我们不都是没脑子的蠢货。"

"我没说你是。"胖查理说。

"没有，"她说，"但你是这么想的。你可以走了。如果需要的话，我们可以道歉。"

"她是在哪儿，呃，失踪的？"胖查理问。

"利文斯顿夫人？哦，最后一次有人见到她时，格雷厄姆·科茨把她领进了自己的办公室。"

"啊。"

"茶的事我是认真的。想来一杯吗？"

"好的。很想。哦，我想你们的人已经检查过他办公室里的暗室了吧。就是书架后面那个？"

黛西只是特别平静地说了句："我想他们没有。"做到这份镇静可不容易。

"我估计他没想到会被我发现，"胖查理说，"但有一次我去他的办公室，发现书架已经被推开，他在暗室里。我赶紧走开了，"他补充道，"我可没想偷窥什么的。"

黛西说："我们可以在路上买些巧克力小甜饼。"

胖查理不知道自己喜不喜欢自由。外面有太多的露天空间。

"你还好吗？"黛西问。

"我没事。"

"你似乎有点发抖。"

"我想是的。你可能觉得这很傻，但我有点——嗯，我跟鸟之间有点问题。"

"什么，某种恐惧症？"

"差不多。"

"哦，那是对鸟类产生非理性恐惧的通用术语。"

"那么对鸟类的理性恐惧，该怎么称呼？"他咬了一口小甜饼。

过了一会儿，黛西说："好吧，反正这辆车里没鸟。"

她把车停在格雷厄姆·科茨事务所办公楼外的双黄线上，两人一起走进大楼。

罗茜躺在一艘韩国游轮[1]的后甲板上，脸上摊着一份杂志，诺亚夫人就躺在她身边。罗茜回想着自己当初怎么会觉得和妈妈一起度假是个好主意。

这船上没有英文报纸，罗茜倒也不想看。但她想念其余所有东西。在她心目中，游轮是一种浮动炼狱，只是因为差不多每天都会抵达一些岛屿，才能勉强忍受。其他游客上岸购物，玩滑翔伞，喝个酩酊大醉，或参观海盗船。而另一方面，罗茜则会四处散步，和人们聊天。

她会发现陷入痛苦的人，会发现饥饿或是悲惨的人，而且她希望伸出援手。在罗茜看来，一切都是可以改变的，只要有人来改变它。

梅芙·利文斯顿曾设想过死后的各种情形，却从没想到过愤怒。但现在她很生气。她厌倦了穿行，厌倦了被人忽视，最严重的是，她厌倦了不能离开奥德乌奇街的办公楼。

1　原注：这艘船原名是"阳光群岛（Sunny Archipelago）"，直到一场胃肠性感冒让它上了国际新闻。董事会主席——他的英语没有自己想象中好——给它改名时，为了少花点钱决定不改变首字母，所以这艘游轮获得了"尖叫攻击（Squeak Attack）"的名字。

"我是说，如果我注定要留在什么地方闹鬼，"她对前台说，"那为什么不能到萨摩塞特中心去闹，就在街对面？漂亮的建筑物，绝佳的泰晤士河景观，几处给人印象深刻的建筑学特点。还有些非常不错的小馆子。即便不需要吃东西了，看别人吃也是好的。"

格雷厄姆·科茨失踪后，前台安妮的工作就是接起电话，用厌烦的声音说"恐怕我不知道"，以此应付绝大多数问询。而当她没在履行这一功用时，就会给朋友们打电话，压低声音激动地讨论这桩神秘失踪案。安妮并未对梅芙的话作出反应，就像她此前没对梅芙和她说的任何话作出反应一样。

胖查理·南希在一名女警官的陪同下来到办公楼，终于打破了这份单调无聊。

梅芙一直挺喜欢胖查理的，虽说他的职责就是向她保证支票很快就会出现在邮箱里。但梅芙看到了过去从没见过的景象：在他周围有些阴影拍着摇晃，始终保持着距离——坏东西来了。他看起来像是在躲避什么东西，这让梅芙有些担忧。

她跟着两人走进格雷厄姆·科茨事务所，很高兴地发现胖查理直接走向房间后面的书架。

"秘密翻板在哪儿？"黛西问。

"没有翻板。是个门。就在那个书架后面。我不知道。也许有个秘密挂钩什么的。"

黛西看着书架。"格雷厄姆·科茨写过自传吗？"她问胖查理。

"反正我没听说过。"

她推了一下皮装本《我的生活》，作者署名格雷厄姆·科茨。咔嗒一声，书架从墙上转开，显出后面上锁的门。

"我们需要个锁匠，"她说，"另外我想这里已经不需要你了，南希先生。"

"哦，"胖查理说，"好的。这真，呃，有意思。"

接着他又说："我估计你不想和我一起吃顿饭吧。改天的话？"

"中式点心，"她说，"周日中午。费用平摊。他们11点半开门的时候你就得到，不然我们要排几百年的队了。"她写下餐馆地址，递给胖查理。"回家的路上小心鸟。"她说。

"我会的，"胖查理说，"周日见。"

锁匠摊开一个黑色布带，拿出几件细小的金属工具。

"说实话，"他说，"他们总是学不乖。好锁又不是很贵。我是说，你看这扇门，做工相当不错。也很结实。用喷灯得半天才能搞定。但他们却装了个五岁小孩用勺子把就能捅开的锁……这就开了……易如反掌。"

他拉开门。门打开后，他们看到地板上的东西。

"哦，我的上帝啊，"梅芙·利文斯顿说，"这不是我。"她本以为自己会对这副身躯有更深的感情，但其实不然，它让梅芙想起了路边的动物尸体。

很快屋子里就充满了人。梅芙从来对侦探剧没什么耐心，很快就感到厌倦。只有一件事让她略感兴趣：当尸首被装进蓝色塑料袋运走时，她明显感觉到有某种力量拉扯着自己，下了楼梯，出了前门。

"估计就是这么回事。"梅芙·利文斯顿说。

她出来了。

至少她走出了奥德乌奇街办公楼。

她知道，显然这里存在着某些规则。必然会有。只是她还不太清楚到底是什么规则。

梅芙真希望这辈子能更虔诚些，这件事她一直没能做到。很小的时候，她就很难想象上帝会把自己不喜欢的人打入地狱，承受无尽折磨——大部分人都是因为没有彻底信奉他。长大后，儿时的疑虑固化成坚定的信念：人这一辈子，从出生到坟墓，就是实实在在的生活，其他的一切都是幻想。这曾是个很好的信念，让她对自己的生活应付自如，但现在它遭遇到严重挑战。

说实话，梅芙觉得就算一辈子都按时参加教堂礼拜，恐怕也无法为此做好准备。她很快就得出结论，在一个秩序井然的世界里，死亡就像是那种费用全包的豪华假日旅行，他们一开始会给你一个夹子，里面装有票据、打折券、日程表，还有几个遇到麻烦时可以拨打的电话号码。

她没有走。她没有飞。她移动得像风，一股会让行人发抖，会卷起便道落叶的晚秋凉风。

她去了每次到伦敦来都头一个要去的地方：牛津大街赛芙莱兹百货公司。梅芙年轻时曾利用舞蹈工作的空闲时间，在赛芙莱兹的化妆品柜台兼职。她只要有时间就要回来一趟，买些昂贵的化妆品，就像她当年应允自己的那样。

梅芙在化妆品区游荡到厌倦为止，然后又去看了一眼家具。她再也用不着买新餐桌了，但随便看看又没什么坏处……

随后她又飘到赛芙莱兹的家庭娱乐区，这里摆放着各式各样的电视机。很多屏幕都在播放新闻。每台电视的声音都关了，但格雷厄姆·科茨的画面充斥其间。憎恶感在梅芙体内燃烧，犹如滚烫的熔岩。画面一转，她看到了自己——一个她站在莫里斯身边的影像片段。她认出这是《莫里斯·利文斯顿，我猜想》里的短剧"给我五英镑，我就吻你到腐烂"。

她希望想个法子给手机充电。就算只能打给那个声音好像广播牧师的令人烦躁的男人，那也可以跟他聊聊。但她最想跟莫里斯谈谈。他肯定知道该怎么办。这次，她想，就让他说吧。这次，她会好好听着。

"梅芙？"

莫里斯的面孔从一百台电视机屏幕中看着她。梅芙一度以为这是自己的幻觉，接着又以为是新闻内容。但莫里斯关切地看着她，又叫了一声她的名字，梅芙知道这就是他。

"莫里斯？"

他露出那个著名的微笑，所有屏幕上的目光都聚焦在她身上。"嗨，亲爱的。我还在想你怎么花了这么长时间。好了，你也该过来了。"

"过去？"

"到这边来。走过那条河。也可能是什么川。总之，就是那玩意儿。"他说着从一百个屏幕伸出一百只手。

梅芙知道自己所要做的就是握住他的手。但她惊讶地发现自己在说："不，莫里斯。我不这么想。"

一百张同样的面孔都显得迷惑不解。"梅芙，亲爱的。你要把凡尘俗事放在身后。"

"哦，当然了，亲爱的。我发誓我会的，只要做好准备。"

"梅芙，你已经死了。你还要做什么准备啊？"

她叹了口气。"我在这边还有点事需要处理。"

"比如说？"

梅芙挺起胸膛。"哦，"她说，"我计划把格雷厄姆·科茨这个畜生找出来，然后做……好吧，所有鬼魂能做的事。我可以闹鬼什么的。"

莫里斯的语气略微有些狐疑。"你要闹鬼吓他？为什么啊？"

"因为，"她说，"不能就这么算了。"她抿着嘴，扬起下巴。

莫里斯·利文斯顿从一百个屏幕中注视着她，摇了摇头，表情中兼有钦佩和恼怒的成分。他娶梅芙就是因为她有主见，爱她也是因为这个原因。但他真希望能在某件事上说服梅芙，哪怕一次也好。不过莫里斯只是说："好吧，我哪儿都不去，宝贝儿。你准备好了就告诉我们。"

随后他开始慢慢消失。

"莫里斯。你知道我怎么才能找到他吗？"梅芙问道。但她丈夫的画面已经完全消失，现在那些电视里正在播放天气预报。

胖查理和黛西周日一起去了伦敦唐人街，在一个灯光昏暗的餐馆里吃中式点心。

"你看起来美极了。"他说。

"谢谢，"她说，"我感觉糟透了。我被踢出了格雷厄姆·科茨的案子。现在它已经完全变成刑事调查。估计能跟到现在，已经算我运气。"

"哦，"胖查理开玩笑说，"如果你没插手这个案子，就享受不到逮捕我的乐趣了。"

"说的也是。"她通情达理地显出一点点懊悔之意。

"有什么进展吗？"

"就算有，"她说，"恐怕也不能告诉你。"一辆小推车来到他们桌旁，黛西从上面选了几碟食物。"有种猜想是格雷厄姆·科茨从海峡渡船上跳下去了。他用一张信用卡最后买的东西是到迪耶普[1]的往返船票。"

"你也这么想吗？"

她用筷子从餐碟中夹起一个团子，扔进嘴里。

"不，"她说，"我猜他肯定是去了某个没有引渡条款的地方。没准儿是巴西。杀害梅芙·利文斯顿也许是一时冲动，但其他部分都小心谨慎。他早有安排。金钱进入客户的账户，格雷厄姆会从上面拿走自己的百分之十五，然后通过其他手段从下面偷走更多数目。很多国外支票根本就没进过客户账目。最神奇的是他居然干了这么久。"

胖查理嚼着一个里面有甜馅的米团。他说："我觉得，你肯定知道他在哪儿。"

黛西停止咀嚼。

"你说他可能去了巴西，那种语气好像已经知道他不在那里。"

"这是警察事务，"她说，"我恐怕无法置评。你兄弟怎么样了？"

"不知道。我想是走了。我回家时，他的屋子不见了。"

"他的屋子？"

"他的东西。他把自己的东西拿走了。之后就再没消息，"胖查理抿了口茉莉花茶，"我希望他一切都好。"

"你觉得他会有麻烦？"

1　一个法国港口城市。

"哦，他得了和我一样的恐惧症。"

"那个鸟的问题。明白。"黛西同情地点点头，"你的未婚妻呢，还有未来的岳母？"

"啊。我想这两种描述都，呃，已经是过去时了。"

"哦。"

"她们走了。"

"是因为拘捕的事吗？"

"据我所知不是。"

黛西从桌子对面看着他，就像个充满同情心的小仙子。"我很抱歉。"

"哦，"胖查理说，"现在我没了工作，没了恋人，而且——这主要归功于你们的努力——邻居们都以为我是个牙买加犯罪集团的职业杀手。有些人现在一看到我，就会跑到马路对面去；另一方面，我的报刊经销人想让我教训一下纠缠他女儿的浑小子。"

"你怎么跟他说的？"

"实话实说。但他似乎不相信。他送了我一包干酪洋葱脆片，还有一盒POLO薄荷糖，还说等我办完事后自然有更多好处。"

"一切都会过去的。"

胖查理叹道："这太丢人了。"

"反正，"黛西说，"这也不是世界末日。"

他们平分账单，侍者送来找零，又给了他们两块幸运饼。

"你那张写的是什么？"胖查理问。

"坚持就是胜利。"黛西读道，"你的呢？"

"和你一样，"他说，"永远不变的坚持。"他把字条团成豆子大小，扔进口袋，然后陪黛西走向莱斯特广场地铁站。

"今天似乎是你的幸运日。"黛西说。

"为什么这么说？"

"周围没鸟。"她说。

听她这么一说，胖查理才注意到确实如此。没有鸽子，没有八哥，甚至连麻雀都没有。

"但莱斯特广场总是有鸟的。"

"今天没有，"她说，"可能它们在忙。"

他们来到地铁站，胖查理一度以为黛西会来个告别吻，但她只是微笑着说了声"拜拜"。胖查理冲她略挥了下手，这个模棱两可的手部动作可能是挥手告别，也很可能被看作某种无意识行为。黛西走下楼梯，消失不见。

胖查理经过莱斯特广场，向皮卡迪利广场走去。

他从兜里掏出那个小纸条，把它展开。上面写道"丘比特下见"，旁边还画了个很潦草的图案，看起来像是大星号，说是蜘蛛倒也很有可能。

他一边走，一边扫视着天空和周围的建筑，但没看到一只鸟。这很奇怪，鸟儿总会出现在伦敦城里，鸟儿总是无所不在。

蜘蛛正坐在雕像下面，看着《世界新闻报》。胖查理走过去时，他抬头看了过来。

"你知道，这其实不是丘比特，"胖查理说，"这是基督教慈善塑像。"

"那为什么它没穿衣服，手里还拿着弓箭？看起来可一点儿不仁慈，也没个基督教的样子。"

"我只是把读到的东西告诉你而已。"胖查理说，"你去哪儿了？我很担心你。"

"我没事。只是一直躲着鸟群，把这件事前前后后想了一遍。"

"你注意到今天哪儿都看不见鸟了吗？"胖查理说。

"注意到了。我也不知道这是怎么回事。我一直在思考。而且你知道，"蜘蛛说，"这件事不对头。"

"一切都不对头，打一开始。"胖查理说。

"不。我是说鸟女试图攻击我们，这就有点不对头。"

"哦。当然不对。这是件很坏很坏的事。你要告诉她吗，还是我去？"

"不是这种不对。而是——嗯，这么说吧。除了在希区柯克的电影里，鸟类其实并不善于攻击。对昆虫来说，它们是长翅膀的死神。可它们确实不擅长攻击人类。上百万年的进化告诉它们，一般来说，人类可能会先把你吃了。它们的本能是离人类远点。"

"不是所有的，"胖查理说，"比如秃鹫。还有乌鸦。但它们只出现在战场上，等到战斗结束。等待你咽气。"

"什么？"

"我是说，除了秃鹫和乌鸦。没别的意思……"

"不，"蜘蛛若有所思地说，"不，没关系。你让我想起了什么，几乎就要想通了。听着，你联系到邓威迪夫人了吗？"

"我给希戈勒夫人打了电话，但没人接。"

"好的，去跟她们谈谈。"

"你说起来轻松，我可是穷光蛋。破产了。没钱了。不能老在大西洋上飞来飞去。我现在连工作都没有。我……"

蜘蛛把手伸进黑红夹克，掏出一个钱包，取出一把按币种分好的钞票，塞在胖查理手中。"给。这些足够你飞过去再飞回来了。只要拿到羽毛。"

胖查理说："听着，你有没有想过，老爸可能根本就没死？"

"什么？"

"嗯，我是在想，也许这全是他的恶作剧。这件事感觉很像他的风格，不是吗？"

蜘蛛说："我不知道。有可能。"

胖查理说："我打赌是这么回事。我到那边之后，要做的第一件事就是去他的墓地，然后……"

他闭上嘴，因为鸟群出现了。它们是城市鸟类：麻雀和八哥，鸽子和乌鸦，数量成千上万。它们飞在空中，编织成一张挂毯，形成一堵鸟墙，沿着摄政王大街向胖查理和蜘蛛扑来。这片长羽毛的密集方阵大得犹如摩天楼，非常平坦，非常不可思议。它无时无处不在运动，扑扇着，拍打着，俯冲着。胖查理把这场面看在眼里，但心中却无法容纳。在胖查理心中，它无时无刻不在扭曲、滑脱、稀释。他抬头看着鸟群，努力理解自己看到的东西。

蜘蛛猛地一拉胖查理的胳膊。"快跑！"他喊道。

胖查理转身就跑。蜘蛛则好整以暇地叠起报纸，扔进垃圾桶。

"你也跑啊！"

"它不是冲你来的。现在还不是。"蜘蛛说着露齿一笑。这笑容用得恰到好处，可以说服很多人做他们不想做的事，多到你难以想象。而现在胖查理真的想跑。"去找羽毛。还有老爸，如果你认为他还没死的话，就去找他。快走。"

胖查理照办了。

鸟墙变形旋转，形成一个鸟的旋风，冲丘比特塑像和下面的男人扑去。胖查理跑进一个门洞，看着黑色龙卷风的底部撞在蜘蛛身上。胖查理感觉自己能够听见兄弟的尖叫声从震耳欲聋的扑翼声中传来。

也许他真听见了。

鸟群随即散去，街道变得空空荡荡。小风戏弄着灰色便道上的几根羽毛。

胖查理站在原地，感觉特别难受。路上的行人没有任何反应，似乎都没看到刚才发生了什么。不知怎的，胖查理知道除了自己以外，确实没人看到那一幕。

雕像下站着个女人，差不多就是他兄弟刚才所在的位置，破旧的棕色大衣在风中飘摆。胖查理走了过去。"听着，"他说，"我说把他弄走，意思只是说让他离开我的生活，不是让你这样对付他。"

她注视着胖查理的脸，什么也没说。那双眼眸中有种猛禽的疯狂，有种非常适合用来恐吓别人的凶残。胖查理努力不被吓住。"我犯了个错误，"他说，"也愿意付出代价。把我带走吧，让他回来。"

鸟女继续盯视着他，随后开口道："不用担心，会轮到你的。安纳西之子。不久以后。"

"你为什么要抓他？"

"我不想抓他，"她说，"我要他做什么？我只是对另一个人负有义务。现在我会把他交出去，然后这义务就结束了。"

报纸飞舞起来，胖查理又成了孤身一人。

第十一章

罗茜学会向陌生人说不，胖查理得到一颗酸橙

胖查理低头看着父亲的墓地。"你在吗？"他大声说，"在的话，就快出来。我要和你谈谈。"

他走到刻有花卉图案的墓碑前，低头看去，也不知道自己在期待什么，也许是一只手从泥土中探出来，一把抓住他的小腿，但没有任何迹象表明会发生类似的事情。

他曾是那么肯定。

胖查理转身向外走去，觉得自己很蠢。就像个游戏节目参赛者，刚用手里的一百万美元错赌了密西西比河比亚马孙河更长。他父亲早就死透了，就像个倒在路边的小动物；而他是在拿蜘蛛的钱打水漂。胖查理坐在儿童墓地的风车下流出眼泪，那些腐坏的玩具比他记忆中的样子更加悲伤，更加孤独。

她站在停车场里等着他，靠在自己的车上，抽着香烟，感觉惴惴不安。

"你好，巴斯塔蒙特夫人。"胖查理说。

她最后抽了一口烟卷，然后把它扔在沥青地面上，用平底鞋碾灭。她穿了一身黑，看上去有些疲惫。"嗨，查尔斯。"

"我本以为如果在这里能见到什么人的话，肯定会是希戈勒夫人，或者邓威迪夫人。"

"卡莉亚娜走了。邓威迪夫人让我来的。她想见你。"

感觉好像黑帮，胖查理心想，绝经期后的妇女组成的黑帮。"她要提出一个我无法拒绝的提议吗？"

"我不这么想。她身体不是很好。"

"哦。"

胖查理钻进租来的车，跟着巴斯塔蒙特夫人的丰田凯美瑞，行驶在佛罗里达街道上。他本来对父亲的事很有把握，坚信自己会发现他还活着，认为他会帮忙……

他们把车停在邓威迪夫人家外面。胖查理看着前院里褪色的塑料火烈鸟和小侏儒，还有那个放在混凝土小方柱上，犹如巨型圣诞树装饰品的红色水晶球。他走到球前，觉得和小时候打破的那个简直一模一样，球面上扭曲的倒影正注视着他。

"这是做什么用的？"他问。

"什么用也没有。她就是喜欢。"

房子里的紫罗兰味浓浓地挂在空中，让人觉得腻烦。胖查理的艾伦娜姑姥姥手袋里总是带着一管紫罗兰糖果，但就算他还是个爱吃甜食的小胖墩时，胖查理也只有在没别的东西可吃的情况下，才会去碰它。这所房子闻起来就和那糖果一个味儿。胖查理已经有二十年没想起过紫罗兰糖果了。他不知道现在是否还有人生产那东西。他不知道为什么会有人生产那东西……

"她在走廊尽头的房间里。"巴斯塔蒙特夫人站定脚步，指了指。胖查理走进邓威迪夫人的卧室。

这张床不大，但邓威迪夫人躺在上面顶多像个特大号洋娃娃。她戴着眼镜，再往上看，是胖查理这辈子见到的第一顶睡帽，一个泛黄的好像茶杯保温套的东西，边上还缀着蕾丝。邓威迪夫人上身靠在小山似的枕头堆上，张着嘴巴。胖查理走进去时，她还在轻轻打鼾。

他咳嗽一声。

邓威迪夫人猛一抬头，睁开眼睛盯着他，然后伸出手指比了比床头柜。胖查理拿起放在上面的水杯，递了过去。她用两只手捧着水杯，就像松鼠拿着一枚坚果，然后慢慢嘬了一大口，这才递回给胖查理。

"我的嘴干死了，"她说，"你知道我有多老吗？"

"呃，"他心想，这是个没有正确答案的问题，"不知道。"

"一百零四。"

"真神奇。你的身体还这么好。我是说，简直不可思议……"

"闭嘴，胖查理。"

"抱歉。"

"也别用这种口气说抱歉，就好像因为弄脏厨房地板挨了骂的小狗。抬起头来。好好看看周围的世界。你听见我说话了吗？"

"是的。抱歉。我是说，没有抱歉。"

邓威迪夫人叹了口气。"他们想把我送到医院去。我跟他们说，你要是到了一百零四岁，就有权利死在自家床上。很久很久以前，我在这张床上造娃娃，也在这张床上生娃娃，要是最后死在别的地方那才见鬼了呢。还有件事……"她闭上嘴，阖上眼帘，慢慢深吸口气。就在胖查理相信她已经睡着了的时候，邓威迪夫人又睁开眼睛说，"胖查理，要是有人问你想不想活到一百零四，千万要说不。浑身上下都疼。浑身上下。就连那些人类还没发现的部位都在疼。"

"我会牢牢记住。"

"别跟我顶嘴。"

胖查理看着白木床上的小老太太。"我应该说抱歉吗?"他问。

邓威迪夫人有些内疚地移开目光。"我对不起你,"她说,"很久以前,我对不起你。"

"我知道。"胖查理说。

邓威迪夫人也许行将就木,但她还是瞪了胖查理一眼,这种眼神足以让五岁以下的孩子尖叫着去找妈妈。"什么叫你知道?"

胖查理说:"我想明白了。也许不是全部,但多少明白了点。我不蠢。"

邓威迪夫人透过厚厚的眼镜凝视着他,然后说:"不,你不明白。我是认真的。"

她伸出一只皱皱巴巴的手。"把水给我,这样感觉好些。"她抿着水,用小小的紫舌头一点点舔。"幸好你今天来了。到了明天,这栋房子里就会塞满痛哭失声的孙子和曾孙子。他们都想让我死在医院里,假模假式地照顾我,好让我给他们遗产。他们不了解我。我活得比自己的所有孩子都久。比他们每个人都久。"

胖查理说:"你想谈谈对不起我的那桩事吗?"

"你不该打碎我花园里的水晶球。"

"当然不该。"

他开始回忆,就像你回忆儿时的往事一样,部分是记忆,部分是记忆的记忆。追着网球跑进邓威迪夫人家前院,到了那里之后,试探着拿起水晶球,看到上面映出的扭曲大脸,察觉到它滚落在石板路上,注视着它碎成千百片玻璃碴儿。他记得苍老有力的手指揪住自己的耳朵,把他拖出前院,拉进房间……

"你把蜘蛛赶走了,"他说,"对吗?"

她使劲抿着嘴,就像一头机械斗牛犬,然后点了点头。"我施了个放逐术，"她说，"没想到会变成这个样子。那年月所有人都知道一点儿魔法。我们没有DVD，也没有手机和微波通信，但我们还是懂得很多。我只想给你个教训。你那时太自以为是了，没完没了的恶作剧、顶嘴和坏脾气。所以我把蜘蛛从你身上揪出来，好给你个教训。"

胖查理把这句话听在耳里，但不明白是什么意思。"你把他揪出来？"

"我把他和你分开。所有的狡诈。所有的淘气。所有的恶作剧。所有这些，"她叹道，"我的错。没人跟我说过，如果你在，呃，在你父亲的血脉身上施加魔法，它就会把一切增强。一切都会被放大。"她又抿了口水，"你妈妈从来都不相信。从没当真。但蜘蛛比你更糟糕。我把蜘蛛赶走之前，你父亲什么都没说。后来他也只是跟我说，如果你自己搞不定，那就不是他儿子。"

胖查理想跟她争辩，想告诉她这全是无稽之谈。说蜘蛛是他的一部分，那就跟说胖查理是大海或者黑暗的一部分一样荒唐滑稽。但他只是说："羽毛在哪儿？"

"你说的是什么羽毛？"

"我从那个有悬崖和洞库的地方回来时，手里攥着根羽毛。你把它怎么着了？"

"我不记得，"她说，"我是个老女人了，一百零四岁。"

胖查理说："它在哪儿？"

"我忘了。"

"请告诉我。"

"我真没拿。"

"谁拿了？"

"卡莉亚娜。"

"希戈勒夫人？"

邓威迪夫人探过身，推心置腹地说："另外那两个，她们还是小姑娘，太轻浮了。"

"我来之前曾给希戈勒夫人打过电话。去墓地前也顺路去过她家。巴斯塔蒙特夫人说她走了。"

邓威迪夫人躺在床上轻柔地前后摇晃，像是要哄自己睡觉。她说："我没多久好活了。你上次离开后，我就不吃固体食物了。我完了。只喝水。有些女人说她们喜欢你父亲，但我早在她们之前就认识他了。那时我还很漂亮，他会带我去跳舞。他会把我举起来旋转。当时你父亲就已经是个老人，但他总能让女孩感觉很特别。你不会感觉像是……"她又喝了口水，双手都在颤抖。胖查理把空杯子从她手中取走。"一百零四岁，"她说，"除了生孩子以外，我从没有一天赖在床上。现在一切都已经结束了。"

"我相信你会活到一百零五岁的。"胖查理挺不自在地说。

"别说这话！"邓威迪夫人一脸警觉地说，"别说！你们一家已经制造不少麻烦了。别再让这些事发生。"

"我和父亲不一样，"胖查理说，"我没有魔力。蜘蛛继承了所有这方面的能力，记得吗？"

她似乎没听见，只是说："那时我们会去跳舞，那是二战之前了，你爹会跟乐队指挥聊上两句，他们经常叫他上台一起唱歌。所有人都会欢笑喝彩。他就是这样施展魔力的。歌唱。"

"希戈勒夫人在哪儿？"

"回家了。"

"她家没人。车也不在。"

"回家了！"

"呃……你是说她死了？"

躺在白床单上的老妇人喘息起来，张着嘴大口大口地吸气。她似乎说不出话，只能冲他打手势。

胖查理说："要我找人帮忙吗？"

她点点头，继续抽气、梗塞、喘息。胖查理跑出去找巴斯塔蒙特夫人，她正坐在厨房，看一台厨台小电视里播放的脱口秀女王奥普拉的节目。"她需要你。"胖查理说。

巴斯塔蒙特夫人走进卧室，回来时手里拿着空水杯。"你跟她说了什么，把她惹成这样？"

"她是病情发作了吗？"

巴斯塔蒙特夫人瞟了他一眼。"不，查尔斯。她在笑你。她说你让她感觉很好。"

"哦，她说希戈勒夫人回家了。我问是不是说她死了。"

巴斯塔蒙特夫人也露出微笑。"圣安德鲁斯，"她说，"卡莉亚娜去圣安德鲁斯了。"她说着在水槽里把杯子接满。

胖查理说："一开始我以为是我对付蜘蛛，你们四个站在我这边。但现在蜘蛛被劫走，成了我对付你们四个。"

巴斯塔蒙特夫人关上水龙头，沉着脸看着他。

"我再也不相信任何人了，"胖查理说，"邓威迪夫人可能是在装病。我一走她没准就会下床来绕着卧室跳查尔斯顿舞。"

"她不吃东西，说是会让胃里不舒服。再也不吃东西填肚皮了。只喝水。"

"她在圣安德鲁斯什么地方？"胖查理问。

"快走吧，"巴斯塔蒙特夫人说，"你们这一家子，在这儿制造的麻烦已经够多了。"

胖查理似乎想要说点什么,但他没有开口,只是转身离去。

巴斯塔蒙特夫人把水杯递给静静地躺在床上的邓威迪夫人。

"南希的孩子恨我们,"她说,"你到底跟他说了什么?"

邓威迪夫人什么也没说。巴斯塔蒙特夫人静心聆听着,直到她确信老妇人还在呼吸,这才摘下邓威迪夫人厚厚的眼镜,放在床边,然后拉过床单盖住她的肩膀。

接下来,她只是在等待结束。

胖查理开着车,也不知道想去什么地方。这两周来,他已经三次横跨大西洋,蜘蛛给的钱也几乎花光了。他独自坐在车里,因为是孤身一人,所以哼起歌来。

他经过了几家牙买加餐馆,忽然注意到一个橱窗上贴着张海报:折价群岛游。他把车停在路边,走了进去。

"我们将以第一流的服务质量满足您所有旅游需求。"旅游代办人用带有歉意的语气,低声说道。医生们通常会用这种口吻向病人解释,患病的肢体需要被截去。

"呃。是的。谢谢。呃。去圣安德鲁斯最便宜的方式是什么?"

"您要去度假吗?"

"算不上。我只想去一天。也许两天。"

"何时出发?"

"今天下午。"

"我猜,您是在开我的玩笑。"

"完全不是。"

一个电脑屏幕承受着故作忧郁的目光。一副键盘承受着手指的敲打。"似乎没有少于一千两百美元的行程。"

"哦。"胖查理消沉地说。

又是一阵敲键声。那人倒吸一口冷气。"这不可能，"他说，"等一下。"一个电话拨了出去。"这价格现在还有效吗？"他在便笺本上草草记下几个数字，然后抬起头来看着胖查理。"如果您能去一周，并且下榻海豚酒店。我可以给您安排个一周的度假行程，只需五百美元，包括在酒店的饭食。航程中只需要花费机场税。"

胖查理眨了眨眼。"这是某种圈套吗？"

"是一项小岛旅游促销活动。跟音乐节有关。我没想到现在还在进行。但是你知道他们是怎么说的啦。你会得到应得的服务。另外在其他地方吃饭，就得花自己的钱。"

胖查理掏出五张皱巴巴的百元美钞，递给那人。

黛西开始感觉自己像是在电影里出现的那种警察：坚韧、顽强，时刻准备打破执法程序的束缚；那种想知道你是觉得幸运，还是想让他的日子好过些的警察；特别是那种会说"我太老了，受不了这种烂事"的警察。她今年二十六岁，已经想跟别人说自己太老了，受不了这种烂事。她很清楚这有多荒谬，多谢关心。

此刻，黛西正站在高级警司坎伯威尔先生的办公室里，她说："是的，长官。圣安德鲁斯。"

"几年前去那里度过假，和前任坎伯威尔夫人一起。很不错的地方。有朗姆酒蛋糕。"

"听起来似乎就是那里，长官。盖特威克机场闭路电视中拍下的肯定是他。用布朗斯坦的名字买的票。罗杰·布朗斯坦飞到了迈阿密，随后转机，直飞圣安德鲁斯。"

"你确定是他？"

"确定。"

"好吧，"坎伯威尔说，"结结实实摆了咱们一道，不是吗？没有引渡条例。"

"我们肯定能做点什么。"

"嗯。我们可以冻结他剩余的账户，没收资产，我们会这样做的。但对我们来说，这就像是一把可溶于水的雨伞，因为他还有很多现款存在我们找不到或是够不着的地方。"

黛西说："但这是作弊。"

坎伯威尔先生看着她，似乎不敢确定自己看到的是什么人。"这不是什么体育竞赛项目。如果他们守规矩，那就跟咱们是一头的了。如果他回来，我们可以拘捕他。"他说着把小橡皮泥人捏成一个球，然后开始压成扁片，捏在食指和拇指之间。"古代的时候，"他说，"罪犯会躲进教堂请求庇护。只要待在教堂里，法律就拿你没辙。就算你杀了人也一样。当然，这会限制你的社交活动。是的。"

他看着罗茜，似乎期待她会转身离开。但她说："他杀了梅芙·利文斯顿，这些年来一直在欺骗自己的客户。"

"所以？"

"所以我们应该把他绳之以法。"

"别让这事儿影响到你。"他说。

黛西心想，我太老了，受不了这种烂事。但她没有开口，这些话只是在脑袋里打转。

"别让这事儿影响到你。"坎伯威尔重复道。他把橡皮泥叠成一个粗略的方形，然后用食指和拇指狠狠压扁。"我就不会让这种事影响到我。应该这么想，假设你是个交警。格雷厄姆·科茨就是辆停在双黄线上的车，但在你给他开罚单之前就开走了。如何？"

"是的，"黛西说，"当然。抱歉。"

"很好。"他说。

黛西走回自己的办公桌，连上警局内部网站，花了几小时检查自己的选择余地。最后，她回到家中。卡罗尔正在看电视剧《加冕街》，吃着微波咖喱鸡肉。

"我要休息一段时间，"黛西说，"度个假。"

"你今年已经没有假了。"卡罗尔理智地说。

"真糟糕，"黛西说，"我太老了，受不了这种烂事。"

"哦。你要去哪儿？"

"我要去抓个骗子。"黛西说。

胖查理喜欢加勒比。他们这里有一条国际航班，但给人的感觉就像是本地公交公司。乘务员会称呼他"亲爱的"，告诉他想坐哪儿就坐哪儿。

他伸直腰板，占了三个位子，然后开始睡觉。在梦中，他走在古铜色的天空下，世界寂静凝沉。他走向一只鸟，比城市还大的鸟。它的眼睛冒火，嘴巴张得老大，胖查理走进那张嘴，一路钻进它的喉咙。

按照梦的逻辑，他来到一个房间。四壁盖满柔软的羽毛和眼睛，圆得像猫头鹰似的眼睛，一眨不眨。

蜘蛛在房子中央，手脚伸展，被绑在一条条像是用鸡颈骨做成的锁链上。它们从房间的各个角落延伸过来，把他牢牢捆住，像是网中的飞虫。

哦，蜘蛛说，是你。

是的，胖查理在梦中说。

骨链拉扯着蜘蛛的肌肤，胖查理可以看到他痛苦的表情。

哦，胖查理说，我还以为会更糟呢。

我不这么想，他兄弟说，我想她有些对付我的计划。对付咱们的计划。我只是还不清楚到底是什么。

它们只是鸟，胖查理说，这计划能有多可怕？

听说过普罗米修斯吗？

唔……

把火带给人类。被诸神惩罚，绑在一块岩石上。每天都有只老鹰飞来吃掉他的肝脏。

那他的肝不就没了吗？

他每天都会长出个新的。神祇就是这样。

房间里有了片刻的沉默，他们注视着彼此。

我会搞定，胖查理说，我会解决。

就像你解决生活中的其他问题，我猜？蜘蛛露齿一笑，但一点儿也不高兴。

我很抱歉。

不，我很抱歉。蜘蛛叹了口气。听着，你有计划吗？

计划？

我把这话理解为否定回答。尽力而为吧。把我弄出去。

你在地狱吗？

我不知道我在哪儿。要我说的话，这是鸟类的地狱。你得把我弄出去。

怎么弄？

你是老爹的儿子，对吧？你是我兄弟。想点办法出来。只要把我弄出去。

胖查理醒了，只觉得浑身颤抖。乘务员递来一杯咖啡，他感激地喝了下去。他现在已经完全清醒，而且不想继续睡觉，于是便读起加勒比航空杂志，学到了很多圣安德鲁斯的有用知识。

他学到圣安德鲁斯并不是加勒比群岛中最小的一个，但确实是人们开列清单时容易遗忘的岛屿之一。1500年左右西班牙人发现了它，这个无人居住的火山岩岛屿上生活着很多动物，更不用说多样性的植物分布了。据说不管你在圣安德鲁斯种什么，最终都能长出来。

它属于西班牙，然后是英国，然后是荷兰，然后又是英国，此后不久，也就是1962年，它终于宣布独立，属于市长F. E. 加勒特。他接管政府，断绝了除阿尔巴尼亚和刚果以外的所有外交关系，以大棒铁腕统治全国。几年后他从床上掉下来，正巧摔断了几根骨头，不幸逝世。他的卧室里驻扎了整整一个班的士兵，他们发誓说所有人都试图阻止加勒特市长的下坠，但都失败了。尽管他们尽了最大努力，但市长到达岛上唯一的医院时就已经死亡。在那以后，圣安德鲁斯由选举出的政府管理，他们以仁治国，是所有人的朋友。

它有几英里沙滩，岛屿中央还有个特别小的雨林。它有香蕉和甘蔗，有个鼓励外国投资和境外银行业务的银行系统，而且完全没有引渡条例，也许除了刚果和阿尔巴尼亚之外。

如果说圣安德鲁斯有什么出名的东西，那就是它的菜肴了。当地居民声称他们在牙买加人之前发明了鸡肉干，在特立尼达岛民之前发明了咖喱羊肉，在巴巴多斯人之前发明了油炸飞鱼。

圣安德鲁斯有两个城镇：东南方的威廉斯镇和北方的纽卡斯尔。它有些街市，只要是岛上生长的东西都能买到；还有几个超市，可以用两倍的价钱买到同样的食物。总有一天圣安德鲁斯会有一座真正的国际机场。

威廉斯镇拥有深水港是福是祸，一时很难判断。但无可争议的是，这个深水港带来了许多游轮，这些漂浮的岛屿塞满游客，他们改变了圣安德鲁斯的经济和面貌，就像他们改变了许多加勒比岛屿的经济一样。在旅游旺季，每天都会有半打游轮停靠在威廉斯镇港湾，数以千计的游客等待下船，伸伸腿脚，买些东西。圣安德鲁斯人满腹牢骚，但他们会迎接游客登岸，向他们兜售货品，填饱他们的肚皮，直到他们一口都吃不下为止，然后再将这些人送回船上……

加勒比航空班机"砰"的一声降落在地，杂志从胖查理手中跌落。他把杂志捡起来，放回面前的椅袋，然后走下飞机，穿过停机坪。

此时已近傍晚。

胖查理叫了辆出租车，从机场开往酒店。在车上，他学到了很多加勒比航空杂志里没提的事情。比如说，他知道了音乐，真正的音乐，地道的音乐，是乡村乐和西部乐。在圣安德鲁斯，就连牙买加塔法里教徒也知道这一点。约翰尼·卡什？他是神。威利·尼尔森[1]？半神。

他还知道了根本没必要离开圣安德鲁斯。出租车司机就觉得完全没必要，而且这件事他已经思考很久了。岛上有个洞库，有座山峰，

1　均为乡村乐名宿。

有片雨林。酒店？有二十家。饭馆？好几十。它有座城市，三个小镇，星罗棋布的村庄。食物？只要是岛上长的，橙子、香蕉、豆蔻，甚至，司机说，还有酸橙。

胖查理说了句"不！"主要是为了让自己参与到谈话之中。但司机似乎把这话看作对他诚实品性的挑衅。他猛踩一脚刹车，把车停到路边，下了车，探身越过一排篱笆，从树上摘了个什么东西，然后又走回出租车。

"看这个！"他说，"谁都不能说我是骗子。这是什么？"

"一颗酸橙？"胖查理说。

"完全正确。"

司机把车开回大路。他告诉胖查理海豚酒店很不错。还问胖查理有什么家人在这岛上吗？他在这儿有熟人吗？

"其实，"胖查理说，"我是来找人的，一个女人。"

司机认为这是绝妙的主意。如果你想找个女人，圣安德鲁斯是最合适的地方。这是因为，他详细阐述道，圣安德鲁斯的女人比牙买加女人身材更好，又不像特立尼达岛人那样寡情薄义。另外，她们还比多米尼加女人更漂亮，而且比你在地球上任何地方找到的女人更会做饭。如果胖查理想找个女人，那他可来对地方了。

"不是泛指的女人。是个特别的人。"胖查理说。

司机说今天算他走运。因为司机认识这岛上的所有人，并且以此为傲。他说，如果你一辈子都待在某个地方，你就能做到这一点。他很乐于打个赌，胖查理绝不可能认识所有英国人。胖查理承认此事千真万确。

"她是我们家的老友，"胖查理说，"她的名字是希戈勒夫人。卡莉亚娜·希戈勒。你听说过吗？"

司机沉默片刻，似乎是在思考。最后他说了声不，他没听说过这个人。出租车停在海豚酒店门外，胖查理付了车钱。

他走进大厅。前台后面站着个年轻女子。他出示了自己的护照和订单号码，顺手把酸橙放在前台上。

"您有行李吗？"

"没有。"胖查理歉疚地说。

"什么都没有？"

"什么都没有。只有这个酸橙。"

他填写了几张单子，女子给了他钥匙，告诉他怎么去自己的房间。

胖查理躺在浴缸中时，敲门声从门外传来。他在腰上裹了条浴巾。来的是个服务员。"您把酸橙落在前台了。"他说着把果子递给胖查理。

"谢谢。"胖查理说。他回去洗完澡，然后躺在床上，做了个不舒服的怪梦。

在崖顶的大宅中，格雷厄姆·科茨也做了些古怪离奇的梦，如果说还不算恼人，至少也是黑暗、不快的。他醒来后总是记不住具体内容，但每天早晨睁开眼睛后，他总会有种模糊的印象：自己整夜都在长草丛间猎捕小动物，用利爪拍击，结果它们的性命，用牙齿撕裂它们的身体。

在梦中，他的牙是毁灭性武器。

他从梦中醒来，心绪烦乱，一整天都摆脱不了隐约萦绕的感觉。

每到早晨，新的一天都会开始。虽然告别过去的生活只有一个礼拜，但格雷厄姆·科茨已经体验到了逃亡者的挫折感。他有个游泳池，这没错；还有可可树、柚子树和豆蔻树；他有满满当当的酒窖和空空荡荡的肉窖，还有个视听中心。他有卫星电视，大量DVD影碟，更不用说艺术品，价值数千美元的艺术品挂满四壁。他有个厨子，每天都来给他做饭；有个园丁和一个管家（这是一对夫妻，每天来工作几小时）。食物很精美，气候——如果你喜欢阳光明媚的温暖天气——完美，但这些事都没让格雷厄姆·科茨体验到他应得的快乐。

他离开英格兰后就没刮过胡子，但现在也没能长成像样的胡须，只有一层薄薄的面须，看起来颇有几分狡诈。他套着个黑眼圈，眼袋黑得好似瘀青。

格雷厄姆·科茨每天早晨在池中游泳，但其他时候都尽量避开阳光。他对自己说，积攒这笔不义之财可不是为了便宜皮肤癌，或是其他任何东西的。

他很想念伦敦。在伦敦，他喜欢的馆子里总能有个服务生会用名字称呼他，并保证他尽兴而归。在伦敦很多人欠他的情，而且很容易就能搞到首映式门票，更何况伦敦也有那些可以举办首映式的剧场。格雷厄姆·科茨过去一直觉得会有个完美的逃亡生活，但现在他开始怀疑自己搞错了。

他觉得这都要怪别人，所以得出结论，这件事全是梅芙·利文斯顿的错。是她把自己引到这条路上来的。她试图敲诈自己。她是个泼妇，是个荡妇，是个贱妇。梅芙落得这个下场都是报应。而且也太便宜她了。如果在电视上接受采访，那格雷厄姆·科茨肯定会用受到伤害的清白语调，向人们解释自己是如何从一个危险的疯婆娘手里保卫财产和荣誉的。说实话，他能活着走出那间办公室都算奇迹……

而且他喜欢当格雷厄姆·科茨。只要还住在岛上，他就得当巴兹尔·芬尼根，这让人苦恼。他不喜欢巴兹尔的感觉。这个身份来之不易——真正的巴兹尔还是婴儿时就死了，生日和格雷厄姆·科茨相差无几。他拥有一份出生证明，附加一封某个虚构的已故牧师的信件，也有护照和身份证。他一直让这个身份保持活跃——巴兹尔有可靠的信用背景。巴兹尔多次出国旅游。巴兹尔看都没看，就在圣安德鲁斯买了所豪宅。但在格雷厄姆心中，巴兹尔一直是在为他打工，可现在仆人却成了主子。巴兹尔·芬尼根把他生吞活剥了。

"如果我在这儿待下去，"格雷厄姆·科茨说，"会发疯的。"

"您说什么？"管家手里拿着掸子，从卧室门口探出头来。

"没什么。"格雷厄姆·科茨说。

"好像是说这么待下去您要发疯了。您应该去散散步。散步对您有好处。"

格雷厄姆·科茨不想散步，他手下有人替他干这活儿。但是，他心想，也许巴兹尔·芬尼根想去散步。他戴上宽边帽，把拖鞋换成运动鞋，拿上手机，告诉园丁接到电话后就来接他，然后从崖顶别墅出发，去往最近的城镇。

这是个很小的世界。你不需要活得特别久，就能发现这个事实。有种理论说，整个世界上只有五百个真正的人（姑且视作演员；而其余的人，这个理论认为，都是临时演员），不仅如此，他们还都认识彼此。这是真的，或者说迄今为止都是真的。在现实中，世界是由成千上万个五百人团体组成，所有人这一辈子都在和熟人偶遇——如果试图避开彼此，结果就会发现他们同时出现在北美范库弗峰的茶室中。这一过程遵循着某种不可规避的宿命法则。这甚至不算巧合，只是世界的运转方式，与个体无关，也与行为无涉。

格雷厄姆·科茨走进威廉斯镇路边的一个小咖啡厅，准备点杯软饮料，找个地方坐下，打电话给园丁，让他来接自己回去。

他点了一杯芬达，找了张桌子坐下。这地方人特别少。只有两个女人，一个年轻，一个年老。她们坐在对面的角落里，喝着咖啡，写着明信片。

格雷厄姆·科茨望着马路对面的海滩。这里是天堂，他想。也许他应该多参与些当地的政治活动——也许是以艺术赞助人的身份。他已经向岛上的警察局捐献了几笔实实在在的款项，也许有必要确认一下……

一个惊奇的声音在他身后响起，试探着说："科茨先生？"他的心一下子提到了嗓子眼。年轻女子在他身边坐下，露出最温暖的微笑。

"没想到会在这儿遇见您，"她说，"您也在度假？"

"差不多吧。"他完全不知道这个女人是谁。

"你肯定记得我，对不对？罗茜·诺亚，我过去一直和胖……和查理·南希在一起。嗯？"

"哦！罗茜。是的。当然。"

"我是坐游船来的，和我妈妈一起。她还在写明信片。"

格雷厄姆·科茨回头看了一眼小咖啡厅对面的角落，有个很像穿花裙子的南美木乃伊的东西正盯着自己。

"说实话，"罗茜继续说，"我不太习惯游轮。十天时间，从一个岛到另一个岛。很高兴能看到张熟面孔，不是吗？"

"确实，"格雷厄姆·科茨说，"我听你的意思是说，你和我们的查尔斯已经，嗯，结束了？"

"是的，"她说，"我想你没搞错。我是说，我们结束了。"

格雷厄姆·科茨表面上露出同情的微笑。他拿起芬达和罗茜一起走到角落里的餐桌。罗茜的母亲散发着恶意，就好像一台散发冷气的冷却机。但格雷厄姆·科茨非常迷人，绝对友善，而且对她的每个话题都表示赞同。这些游轮公司自以为可以逃脱处罚，完全是异想天开；游轮管理部门的拖拉作风，简直令人作呕；这些岛上的娱乐项目之少，绝对不可思议；而且，不管怎么说，他们自以为游客们会一直忍耐下去，这简直是蛮横无耻；十天没有一个浴缸，只有小得可怜的淋浴。骇人听闻。

　　罗茜的母亲还说了她对某些美国游客所持的愈加强烈的恨意。就格雷厄姆·科茨的理解，他们最主要的罪行包括：在游轮自助餐厅往盘子里盛过多的食物，以及在后甲板游泳池旁晒太阳浴；从第一天起，诺亚夫人就已然断定，这地方毫无疑问是属于她的。

　　刻薄话不断从他耳中流过，格雷厄姆·科茨频频点头，发出同情的声音，各种不屑的、赞同的、抱怨的声音。最终罗茜的母亲决定放弃对陌生人和胖查理相关人士所抱持的双重反感。她不停地说啊说，说啊说。格雷厄姆·科茨心不在焉地听着，脑袋里打着自己的算盘。

　　格雷厄姆·科茨心想，如果有人在这个时间返回伦敦，通知当局格雷厄姆·科茨曾出现在圣安德鲁斯，那就麻烦了。总有一天他会被人发现，这是无可避免的，但这种无可避免的事情，也许可以被推迟。

　　"让我，"格雷厄姆·科茨说，"至少为您的一个问题提供解决方案。我有一所度假别墅距离此处不远。在我看来还算是所相当不错的房子。而且如果说有什么东西富余的话，那就是它的浴室了。您愿意去享受一下吗？"

　　"不，谢谢了。"罗茜说。要是她同意的话，可以想象母亲会指出她们今天下午要返回威廉斯镇港口登船，而且会斥责她随便接受一个几乎从未谋面的陌生人的邀请。所以罗茜说不。

"您真是太善良了，"诺亚夫人说道，"我们感激不尽。"

没过多久，园丁就把黑色奔驰停在门外，格雷厄姆·科茨为罗茜和诺亚夫人打开后车门。他向两人保证，绝定会在最后一班驳船返回游轮之前，把她们送回港口。

"去哪儿，芬尼根先生？"园丁问。

"回家。"他说。

"芬尼根先生？"罗茜问。

"这是个老姓氏，"格雷厄姆·科茨说，他相信这句话没错。芬尼根肯定是某个家族的姓氏。他关上后门，走到前门旁。

梅芙·利文斯顿迷路了。一开始进展顺利：她想回在庞蒂弗拉克特的家，结果出现一阵微光一股强风，随着这道灵风，她就到家了。梅芙在屋子里最后转了一圈，然后走回秋日暖阳。她想看看在美国拉伊市的妹妹，结果转念之间，她已经到了拉伊的一处公园，看着妹妹正在遛斯宾格猎犬。

感觉简单得很。

但当她决定去找格雷厄姆·科茨时，事情全乱了套。她转眼间回到了奥德乌奇街办公楼，然后又到了帕里路的一所空房子，她记得十年前格雷厄姆·科茨曾在这儿举办过一场小型晚宴，然后……

然后她就迷路了。不论她想去什么地方，都只会让事态变得更糟。

她不知道自己现在何处。似乎是某个花园。

一场雷阵雨把这地方浇得透湿，但对她却毫无影响。此刻地面冒着热气，梅芙知道这里肯定不是英国。天空逐渐变黑了。

她坐在地上，开始抽泣。

嗨，她对自己说，梅芙·利文斯顿，打起精神来。但她却抽泣得更加厉害了。

"你要纸巾吗？"有人问。

梅芙抬起头。一位戴顶绿帽子，留着笔杆粗细的小胡子的老绅士，正递给她一张纸巾。

她点点头，随后说道："不过估计完全没用。我根本碰不到它。"

他同情地笑了笑，把纸巾递过来。纸巾并未从她指间掉落，所以梅芙用它擤了下鼻子，又抹了抹眼睛。"谢谢。很抱歉。我就是有点受不了。"

"常有的事，"男人用品评的目光上上下下打量着她，"你是什么？罗刹？"

"不，"她说，"我想不是……罗刹是什么？"

"就是鬼。"他说。这个留着小胡子的男人，让梅芙联想起爵士乐手卡布·卡洛维，也可能是演员唐·阿米奇，反正就是那些上了年纪但仍是明星的人。不管这个老人是谁，反正他也有种明星气质。

"哦，是的。对，我是鬼。呃，你呢？"

"差不多，"他说，"反正我已经死了。"

"哦。我能冒昧地问一句这是什么地方吗？"

"我们在佛罗里达，"他说，"一个墓地。幸好你遇见我了，"他补充道，"我正要去散步。要一起来吗？"

"你不待在墓地里吗？"她犹豫地问。

"太无聊了，"老人说，"我想出来走走也不错。也许再钓钓鱼。"

梅芙迟疑片刻，然后点点头。能有人说说话总是好的。

"你想听个故事吗？"老人问。

"不太想。"梅芙承认。

男人扶她起来，带她走出憩园。

"那好吧。我尽量简短地说。不会讲太长。你知道，我讲故事能讲上好几个星期呢。全都取决于细节——应该加入什么，不该加入什么。我是说，如果你把天气和人们的穿着省去，就可以跳过一半的故事了。我曾经讲过一个……"

"哦，"梅芙说，"如果你想讲故事，就直接讲给我听吧，好吗？"走在夜幕低垂的路边就够糟的了。虽然她提醒自己，已经不用担心被过路的车辆撞到，但这无助于缓解紧张情绪。

老人用柔和的语调讲了起来。"我说到'老虎'的时候，"他说，"你要明白不光指那种条纹大猫，印度的那种。这个词是人们对所有大猫的称呼——美洲狮和北美大山猫和美洲豹和所有这些动物。明白吗？"

"当然。"

"很好。那么……很久以前，"他开始讲道，"老虎拥有故事。所有的故事一度都是老虎的故事，所有的歌都是老虎的歌，而且我敢说所有的笑话也都是老虎的笑话，不过在老虎的年代里，没人讲笑话。在老虎的故事中，所有内容都是你的牙齿多么有力，你如何捕猎，如何杀戮。老虎的故事没有温情，没有恶作剧，也没有平和。"

梅芙努力想象着一只大猫会讲什么故事。"也就是说它们很暴力？"

"有时是的。但大多数情况下，它们很坏。所有的故事和所有的歌都属于老虎的年代，对所有人来说都是个坏年景。人们的性情总会受周围的故事或歌曲的影响，特别是当他们没有自己的歌时。在老虎的日子里，所有歌都是黑暗的。它们始自泪水，终于鲜血；而且世界上的人们只知道这些故事。"

"然后安纳西出现了。我猜你肯定知道安纳西的一切……"

"我不这么想。"梅芙说。

"哦。如果我开始讲安纳西多么聪明、多么潇洒、多有魅力、多么狡猾，那可以从今天开始，一直讲到下周四。"老人说。

"那就别讲了，"梅芙说，"就当作已经讲过了吧。这个安纳西做了什么？"

"安纳西赢得了故事——赢得？不，这是他应得的。他把故事从老虎手中夺了过来，同时让老虎无法再进入实界。至少肉身不行。人们讲述的故事变成了安纳西的故事。这是，呃，一……一万五千年前。

"于是，安纳西的故事中有风趣，有诡计，有智慧。于是，全世界所有人都不再关心捕猎，或是被捕猎。他们开始思考解决问题的方法——有时也会思考如何制造更麻烦的问题。他们还是得填饱肚子，但现在人们会努力寻找不用费力就能吃饱的途径。而这正是人们运用头脑的开始。有些人以为最初的工具是武器，这完全是本末倒置。首先，人们会设计出工具。每次拐杖都会在棍棒之前诞生。因为人们讲的是安纳西的故事，他们开始考虑如何得到亲吻，如何凭借更聪明更有趣的优势，达到不劳而获的目的。这就是他们改造世界的开始。"

"这只是个传说罢了，"梅芙说，"这些故事一开始就是编出来的。"

"这有什么区别吗？"老人问，"也许安纳西只是某个故事里的家伙，出现在世界之初的非洲。某个腿上趴着黑蚁的小男孩，把拐杖戳在泥里，编出了一个柏油做的男人的傻故事。这有什么区别吗？人们会对这些故事作出反应。他们会亲口讲述。故事渐次传播，当人们讲述故事时，它们也会改变讲故事的人。因为过去人们只知道躲避狮子，只知道离河流远点以免变成鳄鱼口中食，但现在他们开始梦想一个全新的家园。这个世界也许没变，但壁纸已经更换。对吗？人们的故事始终如一，还是那个生老病死的基调，但现在故事的意义已经和从前不同了。"

"你是想说，在安纳西的故事诞生之前，世界是邪恶野蛮的？"

"对。完全正确。"

梅芙思索片刻。"好吧，"她高兴地说，"那么故事属于安纳西确实是件大好事。"

老人点点头。

接着她又说："老虎不想把它们夺回去吗？"

他点点头。"他想夺回去，已经想了一万年。"

"但他不会得逞的，对吗？"

老人一言不发，凝视远方，最终耸了耸肩。"要是他成功，那可就糟糕了。"

"安纳西怎么样了？"

"安纳西死了，"老人说，"一个罗刹可做的事情不多。"

"作为罗刹，"她说，"我很讨厌这一点。"

"哦，"老人说，"鬼魂不能碰触生灵。记得吗？"

梅芙思忖片刻。"那么我能碰什么？"她问。

老人苍老的面容上闪过的表情既狡猾又淘气。"哦，"他说，

"你能碰到我。"

"我告诉你，"梅芙明确地指出，"我可是个有夫之妇。"

老人的笑容更加灿烂。这是个甜蜜温柔的微笑，既动人又危险。"一般来说，婚约的有效期都会中止在'直到死亡将我们分开'。"

梅芙不为所动。

"问题是这样的，"老人说，"你是个虚体女孩，只能碰触虚体的东西。比如我。我是说，如果你愿意的话，咱们可以去跳舞。这条街上有个地方不错。没人会注意到一对鬼魂出现在舞池中的。"

梅芙想了想。她已经很久没出去跳舞了。"你跳得好吗？"她问。

"我从没听舞伴抱怨过。"老人说。

"我想找个人——活人，他叫格雷厄姆·科茨，"梅芙说，"你能帮我找到他吗？"

"我肯定会为你指明方向，"他说，"那么，你想跳舞吗？"

微笑出现在她的唇角。"你邀请我吗？"她说。

拴住蜘蛛的链子松脱了。灼人的痛苦持续不断，好似全身上下都牙疼得厉害，但此时疼痛也开始消退。

蜘蛛往前迈了一步。

前方的天空出现一条裂缝，他走了过去。

他看到前面有一座岛。岛中央有座小山。他看到纯蓝的天空，摇曳的棕榈树，白色海鸥在高空翱翔。但就在他注视的同时，这景象仿佛也在后退。就像是从倒置的望远镜中看到的一样。它不断缩小，渐渐远逝。蜘蛛越往前跑，小岛似乎离得越远。

它变成了水洼中的倒影，最后消失无踪。

他在一个洞穴中。万物的边缘都很明晰——比蜘蛛过去见过的任何景象都要锋锐明晰。这地方可不同寻常。

她站在洞口，挡在蜘蛛和外界之间。蜘蛛认识她。这人曾在南伦敦一个希腊餐馆中凝视他的面庞，鸟群从她嘴里不断往外冒。

"你知道，"蜘蛛说，"我不得不说，你对热情好客这个词的理解非常古怪。要是你到我的世界来，我会为你做晚餐，开一瓶酒，放些轻柔的音乐，让你过一个永远难忘的夜晚。"

她的面孔毫无表情，好像是从黑岩石中雕刻而成。轻风掀动着棕色旧大衣的边角。她开口了，声音高挑孤寂，仿佛一只海鸥在远方啼叫。

"我捉到你了，"她说，"现在，你可以召唤他。"

"召唤他？召唤谁？"

"你会哀叫，"她说，"你会悲号。你的恐惧会让他兴奋。"

"蜘蛛不会哀叫。"但他也不敢确定。

亮如黑曜石的双眸凝视着他。它们像两个黑洞，什么也不放过，包括信息。

"如果你杀了我，"蜘蛛说，"我的诅咒会加诸在你身上。"他也不知道自己有没有诅咒，也许有。如果没有的话，他也可以假装有。

"要杀你的并不是我。"她说着抬起手来。那并不是手，而是猛禽的利爪。她用爪子划过蜘蛛的脸，一路划到胸口。锐利的爪尖割开他的皮肤，刺入他的肌肉。

不疼，但蜘蛛知道很快就要疼起来了。

血珠湮红了他的胸口，从脸上滴落。他的双眼刺痛。鲜血碰到嘴唇。蜘蛛可以尝到它的味道，也能闻到它的铁腥味。

"现在，"她的声音仿佛远方鸟群的鸣叫，"现在你的死亡开始了。"

蜘蛛说："我们都是讲道理的人。让我给你提一个更为可行的替代方案，也许能让我们双方受益。"他说这话时脸上带着轻松的笑容，语气非常有说服力。

"你说得太多，"她摇摇头说，"别再说了。"

她把利爪伸进蜘蛛的嘴，狠狠一扯撕掉他的舌头。

"好了。"她似乎有点可怜他，几乎算是温柔地摸了摸蜘蛛的面庞，"睡吧。"

他睡着了。

罗茜的母亲已经洗完澡，重新振作精神，显得活力十足、神采奕奕。

"在我送你们去威廉斯镇之前，能否带你们随便看一下这所房子？"格雷厄姆·科茨说。

"我们必须回船上去了，但还是非常感谢。"罗茜说。她没能说服自己在格雷厄姆·科茨的宅院里洗个澡。

诺亚夫人看了看表。"我们还有九十分钟，"她说，"回港口用不了十五分钟。别太没礼貌了，罗茜。我们很乐意欣赏一下您的房子。"

格雷厄姆·科茨向她们展示了起居室、书房、图书馆、电视间、饭厅以及游泳池。他打开了厨房楼梯下面的一扇感觉仿佛是通向杂物间的门，然后领着客人们走下木质阶梯，来到酒窖。这里四壁全是岩石。格雷厄姆向她们展示了窖藏的美酒，大部分都是连同这所宅子一起买下的。他领着两位客人走到酒窖尽头一个光秃秃的空间，早在电冰箱诞生之前，这里曾是个储肉窖。肉窖里总是阴冷刺骨，沉重的铁链从屋顶垂下来，末端的空钩子以前曾挂过整扇的畜肉。格雷厄姆·科茨礼貌地扶着厚重铁门，让两位女士走了进去。

"不好意思，"他友善地说，"我刚想起来。电灯开关在我们进来的地方。请等一下。"他说着把门撞上，又上了门闩。

格雷厄姆从酒架上拿起一瓶落满尘灰的1995年莎碧一级葡萄园。

他轻快地走上楼梯，告诉三名员工这周放他们的假。

他走到楼上的书房时，感觉有什么东西悄悄跟在自己身后，但回身看去却什么也没有。奇怪的是，他觉得这种感觉很惬意。格雷厄姆·科茨找来开瓶器，拔下瓶塞，给自己倒了杯白色酒液，喝了下去。虽说以前没喝过多少红酒，但他此刻却希望杯中的酒水能更浓更深。应该是，他心想，血的颜色。

格雷厄姆·科茨喝完第二杯莎碧后，意识到之前怪错了对象。他现在才发现，梅芙·利文斯顿只是个被愚弄的笨蛋。不，该责怪的人是胖查理，此事显而易见，不容辩驳。若不是他在捣乱，若不是他非法入侵了格雷厄姆·科茨办公室的电脑系统，格雷厄姆·科茨就不会在这儿，变成个流亡者，就好像金头发的拿破仑被迫隐居在一个阳光灿烂、风景如画的厄尔巴岛[1]。他不会陷入如此窘境，把两名女子囚禁在自家肉窖里。如果胖查理到这儿来，他心想，我会用牙齿撕开他的喉咙。这个想法令他震惊，也让他兴奋。谁也别想找格雷厄姆·科茨

---

1 拿破仑昔日被流放的领地。

的麻烦。

夜幕降临，他透过窗子，看到"尖叫攻击号"从崖顶大宅前经过，向落日方向驶去。格雷厄姆·科茨想知道船上的人要过多久才会注意到有两名游客失踪了。他甚至冲游轮挥了挥手。

第十二章

胖查理首次尝试了几件事

海豚旅馆有个门房。他年纪很轻，戴着眼镜，手里捧着本平装小说，封面上有一枝玫瑰和一柄手枪。

"我想找个人。"胖查理说。

"谁？"

"一位名叫卡莉亚娜·希戈勒的夫人。她是从佛罗里达来的，是我家的老朋友。"

年轻人若有所思地合上小说，眯起眼睛看着胖查理。平装本小说中的角色露出这种表情时，立刻给人一种察觉到危险的印象。但在现实中，它仅仅让门房给人一种努力不要睡着的印象。他说："你是带酸橙的那个人吗？"

"什么？"

"带酸橙的人？"

"是的，我想指的就是我。"

"让我看看，成吗？"

"我的酸橙？"

年轻人郑重其事地点点头。

"不，不行。我把它留在房间里了。"

"但你就是带酸橙的那个人。"

"你能帮我找到希戈勒夫人吗？这岛上有叫希戈勒的人吗？你有没有电话簿可以给我看看？我本以为卧室里会有一本的。"

"你要知道，这是个很普遍的名字。"年轻人说，"电话簿也没用。"

"有多普遍？"

"嗯，"年轻人说，"比方说，我叫本杰明·希戈勒。前台后面那个，她叫阿米丽拉·希戈勒。"

"哦。好吧，这岛上叫希戈勒的可真不少。我明白了。"

"她是来岛上参加音乐节的吗？"

"什么？"

"它将持续一周时间。"年轻人递给胖查理一个小册子，上面写道威利·纳尔逊（取消）将领衔圣安德鲁斯音乐节。

"他为什么不来了？"

"和加思·布鲁克斯的原因相同。打一开始就没人通知他们这件事。"

"我不认为她会去参加音乐节。我急需找到她。这位夫人手上有些我要找的东西。听着，如果你是我的话，该怎么找她？"

本杰明·希戈勒从抽屉里掏出一张小岛地图。"我们在这儿，就在威廉斯镇南部……"他开始用一支油笔在纸上做标记，为胖查理制订出一整套行动计划：他把小岛分成若干区域，骑车的人用一天时间可以很轻松地逛完任何一个区域；他还把每个朗姆酒店和咖啡厅的位置用小叉标了出来，在每个旅游景点旁边画上了圈。

然后他租给胖查理一辆自行车。

胖查理蹬着车朝南方前进。

圣安德鲁斯有自己的资讯流通渠道，这一点对于认为椰子林和移动电话应该互相排斥的胖查理来说，是始料未及的。不论他跟谁打听都没区别：在树荫下玩跳棋的老人；胸脯像西瓜，屁股如扶手椅，笑声仿佛知更鸟的女人；旅游办事处通情达理的少女；头戴绿红黄三色编织帽，身穿类似羊毛超短裙的衣物，留大胡子的牙买加塔法里教徒。他们都会作出同样的反应。

"你是带酸橙的人？"

"我想是的。"

"给我们看看你的酸橙。"

"我把它放在酒店里了。听着，我在找卡莉亚娜·希戈勒。她大概六十岁。美国人。手里拿着个大咖啡杯。"

"没听说过。"

胖查理很快就发现，在岛上骑自行车相当危险。圣安德鲁斯的主要交通工具是小公共汽车：没执照，不安全。它们在岛上疾驰而过，嘟嘟地按着喇叭，吭吭地踩着刹车，转弯时两轮着地，要依靠乘客的重量保证车辆不至于翻倒。要不是每辆小公共汽车的音响系统里都会播放嘈杂的鼓与贝斯乐，头天上午胖查理估计要死上个十来次：他甚至在听到引擎声之前，胃部就会感到这种电子舞曲在作怪，所以倒有足够的时间把自行车骑到路边。

虽说胖查理问过的人全帮不上忙，但至少他们都非常友善。胖查理头一天在岛屿南方探索，他曾几次停车，灌满自己的水瓶。无论是在咖啡厅还是私人住宅，每个人都很高兴见到他，不过他们都不知道希戈勒夫人的任何情况。他夜里按时回到海豚酒店吃晚餐。

第二天胖查理向北方进发。临近傍晚，在返回威廉斯镇的路上，他停在一处山顶，下了车，把车推到一所俯瞰港湾的豪宅入口处。他按下对讲器按钮，问了声好，但没人应声。车道上停着一辆黑色大轿车。胖查理心想这地方也许没人，但二楼一个房间的窗帘动了一下。

他又按了下按钮。"您好，"他说，"我只想问问能不能在这儿灌满水瓶。"

没人搭腔。也许窗户后面有人只是他的幻想，这地方很容易让他产生幻想。胖查理已经开始想象自己正受到监视，不是被宅子里的人，而是被路边草丛中躲着的什么人或是什么东西。"抱歉打扰您。"他冲对讲器说了一声，然后重新骑上车。从这里到威廉斯镇一路都是下坡。他相信会路过一两家咖啡厅，或是别的宅院——一户友善的人家。

路边的悬崖倾向大海形成了陡峭山坡。在下山的路上，一辆黑色轿车从他后面开过来，随着一阵轰鸣开始加速。太迟了，胖查理意识到司机没看到自己。车把在轿车上剐出了长长一条痕迹，胖查理和自行车一起栽下路面。黑色轿车继续向前驶去。

胖查理在半山腰站起身来。"差点儿就麻烦大了。"他大声说道。自行车扶把已经变形。他把车子拉上山坡，回到路上。一阵低沉的贝斯声预示着一辆小公共汽车正在接近，他挥手让车停下。

"能把我的自行车放在后面吗？"

"没地方。"司机说道。但他从座位底下揪出几根松紧绳，把自行车绑在了汽车顶上，然后微笑着说，"你肯定是带酸橙的英国人。"

"我没带在身上。搁在酒店里了。"

胖查理挤进汽车，隆隆的贝斯声不可思议地变成了深紫乐队的《水上烟波》。胖查理挤到一个大腿上放着只小鸡的胖女人身边。在他身后，两个白人女孩正叽叽喳喳地讨论她们昨天晚上参加的几个派对，还有假期中接触下来的临时男友们的短处。

胖查理看到一辆黑色轿车——一辆奔驰——开上大路。车体一侧有条很长的划痕。他感到内疚，希望自己的自行车没把漆皮划得太狠。轿车车窗颜色特别深，让人感觉像是无人驾驶似的……

一个白人女孩拍了拍胖查理的肩膀，问他知不知道今晚岛上有没有好玩的派对，得到否定答复后，便开始给他讲两天前在一个洞穴中参加的聚会，那里有游泳池、音响系统、灯光和一切的一切。所以胖查理完全没注意到黑色奔驰跟着小公共汽车驶进了威廉斯镇，而且等到他把自行车从车顶取下来（"下次，你应该带上酸橙"）抬回酒店大厅时，才向前开走。

轿车随后返回了崖顶大宅。

门房本杰明检查了一遍自行车，告诉胖查理不用担心，他们会把它修好，明天早晨就能焕然一新了。

胖查理回到颜色仿佛海底的酒店房间，他的酸橙坐在柜子上，像一尊小小的绿色佛陀。

"你真没用。"他对酸橙说。这不公平。它只是个酸橙，根本没有特别之处。它已经尽力而为了。

故事就像蛛网，将一根根丝线相连，你可以跟着每个故事到达它的中心，因为中心就是结局。每个人都是一串故事。

比如说黛西。

如果性格中没有理性的一面，黛西不可能在警队干这么长时间。几乎所有人看到的都是这一面。她尊重法律，尊重规则。她明白有很多规则都非常专断——比如说规定哪里可以停车，或是商店什么时间可以开门——但就连这些规则，也都有益大局。它们让社会稳定，让事物安全。

她的室友卡罗尔认为她发疯了。

"你不能说一声要去度假，然后就这么走了。这行不通。你又不是电视剧里的警察，不可能跟着一条线索满世界跑。"

"哦，我没这意思，"黛西狡辩道，"我只是去度假而已。"

她这话说得如此真诚，心中那个理智的警官被吓得哑口无言，过了一会儿才开始向她解释到底哪里做得不对。从指出此时出国完全是未经许可的旷工行为开始——这等于玩忽职守，理智的警官嘟囔道——并从这里发散开去。

她一路解释到机场，然后横跨大西洋。它指出就算黛西能设法避免在档案中添上一笔不可磨灭的污点，更不考虑也许会被赶出警队的问题，就算她找到了格雷厄姆·科茨，也完全是束手无策。英国皇家警察对在外国领土实施的绑架行为决不轻饶，更不用说逮捕了。而且她对于劝告格雷厄姆主动返回英国也完全没有信心。

黛西走下从牙买加起飞的小飞机，品尝到圣安德鲁斯的空气——辛烈、潮湿、泛着泥土气息，几乎有点甜味——理性的警察终于不再唠叨什么"你现在的所作所为是全然失控的疯狂举动"。这是因为它被另一种声音彻底淹没了。"坏蛋们小心了！"那声音唱道，"小心了！留神了！所有的坏蛋！"黛西踩着它的节拍大步前进。格雷厄姆·科茨在奥德乌奇街的办公室里杀了一个女子，然后离开英国，逃脱法律的惩处。他几乎是在黛西眼皮底下干了这些勾当。

黛西摇摇头，找到行李，兴致勃勃地跟入境检察官说自己是来度假的，然后走向出租车站。

"我要找个不太贵的酒店，但也不要脏兮兮的那种。"她对司机说。

"我知道个地方正适合你，亲爱的，"他说，"进来吧。"

※

蜘蛛睁开眼，发现自己被脸朝下拴在地上。双臂捆在一根扎在前方泥土里的大木桩上，双腿无法移动，也不可能扭过头去观察后方的情况，但他敢打赌，双腿肯定也被绑住了。蜘蛛试图从地上爬起来，但这个举动让伤口疼得发烫。

他张开嘴，暗色的血水淌进灰土，把地面打湿。

他听到一个声音，便尽可能扭过头去。一位白人妇女正好奇地低头看着他。

"你还好吗？傻问题。看看你这副样子。我想你也是个罗刹。我说得对吗？"

蜘蛛想了想。他不觉得自己是个罗刹，便摇摇头。

"如果是罗刹，也没什么不好意思的。显然，我就是个罗刹。我过去从没听过这个词，但在路上遇到了一位很有风度的老绅士，他跟我讲了这些。让我看看能不能帮上什么忙。"

她蹲在蜘蛛身旁，伸手去解他的绑绳。

她的手一下子穿过了蜘蛛的身体，他能感到这些手指，就像丝丝薄雾抚过自己的肌肤。

"恐怕我根本碰不到你，"她说，"不过这就意味着你还没死。所以高兴点吧。"

蜘蛛希望这位古怪的鬼妇人赶快离开。他都没法集中精神了。

"总之，我把一切都搞清楚之后，就决定留在凡间，向杀害我的凶手复仇。我跟莫里斯——他出现在赛芙莱兹百货商场的电视屏幕里——解释过了，他觉得我搞错了重点，应该把这些俗事都抛开。但我跟你说，要是他们以为我会忍下这口气，那可就大错特错了。不是有很多先例吗？如果有机会的话，我也能成为宴会上的班柯[1]。你能说话吗？"

蜘蛛摇摇头，鲜血从他的额头流进眼睛，刺痛难忍。蜘蛛想知道自己要用多长时间才能长出一条新舌头。普罗米修斯每天都会长出个新肝脏，蜘蛛坚信肝脏要比舌头复杂得多。肝脏要处理化学反应——胆红素、尿素、生化酶，所有这些玩意儿。它要分解酒精，这可得费上不少工夫啊。而舌头所做的就是说话。好吧，当然了，还有舔……

"我不能继续闲聊了，"金发鬼妇人说，"估计还有很长的路要走。"她说着转身离去，渐渐褪色。蜘蛛抬起头看着她从一个实界穿梭到另一个实界，就像照片在阳光下褪掉颜色。他试图把她喊回来，但只能发出些沉闷的不连贯的哼哼。那种没有舌头就能发出的声音。

他听到一声鸟叫从远处传来。

蜘蛛拽了拽绑绳。它们很结实。

他发现自己再次想起，罗茜讲过的乌鸦从山狮口中救人的故事。这个故事让他脑袋发痒，比脸部和胸口的爪痕更加严重。集中精神。那个人躺在地上，读书或是在晒太阳浴。乌鸦在树上啼叫。灌木丛中趴着一只大猫……

这个故事重塑了自身的形状，蜘蛛终于明白了。什么都没变，只

1　莎士比亚悲剧《麦克白》中的人物，被麦克白下令杀死，后以鬼魂显灵，使麦克佩斯暴露自己的罪行。

是你如何看待这些元素之间的关系。

假如，他想，这只鸟不是在警告那人有只大猫正在接近呢？假如它是在通知山狮这里有个人——死了或是睡着了或是快咽气了。大猫只需要把他结果掉，然后乌鸦就可以饱餐一顿剩下的……

蜘蛛张开嘴发出呻吟，鲜血从口中流出，混进了泥泞的黏土。

实界逐渐稀薄。在那个地方，时间流逝。

蜘蛛感觉怒火中烧，他抬起头，向后扭去，看着周围飞舞尖叫的鬼魅鸟群。

他想知道这是什么地方。不是鸟女古铜色的宇宙，不是她的洞穴，也不是过去被蜘蛛视作真实世界的地方。但这里离真实世界很近，近到如果他没被绑在地上，就可以伸手触摸；近到几乎可以尝到它的滋味，或者说假如嘴里没有充满血腥味就能尝到。

蜘蛛坚信自己心智健全，这种坚定的信念通常只有在那些自认为是朱利叶斯·恺撒，自认为注定要拯救这个世界的人身上才能见到。但如果没有这种坚定的信念，他可能会以为自己发了疯。首先他看到一个自称是罗刹的金发女子，现在又听到了说话声。反正他听到了一个人在说话。罗茜在说话。

她在说："我不知道。我本以为是来度假的，但看看那些一无所有的孩子，真是让人伤心。他们需要的东西太多了。"接着，在蜘蛛试图评估这句话的重要性时，罗茜又说："真不知道她还要在浴室里待多久。幸好您这儿有足够的热水。"

蜘蛛想知道罗茜的话是否有什么重要意义，是否蕴藏着让他脱离困境的钥匙。他对此表示怀疑，但还是努力倾听，揣摩着轻风会不会把更多话语带到这个世界。可除了后下方的浪花拍打声以外，他什么都听不见，只有寂静一片。这是种很特别的寂静。正如胖查理过去想象过的那样，这世上有很多种寂静。墓地有它们的寂静，太空有它的寂静，山巅也有它们独特的寂静。眼前这种是狩猎的寂静，追踪的寂静。在这片寂静中，有什么东西在移动。它的脚掌如天鹅绒般柔软，肌肉像金属弹簧一样盘卷在皮毛之下，颜色像长草丛间的黑影。它不会让你听到任何它不想让你听的声音。它是一种在蜘蛛身前来回游移的寂静，缓慢而无情，每换一次位置就接近一分。

蜘蛛在寂静中听到了它的存在，只觉脖子后面汗毛倒竖。他把鲜血吐到脸旁的尘土中，默默等待着。

在崖顶别墅里，格雷厄姆·科茨来回踱步。他从卧室走到书房，然后下楼来到厨房，又返回进了图书馆，最后从图书馆回到卧室。他在生自己的气，怎么会那么蠢，竟以为罗茜的出现是个巧合？

当蜂鸣器发出声音，他从闭路电视里看到胖查理那张空洞无神的面庞时，就什么都明白了。不会有错，这是个阴谋。

他模仿着老虎的行动，爬进轿车，确信一次轻轻松松的肇事逃逸可以把一切了结。如果人们发现一个被轧死的骑车人，肯定会把这件事怪在小公共汽车头上。但不幸的是，他没想到胖查理骑得离路边那么近。格雷厄姆·科茨不愿意把车开得太靠近路边，现在真是追悔莫及。不行，肉窖里那两个女人是胖查理派来的，她们是他的探子。她们已经渗透进这所宅院。格雷厄姆·科茨幸运地打乱了她们的行动计划，他早就知道那两个人不对头。

一想起那两个女人，他才意识到还没喂过她们。他应该给她们送点吃的。还有一个桶。时间已经过去二十四小时，她们也许会需要个桶。谁也不能说他是个畜生。

他上礼拜从威廉斯镇买了把手枪。在这里你很容易就能买到枪支，圣安德鲁斯就是这种岛。但大部分人从没想过要买枪，圣安德鲁斯也是这种岛。格雷厄姆·科茨从床头柜里拿出手枪，下楼来到厨房。他从水池下面拿了个塑料桶，往里面扔了几个西红柿、一个生土豆、一块吃剩的切达干酪，还有一盒橘子汁。接着他又拿了一卷手纸，并为自己能想到这一点而备感欣慰。

他走进酒窖。肉柜里一点儿声音都没有。

"我有把枪，"他说，"别以为我不敢用。我现在要把门打开。请到对面墙壁站好，转过身，把手放在墙上。我带了食物。只要跟我合作，你们都会被安全释放。只要合作，就不会有人受伤。这就是说，"他很高兴自己能说出这么一大堆套话，"别玩什么鬼花样。"

他把屋里的灯打开，然后拉开门闩。这里四壁都是岩石砖块。生锈的铁链从天花板的钩子上垂了下来。

她们都趴在对面墙上。罗茜看着岩石。诺亚夫人扭过头来盯着他，好像一只落入陷阱的老鼠，怒火中烧，充满恨意。

格雷厄姆·科茨把桶放下，但没移开手枪。"美味的食物，"他说，"还有一个桶。晚到总比没有强。我看到你们在用角落。这里还有些手纸。别说我完全不为你们着想。"

"你会杀了我们，"罗茜说，"对吗？"

"别跟他斗气，你这个傻姑娘，"诺亚夫人厉声说道，接着她挤出一种类似微笑的表情，"我们很感谢您拿来了食物。"

"我当然不会杀你们。"格雷厄姆·科茨说。他听到这句话从嘴里冒出来后，才向自己承认，他当然要杀死这两个人。还能怎么办呢？"你们没告诉我，是胖查理派你们到这儿来的。"

罗茜说："我们是乘游轮来的。今天晚上我们本该在巴巴多斯岛吃炸鱼。胖查理在英国。我想他甚至不知道我们去哪儿了。我没告诉他。"

"随便你怎么说吧，"格雷厄姆·科茨说，"反正我有枪。"

他把门关严，插好门闩。他透过房门，听到罗茜的妈妈在说，"动物。你怎么不问问他那个动物？"

"因为那是你的幻想，妈妈。我告诉你多少次了。这里没有动物。再说了，他是个疯子，没准儿会表示赞同。他没准儿也见过什么隐形老虎呢。"

格雷厄姆·科茨心头一颤，随手把灯关了。他拿出一瓶红酒，走上楼梯，将酒窖的门关在身后。

在豪宅之下的黑暗中，罗茜将奶酪分成四份，一点一点地吃着其中一块。

"他提到胖查理是什么意思？"奶酪在嘴里融化后，她问自己的妈妈。

"该死的胖查理。我不想听胖查理的事，"诺亚夫人说，"要不是因为他，咱们也不会落到这种地步。"

"不，我们在这儿，是因为那个科茨是个大疯子。一个有枪的疯子。这不是胖查理的错。"她努力不让自己去想胖查理，因为想到胖查理，就意味着会不可避免地想起蜘蛛……

"它回来了，"诺亚夫人说，"那动物回来了。我听见了。我能闻到。"

"是的，妈妈。"罗茜说。她坐在肉窖的混凝土地板上，想着蜘蛛。她很想他。罗茜下定决心，等到格雷厄姆·科茨恢复理智，放她们离开后，就要去寻找蜘蛛。看看有没有重新开始的可能。她知道这只是个傻里傻气的白日梦，但却是个好梦，让人安心。

罗茜想知道格雷厄姆·科茨明天会不会把她们杀死。

距离实界一点儿烛火之遥的地方，蜘蛛还被绑在地上，等待野兽的到来。

时近傍晚，太阳低垂在他身后。

蜘蛛用鼻子和嘴唇推着什么东西：在被他的唾沫和鲜血浸透之前，这只是干土。而现在形成一个泥团，一个形似弹子的红土球，一个多少算是圆形的东西。此刻蜘蛛正拨动着它，把鼻子埋在下面，然后猛抬头。什么都没发生，和之前许多次尝试一样徒劳无功。二十次？一百次？他没数。他只是不断尝试。蜘蛛把脸使劲挤进土里，让鼻子在泥球下埋得更深，然后向前向上仰起……

什么都没发生。什么都不会发生。

他需要再试一次。

他用嘴唇含着泥球，紧紧噙住，然后用鼻子尽可能深吸了口气，接着从嘴里把气喷出。泥球从他的双唇间飞了出去，就像个香槟瓶塞，最终落在大约十八英寸以外的地方。

蜘蛛的手腕被绑着，绳子牢牢拴在木桩上。但他还是尽力扭动右手，把手往怀里拉，手腕尽量弯曲，手指伸向血水混成的泥球，但是还差一点儿。

就差一点儿了……

蜘蛛又吸了口气，结果被灰尘呛到，开始咳嗽。他再次尝试，把头扭向一边，让空气充满肺部，然后转回来，开始朝小球方向吹，尽其所能把空气从肺里喷出。

泥球滚了一下，还不到一寸，但也足够了。他伸出手，把小球握在指间，用食指和拇指在泥球上捏出一个尖来，然后转动一点儿，再来一次，一共捏了八次。

然后他又重复了一遍这个过程，这次是把尖端捏得更紧。一个尖掉了，但其他的都没有问题。蜘蛛手里出现了一个长着七个尖的小圆球，就像是孩子们做的太阳模型。

蜘蛛骄傲地看着它：考虑到眼下的简陋条件，这东西就像小孩子从学校带回家的手工作业一样令人骄傲。

词句，这是最难的部分。用血水、唾液和泥巴做成一只蜘蛛，或是类似的东西，这还算简单。就连蜘蛛这种调皮的小神也知道该怎么做。但造物的最后一个环节，将成为最难的障碍。你需要一个词来赋予它生命。你需要给它起个名字。

他张开嘴，用没有舌头的口腔说了声"呼噜噜呼噜"。

没用。

他又试了一次。"呼噜噜呼噜！"泥团稳稳趴在手中，一动不动。

蜘蛛把脸趴回泥土。他觉得精疲力尽。每个动作都会扯到脸上和胸口的伤疤。它们渗出脓水，火辣辣得发烫，而更糟的是还在发痒。

好好想！他对自己说。肯定会有办法……不用嘴就能说出……

蜘蛛的嘴唇上还沾着一层泥土。他噘着这层泥，在没有舌头的情况下尽量润湿口腔。

蜘蛛深吸口气，让空气从唇间吐出，尽力控制着气流的走向，以坚定得连宇宙都不敢置疑的态度说出了一个词：他描述着手里的东西，说出了自己的名字，这是他知道的最棒的魔法。"哧唑唑呼呼呜。"

在他手上，那块血水泥球刚才所在的位置，出现了一只胖大的蜘蛛，颜色像是红泥，有七条纺锤形的长腿。

救我，蜘蛛想，去求援。

小蜘蛛盯着他，眼睛反射着阳光，随后从他手上跳到地下，歪着身子钻进了旁边的草丛，步伐摇摆不定，歪歪斜斜。

蜘蛛目送它远去，然后把头埋在泥巴里，闭上眼睛。

风向变了，他在空气中闻到一股公猫的骚味。它已经画好了自己的地盘……

蜘蛛可以听到，鸟群在高高的空中，发出了胜利的啼叫。

胖查理的胃不断发着牢骚。哪怕还有一点儿钱，他都会走出这间酒店，找个地方吃晚餐。但他现在几乎可以说是一贫如洗，而且晚餐是包括在住宿费中的。所以刚到七点，他就下楼来到了饭厅。

领班脸上挂着灿烂的笑容，她对胖查理说餐厅只要再有几分钟就可以开门了。他们需要给乐队一些时间，来做最后的调试。领班说完这话，便注视着他。胖查理已经逐渐熟悉了这种目光。

"你是……"她开口道。

"是的，"胖查理听天由命地说，"我随身带来了。"他说着把酸橙从兜里掏出来，递给她看。

"真不错，"她说，"你拿的肯定是个酸橙。不过我本想说的是，你是要点菜呢，还是吃自助？"

"自助。"胖查理说。自助餐是免费的。他手里拿着酸橙，站在餐厅门外等待。

"马上就好。"领班说。

一个小女人从胖查理身后的过道走来。她冲领班笑着说:"餐厅开门了吗?我快饿扁了。"

贝斯最后一声嘣——当——噌,和电子琴的砰砰声响过,乐队放好了他们的乐器,冲领班摆了摆手。"开门了,"她说,"请进吧。"

小个子女人注视着胖查理,脸上挂着警觉而惊异的表情。"嗨,胖查理,"她说,"这个酸橙是做什么的?"

"说来话长。"

"哦,"黛西说,"我们有整整一顿晚餐的时间呢。你干吗不跟我讲讲看?"

罗茜想知道疯狂会不会传染。在崖顶大宅下伸手不见五指的黑暗中,她感觉有什么东西从身边擦过。某种柔软敏捷的东西。某种很大的东西。某种绕着她们打转,发出轻声咆哮的东西。

"你听见了吗?"她说。

"我当然听见了,你这个傻姑娘,"她妈妈顿了顿,接着又说,"还有橘子汁吗?"

罗茜在黑暗中摸索到橘汁纸盒,递给妈妈。她听见了喝水的声音,随后诺亚夫人说:"杀我们的不会是这头动物。而是他。"

"格雷厄姆·科茨。是的。"

"他是个坏人。有种东西骑在了他身上,就像骑马一样。但他是匹劣马,他也是个坏人。"

罗茜把妈妈枯瘦的双手握在自己手中，但是什么都没说。现在也没什么好说的了。

"你知道，"过了一会儿，诺亚夫人说，"我真为你感到骄傲。你是个好女儿。"

"哦。"罗茜说。对她来说，没让母亲失望是个全新的概念，她也说不好自己对此有何感想。

"也许你应该嫁给胖查理，"她妈妈说，"那我们就不会到这儿来了。"

"不，"罗茜说，"我绝对不会嫁给胖查理。我不爱他。所以你并没完全搞错。"

她们听到楼上传来关门的声音。

"他出去了，"罗茜说，"快。趁他出去。挖条地道。"起初她咯咯欢笑，然后便开始哭泣。

胖查理试图理解黛西到岛上来做什么。黛西同样在努力理解胖查理到岛上来做什么。他们都算不上成功。一位歌手穿着曲线优美的红色长裙，站在房间尽头的小舞台上唱着《爱你爱到心坎里》。

黛西说："你是来寻找一位女士的，你小时候她就住在你家隔壁。而且她也许能帮忙找到你兄弟。"

"我得到了一根羽毛。如果在她手里的话，我也许可以用羽毛换回兄弟。值得一试。"

她若有所思地慢慢眨了眨眼，一点点吃着沙拉，脸上全无表情。

胖查理说："那么，你来这儿是因为，你认为格雷厄姆·科茨杀了梅芙·利文斯顿之后逃到圣安德鲁斯来了。但你并不是以警察身份到这儿来的。只是出于一时冲动，赌他就在这里。不过就算他在，你也完全束手无策。"

黛西从唇角上舔掉一小块西红柿子儿，感觉有些不安。"我并不是以警官身份到这儿来的，"她说，"我在这里只是个游客。"

"但你抛下工作，追踪他到了这里。他们也许会为这件事把你扔进监狱什么的。"

"那么，"她干巴巴地说，"幸好圣安德鲁斯没有引渡条例，不是吗？"

胖查理低声说道："哦，上帝啊。"

他之所以说"哦，上帝啊"，是因为歌手已经离开舞台，正拿着麦克风在餐厅里转悠。此刻，她在询问两位德国游客他们是从什么地方来的。

"他为什么要来这儿？"胖查理问。

"保密银行业务。廉价房产。没有引渡条例。也许他特别喜欢柑橘。"

"这两年我一直被这家伙吓得够呛，"胖查理说，"我要再去添点这种鱼加绿香蕉的玩意儿。你要吗？"

"不用了，"黛西说，"我要给甜点留些地方。"

胖查理绕了个大圈子走到自助餐台，避免引来歌手的目光。她很漂亮，走动起来时，红色紧身长裙在灯光下熠熠生辉。她的水平比这支乐队要强。胖查理希望她走回小舞台，继续唱她的歌——他很喜欢这位歌手唱的《夜与日》，还有感情特别充沛的《一勺糖》——只要别跟客人们搞什么互动就好。至少别跟他这一侧的客人聊天。

他在盘子里堆满了刚喜欢上的这种食物。绕着小岛骑车，真让人胃口大开。

胖查理走回餐桌时，格雷厄姆·科茨就坐在黛西身边。他面部下方隐隐约约长着些胡须似的东西，笑得就像只抓到母鸡的白鼬。"胖查理，"格雷厄姆·科茨古怪地笑了几声，"真是出人意料，不是吗？我到这儿来找你，只想着单独会面，瞧我发现了什么？迷人的小警官。请坐到这边来，不要引人注意。"

胖查理像尊蜡像似的戳在原地。

"坐下，"格雷厄姆·科茨重复道，"我有把枪就顶在戴小姐的肚子上。"

黛西用恳求的目光看着胖查理，点了点头。她的双手放在桌上，摊得很平。

胖查理坐了下来。

"把手放在我能看见的地方。摊在桌上，就像她一样。"

胖查理照办了。

格雷厄姆·科茨不屑地哼了一声。"我早就知道你是个卧底警察，南希，"他说，"一个内奸，嗯？你进入我的事务所，给我设好陷阱，把我蒙在鼓里。"

"我没有……"胖查理开口说道，但他看到格雷厄姆·科茨脸上的表情，连忙把嘴闭上。

"你自以为聪明绝顶，"格雷厄姆·科茨说，"你以为我会上套。所以才把那两个人派来，对吗？在宅子里的那两个人？你以为我会相信她们真是坐游轮来的？告诉你说，想骗过我可没那么容易。你还跟谁说过？还有谁知道？"

黛西说："我完全不知道你在说什么，格雷厄姆。"

一曲《有些时候》就快结束。歌手的声音忧郁而丰盈，像一条天鹅绒围巾绕在他们周围。

> 有些时候
>
> 你会想念我，亲爱的
>
> 有些时候
>
> 你会觉得如此孤独
>
> 你会想念我的拥抱
>
> 你会想念我的亲吻

"去把账结了，"格雷厄姆说，"然后我会送你和这位年轻女士上车。咱们去我的地方。有任何小动作，我就把你们都打死。明白？"

胖查理明白。他还明白今天下午开黑色梅赛德斯的人是谁，以及今天自己和死神走得多近。他也开始晓得格雷厄姆·科茨疯得有多厉害，他和黛西逃出生天的机会又有多小。

歌手唱罢一曲。散坐在餐厅里其他客人都鼓起掌。胖查理把手摊在桌上，掌心向下。他越过格雷厄姆·科茨望着歌手，用科茨看不到的眼睛，冲她使了个眼色。歌手已经厌倦了人们总是避开她的目光，胖查理这个眼色可谓雪中送炭。

黛西说："格雷厄姆，我来这儿显然是因为你，但查理只是……"她闭上嘴，脸上露出了一种古怪的表情。如果有人把枪管往你肚子上使劲一捅，你也会露出这种表情。

格雷厄姆·科茨说："听我说。为了聚集在这里的无辜群众着想，我们最好还是做朋友。我这就把枪揣进口袋，但还会指着你。我们要站起来，到我的车里去。然后我……"

他闭上了嘴。一个穿紧身红色长裙，手拿麦克风的女子走向他们这桌，脸上挂着迷人的微笑。她是冲胖查理来的。女子对着麦克风说："你叫什么名字，亲爱的？"她说完把麦克风放到胖查理面前。

"查理·南希。"胖查理说。他的声音有点结巴，又有些颤抖。

"你从哪儿来，查理？"

"英国。我和朋友们，都是从英国来的。"

"你是做什么的，查理？"

周围的一切都放慢了节奏。这就像是从悬崖跳进大海，只有这一条生路。胖查理深吸口气，开口说："我现在没有工作。不过其实我是个歌手。和你一样。"

"和我一样？你都唱什么歌？"

胖查理咽了口吐沫。"你都有什么？"

她转向胖查理这桌的其他人。"你们觉得，我们能让他为大家演唱一曲吗？"她举着麦克风问道。

"呃。不行。不。绝对不可能，"格雷厄姆·科茨说。黛西耸耸肩，双手仍旧放在桌上。

红裙女子转向屋里的其他人。"你们觉得呢？"她问。

稀稀拉拉的掌声从其他桌响起，而服务人员的掌声则更加热情。调酒师喊道："给我们唱一个！"

歌手俯身靠近胖查理，用手盖住麦克风，对他说："最好选首乐队的小伙子们会的。"

胖查理说："他们会《木板路下》吗？"歌手点点头，向人们宣布了曲名，然后把麦克风递给他。

乐队开始演奏。歌手把胖查理领上小舞台，他的心脏在胸中怦怦乱跳。

胖查理开始演唱，客人们开始倾听。

他本来只是想给自己争取一点儿时间，但现在感觉却很舒服。没人往台上扔东西。他的脑袋里似乎有很大的思考空间。胖查理能感觉到屋里的每个人：游客和服务员，还有吧台那边的人。他可以看到一切：他看到调酒师正在调一杯鸡尾酒，坐在屋子后面的老妇人正往一个大塑料杯里灌咖啡。他仍旧害怕，仍旧愤怒，但他感受着全部的恐惧和愤怒，把它们融入歌声，变成了慵懒爱怜的曲调。他一边唱，一边想。

蜘蛛会怎么做？胖查理想道，老爹会怎么做？

他放声歌唱，用这首歌告诉人们，他都计划在木板路下做什么，这些计划多半跟做爱有关。

红裙歌手挂着微笑，打着响指，随着音乐扭动身体。她靠向键盘手的麦克风，开始和声。

我真的是在一群听众面前唱歌，胖查理想道，真该死。

他始终注视着格雷厄姆·科茨。

进入最后一段合唱时，他开始在头顶拍手，很快屋子里所有人都随着他拍起手来。客人、侍者、厨师，所有人都在拍手，除了格雷厄姆·科茨，他的手还藏在桌布下面，还有黛西，她的手仍摊在桌上。黛西看着他，就好像他不是发了疯，而是选了个特别奇怪的时机发现了心中的真我。

人们不断拍手，胖查理微笑着歌唱。他唱到最后忽然觉得，一切都会好转，绝对没有问题。他们都会没事的，他、蜘蛛、黛西，还有罗茜——不管她在哪儿，他们都不会有事。他知道自己该怎么办：这又傻又不保险，而且像个彻头彻尾的白痴，但肯定有效。当歌曲最后一个音符淡去后，他说："我所在的那桌有位年轻女士。她叫黛西·戴，也是从英国来的。黛西，你能跟大家挥挥手吗？"

黛西狠狠瞪了他一眼，但还是从桌上抬起一只手，挥了挥。

"我有几句话想对黛西说。她不知道我要说这些。"如果这个法子不管用，一个声音在他心中低语道，她就死定了。你知道吗？"但我希望她能说好。黛西？你愿意嫁给我吗？"

屋子里一片寂静。胖查理盯着黛西，希望她能明白自己的用意，希望她能合作。

黛西点点头。

客人们纷纷鼓掌。这简直是场真人秀。歌手、领班和几个女招待走到桌前，把黛西拉起来，领她走过餐厅，带到胖查理跟前。乐队演奏着《我打电话只是想说我爱你》。他伸手抱住黛西。

"你为她准备戒指了吗？"歌手问道。

胖查理把手伸进口袋。"给，"他说，"这是给你的。"他说完便搂住黛西，吻了上去。如果有人会中枪，他心想，那就是现在了。这个吻结束后，人们纷纷和他握手，同他拥抱。一个自称是到镇上参加音乐节的人，坚持要胖查理收下他的名片。此刻黛西手里拿着他刚给的酸橙，脸上有种非常古怪的表情。胖查理望向他们刚才所坐的桌子，格雷厄姆·科茨已经不见了。

第十三章

某些人倒了霉

鸟群兴奋莫名，在树顶上啼啭啁啾。快来了，蜘蛛暗自诅咒。他已经无能为力，身躯空空荡荡。只有疲惫不堪，只有油尽灯枯。

他想象着自己躺在地上，被慢慢吞食。他心想，总的来说，这是个恶心的死法。他不敢确定自己能不能重新长出肝脏，但却敢打包票，不管追踪他的是什么东西，肯定不会仅仅满足于肝脏。

他开始拉扯木桩。数到三，然后用尽全力，竭尽所能，双手猛往怀里扯，通过绷紧的绳子拉动木桩。接着他数到三，又试了一次。

这就像是把一座山峰拉过马路。一二三……拉！再来一次。再来一次。

他揣摩着野兽会不会马上出现。

一二三……拉！一二三……拉！

他听到有个人在唱歌，也不知是在什么地方。这首歌让蜘蛛露出微笑。他希望自己还有条舌头：如此一来，老虎最终出现时，他就可以冲他吐舌头了。这个想法给了他力量。

一二三……拉！

木桩终于松动，朝他这边挪了一点儿。

蜘蛛又拉了一次，木桩被扯出地面，"嚓"的一下，就好像石中剑滑出巨岩。

　　他把绳子拉向自己，将木桩握在手中。它大约三尺长。一端削尖方便插进地面。他用麻木的双手，把它从绳圈中揪了出来。绳子毫无用处地耷拉在腕子上。蜘蛛用左手掂了掂木桩的分量。也许管用。他知道有什么东西正注视着自己——已经注视了很长时间，就像一只猫注视着老鼠洞。

　　它悄无声息地逼近——至少是近乎无声，迂回潜行，就像一片影子在日光中游移。蜘蛛只能用余光瞥见一条尾巴在不耐烦地甩动。若不是这样，它可能会被视作一尊塑像，或是一块沙土堆，在光线的捉弄下变成了怪兽的模样。它的皮毛是沙色的，一眨不眨的眼睛绿得好似寒冬海水。它的脸很宽，像豹子残忍的面容。在群岛上，人们管所有大猫都叫老虎，而它则是所有曾经出现的大猫的化身——更大，更狠，更危险。

　　蜘蛛的脚腕还被绑着，而且几乎没法走路。他现在手脚发麻，只好来回换脚蹦跳，试图装成有意如此，就像是某种表示威吓的舞姿，而不是因为站着脚疼。

　　他想蹲下，解开脚腕上的绳子，但却不敢把目光从野兽身上移开。

　　木桩很沉很粗，但又太短不能当作长矛，太粗太大不能当作别的什么东西。蜘蛛拿着被削尖的细头，举目远眺望向大海，有意不正眼观瞧野兽所在的地方，而是依赖自己的余光观察动向。

　　她怎么说的来着？你会哀叫。你会悲号。你的恐惧会让他兴奋。

　　蜘蛛开始哀叫，然后发出悲号，就像只受了伤、迷了路的山羊，肥美而孤独。

　　一道沙色闪电划过天空，蜘蛛勉强从模糊的光影中看出尖牙与利爪。他用尽全力，像抡球棒一样挥动木桩，心满意足地感觉到它"咚"的一下撞在野兽的鼻子上。

老虎愣住了，目不转睛地瞪着他，似乎不敢相信自己的眼睛。它从喉底生出一声不满的咆哮，然后四肢僵硬地退向来处，钻进矮树丛，就像是有个很麻烦的预约在等待自己。老虎愤恨不平地回头瞥了一眼蜘蛛，露出那种"我早晚会回来"的野兽的眼神。

蜘蛛看着它离去。

随后坐下身，解开脚腕上的绳子。

他摇摇晃晃地走向悬崖边缘，沿着岩脊的缓坡慢慢往下走。很快一条溪流出现在他面前，从悬崖流下形成晶莹水瀑。蜘蛛跪在地上，用手捧起清凉的溪水，喝了起来。

接着他开始搜集石块。实用的、拳头大小的石块。他把石头堆在一起，像是在堆雪球。

"你几乎什么都没吃。"罗茜说。

"你吃。你要保存体力，"她妈妈说，"我吃了点奶酪。这就够了。"

肉窖又冷又黑。而且不是那种你的眼睛能够适应的黑。这里一点儿光线也没有。罗茜已经绕着房间转了一圈，手指摸索着石灰、岩石和残碎的砖块，希望能发现些有用的东西。但什么也没有。

"你过去喜欢吃东西，"罗茜说，"在爸爸还活着的时候。"

"你父亲，"诺亚夫人说，"也喜欢吃东西。结果怎么样？心脏病发作，终年四十一。这是什么世界啊？"

"但他爱他的食物。"

"他爱一切，"诺亚夫人苦涩地说，"他爱美食，爱世人，爱他的女儿。他爱烹饪。他爱我。结果怎么样？只是早早进了坟墓。你决不能像他那样热爱任何东西。我早跟你说过了。"

"是的，"罗茜说，"我想你说过。"

她顺着母亲的声音走去，双手伸在面前，以免撞上某根挂在房间中央的金属锁链。她摸到了母亲干巴巴的肩膀，便伸手把她搂住。

"我不害怕。"罗茜在黑暗中说。

"那你肯定是疯了。"她妈妈说。

罗茜放开妈妈，走回房间中央。黑暗中突然响起吱扭扭的噪声。尘土和石灰粉末从天花板掉落下来。

"罗茜？你在干什么？"她妈妈问。

"用锁链荡秋千。"

"小心点。要是那链子断了，转眼之间你就会躺在地板上，摔破脑袋。"没有得到女儿的回答，诺亚夫人继续说，"我跟你说，你真的疯了。"

"不，"罗茜说，"我没有。我只是不再害怕。"

她们头顶的大宅里，响起前门关闭的声音。

"蓝胡子回家了。"罗茜的妈妈说。

"我知道。我听见了，"罗茜说，"我还是不怕。"

人们不断拍打胖查理的后背，不断请他喝插着小伞的饮料。除此以外，他还从来岛上参加音乐节的圈里人手中，收到了五张名片。

屋里所有人都在冲他微笑。胖查理搂着黛西，感觉她在颤抖。黛西凑到他耳边说："你是个彻头彻尾的疯子，知道吗？"

　　"但是管用，不是吗？"

　　黛西看着他。"你真是让人琢磨不透。"

　　"来，"他说，"我们还有事要办。"

　　他走到领班面前。"打扰一下……这儿有位女士。我唱歌的时候，她走进来，用那边的壶注满自己的咖啡杯，就在吧台那里。她去哪儿了？"

　　领班眨眨眼，又耸耸肩。"我不知道……"她说。

　　"哦，你知道。"胖查理说。他感觉很自信，很聪明。他知道自己很快又会变回老样子，但他已经在人们面前唱过一首歌，而且喜欢这种感觉。他这样做是为了救黛西的命，还有自己的，而这些他都已然做到。"让我们到那边谈谈。"是因为那首歌。当他演唱时，一切都变得清晰澄明。现在还是这样。他走向过道，黛西和领班跟在后面。

　　"你叫什么？"他问领班说。

　　"克拉丽莎。"

　　"你好，克拉丽莎。你姓什么？"

　　黛西说："查理，我们不该叫警察吗？"

　　"马上。克拉丽莎·什么？"

　　"希戈勒。"

　　"你跟本杰明是什么关系？那个门房？"

　　"他是我弟弟。"

　　"那么你们俩和希戈勒夫人又是什么关系？卡莉亚娜·希戈勒？"

"他们是我的侄子和侄女，胖查理，"希戈勒夫人站在门口说，"现在，我想你最好听未婚妻的话，报告警察。你说呢？"

蜘蛛坐在溪流旁，背对悬崖，面前摆着一堆石块。一个人从草丛间跳了出来。他赤身裸体，只是腰间缠着一块沙色毛皮，还有条尾巴耷拉在身后；脖子上戴着兽牙项链，又白又尖又锋利，头发则是又长又黑。他溜溜达达走向蜘蛛，好像只是早晨出来散步健身，而蜘蛛的出现完全是个意外之喜。

蜘蛛捡起块一串葡萄大小的石头，掂在手里。

"嗨，安纳西的孩子，"陌生人说，"我只是路过，正好看见你，就想也许我能帮上什么忙。"他的鼻子看起来很不老实，而且泛着瘀青。

蜘蛛摇摇头。他想念自己的舌头。

"看见你在这儿，我就想了，安纳西的可怜孩子，他肯定饿坏了。"陌生人笑起来，嘴咧得老大，"看，我带来的食物足够和你分享。"他身上一直背着个口袋。陌生人把袋子打开，右手伸进去，掏出一只刚杀好的黑尾巴羊，掐着脖子拎在身前。羊脑袋垂在一旁。"你父亲和我经常一起吃东西。咱俩有什么不可以的呢？你可以生火，我来把羊羔收拾干净，然后做个叉子架在火上烤。你都能尝到它的滋味了吧？"

蜘蛛已经饿得头晕眼花。要是他还有舌头，可能就会说好，并且相信如簧巧舌能帮自己把一切搞定。但现在他没舌头。蜘蛛捡起第二块石头，拿在左手。

"咱们大吃一顿，做个好朋友吧，别再有什么误会。"老虎说。

然后秃鹫和乌鸦就可以吃干净我的肉，蜘蛛想道。

陌生人又朝他迈出一步。蜘蛛把这视作扔出第一块石头的信号。他眼神很尖，胳膊更壮，石块击中了他所瞄的地方，就在陌生人的左臂上，羊羔应声而落。第二块石头击在陌生人的头侧——蜘蛛本来瞄的是间距过宽的双眼之间，但那人动了一下。

陌生人跑了，蹦蹦跳跳地跑了，尾巴直挺挺地飘在身后。他跑起来后，有时像人，有时像头野兽。

陌生人消失后，蜘蛛走到他刚才站立的地方，去捡那只黑尾巴羊。他伸手去拿时，羊动了起来。起初蜘蛛以为它还活着，但很快就发现羊羔身上爬满了蛆虫。它泛着臭味，这股尸臭帮助蜘蛛忘记了自己有多饿。至少忘了一小会儿。

他伸直胳膊把死羊举在身前，走到悬崖边，扔进大海，接着在溪水中洗了洗手。

时间在此地被抻长压扁。他不知道已经在这儿待了多久。太阳正落向地平线。

日落之后，月升之前，蜘蛛心想，就是野兽回归之时。

神采奕奕的圣安德鲁斯警察局代表，同黛西和胖查理一起坐在旅馆经理室中，聆听着他们俩所说的一切，宽脸庞上始终带有平静且不为所动的微笑。有时他会伸出一根手指，挠挠自己的胡子。

他们告诉警官，一个名叫格雷厄姆·科茨的逃犯在他们吃晚餐的时候找了上来，用手枪威胁黛西。这件事，他们被迫承认，除了黛西谁也没看见。接着胖查理讲了黑色奔驰和自行车的故事，就在今天下午早些时候。不，他没看清开车的是谁。但他知道车子是从哪儿来的。他告诉警官是山顶的那所大宅。

那人若有所思地摸了摸黑白相间的胡须。"你说的那个地方确实有所房子。但是，它不属于你们这位科茨先生。完全不对头。你说的那所房子是巴兹尔·芬尼根的，他可是位非常值得敬重的绅士。很多年来，芬尼根先生都对法律和秩序抱持着善意的兴趣。他曾为几所学校捐过款，但更重要的是，他为支持新警察局建设，捐出了一笔颇有助宜的款项。"

"他在我肚子上顶了把枪，"黛西说，"他对我说，如果我们不跟他走，就会开枪。"

"如果那真是芬尼根先生，小姑娘，"警官说，"我敢说肯定有个非常简单的解释。"他打开公文包，取出厚厚一沓文件，"这样吧。你好好考虑一下这件事。睡上一觉。如果到了早晨，你还觉得这件事不仅仅是兴奋过度那么简单，那么只需要填写这些表格，把全部三份文件送到警察局。就找城市广场后面的新警察局。所有人都知道在哪儿。"

他和两个人握了握手，转身离去。

"你应该告诉他你也是警察，"胖查理说，"也许他就会把你当回事。"

"我觉得这没什么好处，"她说，"任何管你叫'小姑娘'的人，都已经把你排除在值得认真对待的人群之外了。"

他们走出屋门，来到前台。

"她去哪儿了？"

本杰明·希戈勒说："卡莉亚娜阿姨？她正在会议室等你。"

"看，"罗茜说，"我就知道没问题，只要我不停地摇。"

"他会杀了你。"

"他早晚要杀了咱们。"

"这不成。"

"妈妈。你还有更好的主意吗？"

"他会看到你。"

"妈妈。你能不能别这么消极？如果你想到任何有用的意见，就直接说。不然就别添乱了。好吗？"

寂静。

接着，她说："我可以露出我的屁股。"

"什么？"

"你听见我说了什么。"

"呃。作为替代方案？"

"附加的。"

寂静。接着罗茜说："好吧，也没坏处。"

"嗨，希戈勒夫人，"胖查理说，"我想把那根羽毛要回来。"

"你怎么会觉得那根羽毛在我手里？"她把胳膊抱在大胸脯前面，开口问道。

"邓威迪夫人告诉我了。"

刚听到这句话时，希戈勒夫人似乎有点吃惊。"劳艾拉告诉你我拿了羽毛？"

"她说羽毛在你这儿。"

"我要保证它的安全，"希戈勒夫人用超大号咖啡杯冲黛西比画了一下，"你不能指望我在她面前开口吧？我都不认识她。"

"这是黛西。无论你要跟我说什么，都可以对她讲。"

"她是你的未婚妻，"希戈勒夫人说，"我听见了。"

胖查理感觉脸上发烧。"她不是我——我们没有，真的。我必须说点什么，好让她摆脱那个拿枪的人。这似乎是最简单的方式。"

希戈勒夫人看着胖查理。她的双眸在厚实的眼镜后面，显得炯炯有神。"我知道，"她说，"都在你的歌里了。在一群听众面前。"她摇了摇头，就像是老年人想到年轻人有多愚蠢时常做的那样。她打开自己的黑手袋，取出一个信封，递给胖查理。"我向劳艾拉发誓会保证它的安全。"

胖查理从信封里取出羽毛。它有些变形，因为降神会那天晚上，胖查理曾把它攥得很紧。"好吧，"他说，"羽毛。好极了。那么，"他对希戈勒夫人说，"我到底该怎么办？"

"你不知道？"

胖查理小时候，母亲曾告诉他，在发火之前要从一数到十。他数了，静静地慢慢地数到了十，然后开始发火。"我当然不知道该怎么办，你这个愚蠢的老女人！过去两周里，我曾被拘捕，我丢了未婚妻和工作，我眼看着传说中的兄弟在皮卡迪利广场被一堵鸟墙吞噬，我在大西洋上飞来飞去像个穿越大洋的疯狂乒乓球。今天我站在一群观众面前，而且我……而且我唱了歌。因为精神失常的前老板把枪管捅在和我一起吃晚餐的女孩肚子上。自从你建议我也许应该跟自己的兄弟谈谈后，我的生活就变成了一团乱麻。而我所做的一切都是为了把它解开。所以说，不。不，我不知道该拿这根该死的羽毛怎么办。烧了它？把它切碎吃下去？用它造个鸟窝？举在面前从窗户跳出去？”

希戈勒夫人一脸愠怒。“你应该去问劳艾拉·邓威迪。”

“不一定能办到。我上次见到邓威迪夫人时，她看起来不太好。而且我们也没那么多时间。”

黛西说：“太好了，你拿回了自己的羽毛。现在，我们能谈谈格雷厄姆·科茨的问题了吗？”

“这不仅是一根羽毛。这是我用来交换兄弟的羽毛。”

“那就换回来，然后处理其他问题。我们必须行动起来。”

“没那么简单。”胖查理说完愣了一下，想了想自己刚说的话，还有黛西说的话。他仰慕地看着黛西说：“天哪，你真聪明。”

“我在努力，”她说，“我说什么了？”

他们没有四位老妇人，但有希戈勒夫人、本杰明和黛西。晚餐基本已经结束，所以领班克拉丽莎很高兴过来加入他们的行动。他们没有四种不同的泥土，但却有旅馆后面海滩上的白沙，旅馆前面花坛中的黑泥，旅馆旁边的红土，以及礼品店玻璃管里的彩色沙粉。他们从泳池酒吧借来的蜡烛又小又白，既不高也不黑。希戈勒夫人保证说自己可以在这座岛上找到他们所需的所有香草，但胖查理让克拉丽莎从厨房借了一袋芳香配菜。

“我想这完全是信心的问题，”胖查理解释说，“最重要的不是细节，而是魔法氛围。”

本杰明·希戈勒端详着桌上摆设，不时爆发出阵阵笑声；黛西不断指出整个过程实在蠢到家了。可惜这些行为，都无益于加强魔法氛围。

希戈勒夫人把配菜撒进一碗剩下的白酒。

她开始嗡嗡，并且举起双手，示意其他人跟她一起做，就像一群喝醉的蜜蜂。胖查理等待异象发生。

什么也没有。

"胖查理，"希戈勒夫人说，"你也来。"

胖查理咽了口吐沫。没什么可怕的，他对自己说，他已经在满屋子的人面前唱了首歌，他在这帮人面前向一个几乎不认识的女子求婚。嗡嗡不过是小菜一碟。

他找到希戈勒夫人嗡嗡的调子，让这音符在喉咙里颤动……

他举起羽毛，集中精神，继续嗡嗡。

本杰明的笑声停止了。他睁大眼睛，脸上露出慌张的神情。胖查理想要停止嗡嗡，搞清楚自己出了什么事，但嗡嗡声已经进入他的身体，烛火开始摇曳……

"看他！"本杰明说，"他……"

胖查理很想知道自己到底有什么变化，但为时已晚。

迷雾消散。

胖查理走到一座桥上，这座白色步行桥横亘在宽阔的灰色水面。在他前面不远处的白桥中央，有个人坐在一张小木椅上。这人正在钓鱼，绿色软呢帽盖住了眼睛。他似乎正在打瞌睡，胖查理靠近时也没有任何反应。

胖查理认出了这个人，伸手扶在他的肩头。

"知道吗，"他说，"我早知道你是装的。我就觉得你不可能真死了。"

椅子上的男人纹丝不动，只是笑了笑。"看来你知道得不少啊，"安纳西说，"但死了就是死了。"他使劲伸了个懒腰，从耳朵后面拿过一根黑雪茄，用火柴点上。"对。我死了。估计得死上一段时间。如果你不时常死一回，人们就会觉得你活着是理所当然的。"

胖查理说："但是……"

安纳西伸出手指压在唇上，要胖查理保持安静。他拿起钓竿，开始收线，然后指了指一张小网。胖查理把网举起来，让父亲将一尾扭来扭去的大银鱼放了进去。安纳西从鱼嘴里摘下钩子，然后把鱼扔进一个白桶。"这条，"他说，"就是今天的晚饭了。"

胖查理刚想起来，他和黛西及三位希戈勒坐在桌旁时，天已经黑了。此时太阳虽然业已低垂，但还没有落下。

他父亲收起椅子，连桶一起交给胖查理。两人沿着步行桥朝前走。"知道吗，"南希先生说，"我一直在想，只要你来找我谈谈，我就会把所有事都告诉你。但你似乎靠自己也干得挺不错。那么是什么风把你吹来了？"

"我也不清楚。我想找鸟女，好把羽毛还给她。"

"你不该跟这种人搅和在一起，"他父亲不假思索地说，"没什么好处。那家伙满脑子都是愤恨。但她是个胆小鬼。"

"蜘蛛……"胖查理说。

"你自己的错。让那个爱管闲事的老太婆把你的半身打发走了。"

"我只是个孩子。你为什么不做点什么？"

安纳西把帽子往后推了推。"如果你不允许的话，邓威迪就什么也干不成，"他说，"毕竟你是我儿子。"

胖查理想了想，接着说："但你为什么不告诉我？"

"你干得挺好，完全可以自己搞定的。你已经搞定歌唱了，不是吗？"

在父亲面前，胖查理觉得自己更笨更胖，也更令人失望。但他并没有简单地说"不"，而是说："你怎么看？"

"我想你已经明白了。关键在于，歌曲就像故事，如果没人听，它们就一钱不值。"

两人走向桥头。不用说胖查理也知道，这是他们最后一次谈话的机会了。他还有那么多事需要搞清楚，有那么多事想知道。他说："老爸，我小时候，你干吗老羞辱我？"

老人眉头一皱。"羞辱你？我爱你。"

"你让我打扮成塔夫脱总统去上学。你管这叫爱？"

老人口中发出一种有可能是笑声的尖锐响动。他嘬了口雪茄。烟雾从唇间吐出，就像是漫画书里的对话框。"你妈妈对这事也很有意见，"他说，"咱们没多少时间了，查理。你想把这点工夫用来吵架吗？"

胖查理摇摇头。"算了吧。"

他们走到了桥头。"好了，"他父亲说，"见到你兄弟时，帮我给他带点东西。"

"什么？"

他父亲抬起一只手，把胖查理的脑袋压低，然后轻轻吻了吻他的额头。"这个。"他说。

胖查理直起身。父亲正抬头望着他，那种表情如果是出现在别人脸上，胖查理会认为是骄傲和自豪。"让我看看那根羽毛。"他父亲说。

胖查理把手伸进口袋。羽毛还在，只是看起来更皱更糟。

他父亲咂了下舌头，把羽毛举起来对着阳光。"这是根漂亮的羽毛，"他说，"你不该把它搞得这么脏。如果它被弄坏了，鸟是绝对不肯收回的。"南希先生伸手捋了一下，羽毛变得完好如初。他皱了皱眉。"你肯定还会再把它弄坏。"他往指甲上呵了口气，然后在外套上蹭亮，接着似乎想到一个主意。南希先生摘下绿色软呢帽，把羽毛插在帽边上。"给。反正你戴顶漂亮帽子也不错。"他把帽子扣在胖查理头上，"它很适合你。"

胖查理叹道："老爸，我不戴帽子。它看起来很傻，简直像个小姑娘。你干吗老是要让我难堪？"

在渐渐昏暗的光线中，老人注视着他的儿子。"你觉得我是在骗你？儿子，戴帽子所需要的只是态度。而且你有这种派头。你觉得如果你看起来不怎么样，我也会说好看？你真的很帅。不相信吗？"

胖查理说："不太相信。"

"看。"他父亲伸手朝桥下指去。水面平静无波，光滑如镜，在水中和他对视的那个男人，头戴一顶绿帽子，真是帅呆了。

胖查理抬起头，想告诉父亲也许是自己搞错了，但老人已经不见踪影。

他也走下步行桥，消失在薄暮之中。

"对。我想知道他到底在哪儿。他去哪儿了？你对他做了什么？"

"我什么也没做。上帝啊，孩子，"希戈勒夫人说，"上次可不是这样的。"

"他就像被传送到母船上去了，"本杰明说，"酷。现实特技效果。"

"我要你把他找回来，"黛西厉声说，"马上。"

"我都不知道他在哪儿，"希戈勒夫人说，"而且也不是我把他送去的。是他自己干的。"

"而且，"克拉丽莎说，"如果他是去做自己要做的事怎么办？我们找他回来，所有努力就白费了。"

"对啊，"本杰明说，"就像是飞船用牵引光束召回先头登陆部队，现在还在半路上呢。"

黛西想了想这句话，不安地察觉到确实有几分道理——至少在这些天里算是有些道理。

"如果没别的事，"克拉丽莎说，"我也该回餐厅去了，好保证一切正常。"

希戈勒夫人抿了口咖啡。"没别的事了。"她说。

黛西猛地一拍桌子。"打扰一下。我们还有个杀手逍遥法外。胖查理又被传送回木船了。"

"母船。"本杰明说。

希戈勒夫人眨了眨眼。"好吧，"她说，"我们该怎么办？你有什么建议？"

"我不知道，"黛西承认道，她恨自己只能这么说，"打发时间吧，我想。"她拿起希戈勒夫人刚才读的《威廉斯镇快报》，随手翻阅起来。

第三版有一条失踪游客的消息：两位女性游客始终没有返回游轮。那两个在宅子里的人，格雷厄姆·科茨的声音在她脑海中响起，你以为我会相信她们是坐游轮来的吗？

在这夜幕低垂之时，黛西又成了一名警官。

"给我电话。"她说。

"你要给谁打？"

"我想咱们就先从旅游部长和警察局长开始吧，然后一路打下去。"

血红的太阳慢慢缩进地平线。蜘蛛如果不是蜘蛛的话，现在肯定已经绝望。在这个岛上，晨昏之间有一条清晰的分界线，蜘蛛看着太阳最后一点儿红色光芒渐渐被大海吞噬。他有一堆石头和两根木桩。

他希望自己有火。

他想知道月亮什么时候出来。等到月亮出来，也许就有一线生机。

太阳落下了，最后一抹红斑沉入黑暗的海面，夜晚降临。

"安纳西的孩子，"一个声音在黑暗中响起，"很快，我就要饱餐一顿。你不会知道我在哪里，直到我的呼吸碰到你的后脑勺。你被捆在地上时，我就站在旁边，当时满可以咬碎你的脖子。但我转念一想，让你死在梦中不会给我带来快乐。我要感受到你的死亡。我要你知道，为什么我会取走你的性命。"

蜘蛛朝感觉中声音传来的方向扔了块石头，听到它毫无用处地落在树丛中。

"你有手指，"那声音说，"但我有比刀还快的爪子。你有两条腿，但我有四条，而且它们永不疲倦，跑起来比你快上十倍。你的牙可以吃肉，但先要用火把它们做成软绵绵的，没有滋味。因为你的牙是猴子的小牙，适合吃软果子和小爬虫。但我的牙可以从骨头上撕下新鲜的生肉，我可以趁鲜血还直喷上天时就把肉吞下。"

蜘蛛"哼"了一声。这一哼不用舌头也能发出，甚至不用张嘴。

是那种足以表达嗤笑的"哦"。你也许有这些东西，老虎，它似乎在说，那又如何？所有故事仍然属于安纳西。没人会讲老虎的故事。

黑暗中传来一声咆哮，充满愤怒和挫败感的咆哮。

蜘蛛哼起《虎啸》，这是首特别适合嘲弄老虎的老歌。"抓住那只老虎，"歌词写道，"那只老虎在哪儿？"

声音再次从黑暗中传来，显得近了许多。

"我手上有你的女人，安纳西的孩子。等我把你料理干净，就会去撕她的肉。她的肉肯定比你还香甜。"

蜘蛛"喊"了一声，正是人们知道对方在说谎时发出的声音。

"她叫罗茜。"

蜘蛛又情不自禁地一"哼"。

在黑暗中，有人大笑起来。"说到眼睛，"它说，"如果走运的话，你的眼睛可以在青天白日下，看到显而易见的东西。而我的族类可以看到你胳膊上乍起的寒毛，看到你脸上的恐惧，而且在夜里也能看得一清二楚。恐惧吧，安纳西的孩子，如果你还有什么临终祷告要说，就赶快说完。"

蜘蛛没有祷告，但他有石头，而且他可以扔。运气好的话，也许一颗石头在黑暗中也能造成伤害。蜘蛛知道这不啻于神迹，但他这辈子靠的就是神迹。

他伸手拿起另一块石头。

有什么东西碰到了他的手背。

嗨，黏土小蜘蛛在他心中说道。

嗨，蜘蛛想道，你看，我有点忙，努力不被吃掉，所以你能不能先躲开一会儿……

但我把它们带来了，小蜘蛛想着，照你说的那样。

照我说的？

你让我去求援。我就把它们都带回来了。它们追随我的蛛丝而来。这个世界没有蜘蛛，所以我只能跑回去，从那边朝这里结网，然后再织回去。我带来了武士。我带来了勇者。

"你发什么呆呢？"大猫的声音从黑暗传来。接着它又用嘲弄的语气说："怎么了？舌头被猫咬了？"

蜘蛛是安静的。它们会营造寂静。就连那些会发出噪声的家伙，通常也尽量保持安静，静静地等待。蜘蛛们最常做的就是等待。

夜色中慢慢充满了轻柔的沙沙声。

蜘蛛在心中向这只从血水、唾液和泥土中诞生的七腿小蜘蛛，表达了自己感激和骄傲的心情。小蜘蛛从他的手背爬上肩膀。

蜘蛛看不见它们，但他知道它们都在这里：大蜘蛛和小蜘蛛，毒蜘蛛和撕咬蛛，巨大长毛的蜘蛛和优雅带壳的蜘蛛。它们的眼睛吸收了所有光线，但它们可以用腿和脚去看，可以用各种颤动构建出周围世界的逼真景象。

它们是一支大军。

老虎的声音又从黑暗中传来。"等你死后，安纳西的孩子——等你的血脉全都断绝——故事就属于我了。人们又会讲起老虎的故事。他们会聚集在一起，称颂我的狡诈和力量，我的残忍和欢愉。所有故事都是我的，所有歌都是我的。世界会变回过去的样子：一个冷酷之地，一个黑暗之地。"

蜘蛛倾听着大军的沙沙声。

他坐在悬崖边是有原因的。虽然这让他无路可退，但也意味着老虎不能冲刺过来，只能蹑足潜踪慢慢逼近。

蜘蛛笑了起来。

"你在笑什么，安纳西的孩子？你发疯了吗？"

听到这话，蜘蛛笑得更响了。

黑暗中传来一声惨叫。老虎遭遇了蜘蛛的大军。

蜘蛛的毒液有很多种。通常需要很长时间，蜇咬的效力才能完全发挥出来。博物学者们研究过许多年：有些蜘蛛的蜇咬会让伤口腐烂，甚至导致死亡，有时要等一年多以后，效果才能显现。至于蜘蛛们为什么这么做，答案其实很简单。因为蜘蛛们觉得这很有趣，而且它们不想被你忘记。

黑寡妇咬在老虎受伤的鼻子上，狼蛛咬住了耳朵。转眼间，他身上的敏感部位都开始抽痛、发热，又胀又痒。老虎不知道出了什么事，只知道疼痛、烧灼和突如其来的恐惧。

蜘蛛的笑声更长更响。他听到一个巨大的动物蹿进树丛，发出痛苦和惊骇的号叫。

他坐在原地，静静等待。毫无疑问，老虎会回来的。这件事还没完。

蜘蛛把七腿小蜘蛛从肩头取下，用手指来回抚摸它宽大的后背。

崖顶下方不远处，有什么东西闪烁出清冷的绿光，就像一座缩微城市的灯火，在黑夜里时亮时灭。它正朝这边移动。

光芒逐渐清晰，显出无可计数的萤火虫。荧光中央勾勒出一个人形黑影，步履稳健地走上山坡。

蜘蛛拾起一块石头，同时心中默想，让蜘蛛大军做好再次进攻的准备。但他突然愣住了。荧光中的身影有些似曾相识，它戴着一顶绿色软呢帽。

格雷厄姆·科茨在厨房找到的朗姆酒已经喝掉了半瓶。他开这瓶酒，是因为不想到酒窖去，也是因为觉得喝这个比喝葡萄酒醉得更快。可惜事实并非如此。这酒下肚后似乎没什么反应，更不用说消什么愁了。他绕着房子转圈，一手拿着酒瓶，一手拿着半满的酒杯，有时从这只手里喝上一口，有时则是另一只手。他在镜子里看到自己的模样，冷汗涔涔，活像条落水狗。"高兴起来，"他大声说，"也许根本没事。塞翁失马，焉知非福。人有旦夕祸福。俗话说人多手杂。谁知道哪片云彩有雨。"朗姆酒几乎已经喝光了。

他走回厨房，翻了好几个橱柜，这才找到一瓶雪利酒。格雷厄姆把它拿过来深情地抱在怀中，好像它是个头超小的老朋友，出海多年才刚刚回来。

他打开瓶塞。这是一瓶甜味烹调酒，但他就像喝柠檬水似的往嘴里灌。

格雷厄姆·科茨在厨房找酒时，还发现了些别的东西。比如说刀子。有几把相当锋利。在一个抽屉里，甚至还有个不锈钢小钢锯。格雷厄姆·科茨相信，这就是解决地下室问题的捷径。

"人身保护法，"他说，"犯罪事实。就是这些问题。如果没有尸体，那就没有犯罪。由此可证。证明完毕。"

他把枪从上衣口袋里拿出来，放在厨房餐桌上。他用刀子摆出一个图案，就像是轮子的轮辐。"好了，"他过去常用这种口气说服那些天真的男孩乐队赶快签合同，告诉他们名气近在眼前——虽说不一定有钱，"机不可失，时不再来。"

他把三柄餐刀插进皮带，将小钢锯揣进上衣，然后拿着枪，走下地窖楼梯。他打开灯，看了看放在架子上，盖着一层薄灰的酒瓶，随后站到肉窖的铁质大门旁。

"好了，"他喊道，"请放心，我不会伤害你们。我现在就放你们走。一切都是个误会。总之，请别往心里去。俗话说覆水难收嘛，凡事都要向前看。请到对面墙壁去，站好位置，别耍花样。"

他拉开门闩时心里想着，已经有那么多老片子讲的都是手里拿枪的人，这几乎令人欣慰。格雷厄姆·科茨觉得好像跟他们有种手足之情：鲍嘉就站在他身边，还有贾克奈[1]，以及所有在警匪片里互相射击的人。

他打开灯，拉开门。罗茜的母亲站在对面墙角下，背冲着他。格雷厄姆走进去时，她掀起自己的裙子，扭动着瘦得可怕的褐色臀部。

格雷厄姆·科茨惊得目瞪口呆。与此同时，罗茜用一段生锈的铁链砸在他的腕子上，手枪飞到房间对面。

罗茜的妈妈一脚踢在格雷厄姆·科茨裆下，力道和准确度都不逊于年轻女子。他抓着裤裆，弯下腰，惨叫声的调门之高，估计只有狗和蝙蝠才能听见。罗茜和妈妈跌跌撞撞跑出肉窖。

她们把门关上，罗茜插住一道门闩。两人抱在一起。

灯光熄灭时，她们还在酒窖里。

"只是保险丝的问题。"罗茜安慰妈妈说。她不知道自己相不相信这个说法，但也想不出其他解释了。

"你应该把所有门闩都插上。"诺亚夫人说，接着是一声"哦"和一串咒骂。她的脚趾撞到了什么东西。

"往好处想，"罗茜说，"他在黑暗中也看不见东西。握住我的

---

1 均为好莱坞二十世纪四十年代警匪片、黑帮片明星。

手。我想楼梯是在这边。"

灯光熄灭时，格雷厄姆·科茨正手脚着地，趴在黑洞洞的肉窖里。有种热乎乎的东西顺着他的大腿直往下流。他一度尴尬地认为自己尿了裤子，但马上发现是腰带上插着的一把刀深深刺进大腿。

他不再移动，直接躺在地板上，心想醉成这样真是再合适不过了，这就相当于麻醉剂啊。他决定睡上一觉。

肉窖里不止是他一个人。还有某种东西和他在一起，某种用四条腿移动的东西。

有个人咆哮道："起来。"

"起不来。挺疼的。我想睡一觉。"

"你这可怜的小东西，你会毁掉周围的一切。赶快起来。"

"我倒想呢，"格雷厄姆·科茨用醉汉那种通情达理的腔调说，"起不来。只能在地板上躺会儿了。再说，她已经把门插好。我听见了。"

他听到门外传来剧蹭声，似乎有道门闩被慢慢打开。

"门开了。听着，如果你待在这儿，就会死。"一阵不耐烦的瑟瑟声，一条尾巴甩了甩，一声咆哮半闷在喉咙里，"把你的手和忠诚给我。请我进入你的身体。"

"我不明……"

"把手给我，不然就失血而死。"

在肉窖的黑暗中，格雷厄姆·科茨伸出手来。有个人——有个东西——抚慰地握了握。"好了，你准备请我进入你的身体吗？"

格雷厄姆·科茨突然清醒过来。他已经走得太远了。不管干什么，都不会让事态更加恶化。

"好了。"格雷厄姆·科茨低声说。话音未落，他就开始变化。

他可以看穿黑暗，简单地如同白昼一般。有一瞬间，他觉得身边有什么东西，比人类个头大，长着很尖很尖的牙。接着它消失了，格雷厄姆·科茨感觉特别好。大腿也不再流血。

他在黑暗中可以看得一清二楚。他从腰带里拔出刀子，扔到地上，然后把鞋脱掉。地上有把手枪，但他没有理会。工具是给猩猩、乌鸦和弱者用的。他不是猩猩。

他是个猎手。

格雷厄姆·科茨用手和膝盖撑起身体，然后四肢着地，悄无声息地爬进酒窖。

他看到两个女人。她们在黑暗中手拉着手，摸索着往前蹭，正在寻找通向房子的楼梯。

一个又老又瘦，另一个则又小又嫩。格雷厄姆·科茨嘴里分泌出的东西，只有一部分属于他自己。

胖查理把父亲的软呢帽往后推了推，离开步行桥，走入薄暮。他走上河岸，滑过一块块岩石，蹚过一个个池塘，突然踩到一个会动的东西，踉跄一下，刚忙把脚挪开。

那东西立起来，越升越高。不管它是什么，肯定体形巨大。胖查理起初觉得这东西个头堪比大象，但它还在继续变大。

光，胖查理想道。他大声歌唱，所有发光的飞虫，所有这里的萤火虫都聚集在他身边，闪烁着绿色冷光。借着它们的光亮，胖查理看到两只比餐盘还大的眼睛，长在一张傲慢自得的爬虫脸上，正向下盯着他。

胖查理与它对视。"晚上好。"他愉快地说。

它的声音滑得像加了炼乳的油。"你——好，"它说，"叮——咚。你看起来特别像晚餐。"

"我是查理·南希，"查理·南希说，"你是谁？"

"我是龙，"龙说，"我要一口吞了你，慢慢咂摸，戴帽子的小人。"

查理眨眨眼。爸爸会怎么办？他寻思着，蜘蛛会怎么做？他完全没了主意。快想。毕竟蜘蛛是我的一部分。他能做到的，我都可以。

他尽力表现出自己的说服力，对龙说道："呃，你已经跟我聊烦了，而且你会把路让开，放我过去。"

"啊！干得好。但恐怕我不会这么做，"龙热情地说，"实际上，我要吃了你。"

"你不怕酸橙，对吗？"说完这话，查理才想起来已经把酸橙给黛西了。

巨龙轻蔑地大笑起来。"没有任何东西，"它说，"会令我恐惧。"

"没有任何东西？"

"没有任何东西。"它说。

查理说："没有任何东西会令你恐惧，真是这样吗？"

"绝对是这样。"巨龙承认道。

"知道吗，"查理说，"我兜里就是'没有任何东西'。你想看看吗？"

"不，"龙不安地说，"绝对不想。"

如帆巨翼一阵拍打，河滩上只剩下胖查理一个人。"没想到，"他说，"这么简单。"

他继续向前走，还编了一首行路的歌。查理一直就想写歌，但从没兑现。主要是因为他坚信如果自己写了首歌，别人就会要他唱出来。这可不算什么好事，就像被吊死一样不算好事。但现在，胖查理越来越不在乎了，他向萤火虫们唱出自己的歌，它们跟着他一路走上山坡。这首歌讲的是他遇到鸟女和寻找兄弟的故事。胖查理希望萤火虫们喜欢它：它们的光亮似乎正随着曲调明暗闪烁。

鸟女就在山顶等他。

查理摘下帽子，从帽边上拔下羽毛。

"给。我想这是你的。"

她没有伸手来接。

"我们的交易取消了，"查理说，"羽毛给你。我要我兄弟。你把他带走了。我要他回来。安纳西的血脉不是我能给予的。"

"如果你兄弟不在我手上了呢？"

借着萤火虫的冷光很难辨识清楚，但查理觉得她讲话时嘴唇没动。但这话语就在周围萦绕，藏在夜鹰的啼叫和猫头鹰的尖啸中。

"我要我的兄弟，"他说，"我要他全须全尾、毫发无伤地回来。而且我现在就要。不然的话，你和我父亲过去这些年的麻烦，就只是前奏。知道吗，是序曲。"

查理从没恐吓过什么人。他不知道该如何兑现这些威胁——但却毫不怀疑自己会去兑现的。

"他曾经在我手上，"鸟女用麻鸦辽远的隆隆声说道，"但我取了他的舌头，把他丢在老虎的世界了。我不能伤害你父亲的血脉。老虎可以，只要他找到自己的勇气。"

静寂。夜蛙和夜鸟都不再鸣叫。她面无表情地看着胖查理，面容几乎完全融入阴影。她把手伸进大衣口袋。"把羽毛给我。"她说。

查理把羽毛放在鸟女手中。

他感觉轻松了许多，仿佛鸟女拿走的不止是一根旧羽毛……

鸟女把某种又湿又冷的东西放在他手里，感觉像是一块肉。查理强行抑制住把它扔掉的冲动。

"还给他，"她用夜的声音说，"现在他和我的恩怨就一笔勾销了。"

"我怎么去老虎的世界？"

"你怎么到这儿来的？"她几乎是饶有兴趣地问道。夜幕低垂，山坡上又只剩查理一人。

他张开手，看到一块肉，软塌塌，皱巴巴，像是条舌头。他知道这是谁的舌头。

查理把绿软呢帽戴好，心想，戴上我的智慧帽。这是个笑话，但仔细一想似乎并不可笑。绿呢帽不是思考帽，但戴它的人肯定是那种不仅会思考，也会作出关键决断的人。

查理把世界想成一个网，在他心中绽放光芒，把他和所有熟人链接起来。从他连到蜘蛛的丝线又粗又亮，放射出一种冷光，好像是只萤火虫或是一颗明星。

蜘蛛曾是他的一部分。查理把这件事牢牢记在心中，让网充满自己的头脑。他手里拿着蜘蛛的舌头：不久前这还属于他的兄弟，而且它迫切希望重新成为他的一部分。活物都有记忆。

大网的强光在他身边燃烧。查理所要做的就是跟着它……

他跟着丝线走了下去，萤火虫聚集在周围，跟他一起前进。

"嗨，"他说，"是我。"

蜘蛛发出惊骇的轻呼。

在闪烁荧光中，蜘蛛看起来糟透了：受了伤，还在被人猎捕。他的脸和胸口都有些疤痕。

"我想这东西大概是你的。"查理说。

蜘蛛从兄弟手里接过舌头，夸张地做了个感谢的动作，然后把它放进嘴里，推了推，压了压。查理看着他，等待着。蜘蛛似乎很满意，他试探着动了动嘴，把舌头从一侧转到另一侧，好像是在准备刮胡子。他把嘴张得老大，舌头来回摆动了一阵，然后闭上嘴，站起身，最后用还有些咬字不清的声音说："帽子不错。"

罗茜终于走到楼梯顶端。她推开酒窖的门，跌跌撞撞地跑进大宅。她等妈妈出来后，把地窖的门关好闩死。外面也没电，但明月高悬，而且几乎是满月。经历了纯粹的黑暗，厨房窗口透进来的苍白的月光就像灯光一般明亮。

男孩女孩出来玩，罗茜想道，明月闪闪如白昼……[1]

"给警察打电话。"她妈妈说。

"电话在哪儿？"

"我怎么会知道该死的电话在哪儿？他还在下面。"

"对。"罗茜心想是先给警察打电话，还是先跑出房子。但在她作出决定之前，一切都太迟了。

"砰"的一声巨响，震得她耳朵生疼。地窖的门被撞开了。

黑影蹿出地窖。

它是真的。罗茜看着它，知道它是真的。但这不可能：它是一头

---

1 一首美国流行童谣。

大猫的影子，身形巨大，毛发蓬松。最奇怪的是，当月光照上去时，影子似乎更黑了。罗茜看不见它的眼睛，但她知道这东西在注视自己，也知道它很饿。

它要把她杀死。这就是最终的结局。

诺亚夫人说："它要吃你，罗茜。"

"我知道。"

罗茜抄起最近的大物件——一个放刀的木夹，朝黑影扔了过去，她也不敢看有没有砸中，而是以最快速度跑出厨房，来到走廊。她知道正门在哪儿……

某种黑暗的四足动物移动得更快。它从罗茜头顶蹿过，几乎悄无声息地落在前方。

罗茜靠在墙上，嘴巴很干。

野兽就挡在她们和正门之间，慢慢踱向罗茜，似乎有的是时间。

诺亚夫人从厨房跑了出来，她挥舞着双臂，径直跑过罗茜，经过月光照耀的走廊，冲向巨大的黑影。她把自己的小拳头捶在那东西的肋部。世间万物都愣了一下，整个世界仿佛都屏住呼吸，然后才把这口气吐在她身上。一阵残像过后，罗茜的妈妈倒在地上，黑影摇晃着她，就像一条狗叼着个破洋娃娃。

门铃响起。

罗茜想喊救命，但发现自己正在尖叫，声音很大，持续不断。罗茜面对浴缸中意外出现的蜘蛛时，可以叫得像个第一次遭遇雨衣杀手的B级片女演员。现在她身处一所黑暗的房子，屋里还有只影子老虎和一个潜在的连续杀人犯，而且其中一个——也许是这两个——东西刚刚攻击了她妈妈。罗茜的脑海中转过几个行动的念头（枪，枪在地窖里。她应该下去拿枪。或是门——她可以尝试从妈妈和那个黑影身边跑过去，把前门打开），但她的肺和嘴只想尖叫。

有什么东西开始撞门。他们准备破门而入了，罗茜想。他们进不来的，那门很结实。

诺亚夫人倒在地板上，一缕月光洒在她身上。黑影蹲在她身前仰头咆哮，这是一种混杂着恐惧、挑战和狂迷的深沉吼叫。

我产生幻觉了，罗茜心中突生一种疯狂的信念，我在地窖里被锁了两天，现在产生了幻觉。根本没有老虎。

同样凭借这种信念，她确信眼前也没有什么月光中的苍白女子——虽说她亲眼看到一个人从走廊对面走来，头发金黄，拥有舞者的长腿窄臀。女子走到老虎的影子旁边，停下脚步。她说："嗨，格雷厄姆。"

影兽抬起硕大的脑袋，发出咆哮。

"别以为你能藏在这可笑的动物服装里。"女子看起来不太高兴。

罗茜意识到自己可以透过女人的上身，看到对面的窗户，她后退两步，紧紧靠在墙上。

野兽又是一阵咆哮，这次似乎不那么确定。

女人说："我不相信有鬼，格雷厄姆。我这辈子，整整一辈子，都不相信有鬼。然后我遇到了你。你让莫里斯的事业搁浅。你偷我们的钱。你杀了我。而雪上加霜的是，你迫使我相信有鬼。"

大猫似的影子呜呜叫了两声，开始往后蹭。

"别以为这样就能躲过我，你这个没用的小人儿。想装老虎随你的便。但你不是老虎，而是老鼠。不，这是对高贵且数目众多的啮齿类族群的侮辱。你还不如老鼠。你是沙鼠，是白鼬。"

罗茜跑过走廊。她跑过那只影子野兽，跑过倒在地上的妈妈。她迎面穿过苍白的女子，感觉像是经过一团雾气。她跑到前门，摸索着门闩。

罗茜听到有人在争论，也不知是在她的头脑中，还是在现实里。有人正在说话。

别管她，蠢货。她碰不到你。只是个罗刹，几乎算不上真的存在。去抓女孩！阻止那个女孩！

另一个人在回答。

你这话确实有一定道理，但我认为你没有把所有细节考虑进去。另一方面，小心……嗯，驶得万年船，如果你听我的……我说了算。你听我的。

但是……

"我想知道的是，"苍白的女人说，"你现在鬼的成分有多少。我是说，我碰不到活人。我甚至碰不到实在的东西。但我能碰到鬼。"

女人对准野兽的脸，使劲踢去。影子猫嘶叫一声，往后一缩，堪堪躲过这一脚。

下一脚踢中了，野兽发出哀号。又是一脚，重重踢在应该是影猫鼻子的位置。野兽发出一声小猫被强迫洗澡时的惨叫，一声充满恐惧和愤怒、耻辱和挫败的孤寂悲号。

走廊中洋溢着女鬼的笑声，洋溢着喜悦和欢愉。"白鼬，"女人再次开口道，"格雷厄姆·白鼬。"

一阵凉风在房舍中刮过。

罗茜拉开最后一道门闩，拧开门锁，把正门打开。一束束手电光芒让她头晕目眩。很多人。很多车。一个女人的声音响起："这是失踪的游客之一，"接着她又说，"我的上帝啊。"

罗茜转过身。

借着手电筒的光柱，罗茜看到妈妈瘫倒在地板砖上。倒在她旁边的无疑是个男人。他没穿鞋，似乎人事不省，正是格雷厄姆·科茨。他俩周围有一大摊红色的液体，像是红颜料。罗茜发现自己一下子搞不清楚到底是怎么回事。

一个女人正在对她说话。她说的是："你是罗茜·诺亚吧。我叫黛西。让我给你找个地方坐一下。你想坐一会儿吗？"

肯定是有人找到了保险丝盒，顷刻之间屋里的灯全都亮了。

一个身穿警服的大个男人弯腰看了看地上的两个人，他抬起头说："肯定是芬尼根先生。他已经没有呼吸了。"

罗茜说："是的，谢谢。我很想坐一下。"

月光中，查理和蜘蛛肩并肩坐在悬崖上，两条腿耷拉在下边。

"知道吗？"他说，"你曾是我的一部分，咱俩小的时候。"

蜘蛛歪着脑袋说："真的？"

"我想是的。"

"哦，这么一来有几件事就可以解释通了，"他抬起一只手来，七腿蜘蛛趴在他手背上，试探着周围的空气，"现在怎么办？你要把我收回去，还是怎么着？"

查理皱起眉头。"我想你现在比作为我的一部分时更好。而且你过得也挺快活。"

蜘蛛说："罗茜。老虎知道罗茜的事了。我们得做点什么。"

"当然。"查理说。这就像是在记账，他想：你把数目填进一栏，把它们从另一组数里扣除。如果你算对了，那么结果就会出现在账册最下方。他握住蜘蛛的手。

两人站起身，迈出一步，走下悬崖——

周围一片光明——

一阵凉风在世界之间吹拂。

查理说："知道吗？你并不是我蕴含魔力的那部分。"

"我不是吗？"蜘蛛又迈出一步。星辰坠落如雨，在黑暗的天空上划出一条条纹路。某个人在某个地方，用长笛吹奏出优美高亢的乐曲。

再迈一步，汽笛声在远方响起。"不，"查理说，"你不是。我想邓威迪夫人大概以为你是。她把咱们分开，但并不清楚到底做了什么。咱们就像是被分成两半的海星。你长成了一个完整的人。而且，"话一出口，他就知道这是真的，"我也是。"

他们站在晨光映照的悬崖边。一辆救护车正往山上开，车顶灯光闪烁，另一辆就跟在它后面。两辆车在路边的一堆警车旁停了下来。

黛西似乎在给所有人解释到底出了什么事。

"我们在这儿没什么可做的。现在没有，"查理说，"来吧。"最后一只萤火虫离他而去，一闪一闪地飞走睡觉去了。

他们乘坐早上第一班小公共汽车回到威廉斯镇。

梅芙·利文斯顿坐在格雷厄姆·科茨山顶别墅二楼的图书馆里，周围全是格雷厄姆·科茨的艺术品、书籍和DVD光盘。她注视着窗外，岛上的急救人员正把罗茜和她妈妈送上一辆救护车，格雷厄姆·科茨则被送上了另一辆。

现在回想起来，踢了格雷厄姆·科茨变成的那个野兽似的东西，让她感觉特别愉快。这是被杀之后，最令梅芙满足的一件事——如果梅芙坦诚面对自己的话，就会承认同南希先生跳舞的感觉可以说不遑多让。他的动作非常灵活，脚底下也很利落。

她累了。

"梅芙？"

"莫里斯？"她环顾四周，但屋子里空无一人。

"如果你还在忙的话，我可不想打搅你，宝贝。"

"你真是太好了，"她说，"但我想现在我已经搞定了。"

图书馆的墙壁慢慢消失，逐渐失去颜色和形状。墙壁之后的世界开始显现，在纯白的光芒中，梅芙看到有个穿漂亮西服的小个子身影，正在等待自己。

梅芙向他伸出手。她说："我们现在去哪儿，莫里斯？"

他告诉了她。

"哦。很好，这将是个愉快的改变，"她说，"我一直想去那里。"

他们手拉着手，渐渐远去。

第十四章

种种结局

一阵敲门声把查理从梦中惊醒。他有些头晕，感觉摸不着北。他向周围看了看，才发现自己是在旅馆房间里。各种不可思议的事件绕着他的脑袋打转，就像是飞蛾聚集在裸露的灯泡周围。他一面梳理头绪，一面把脚放到床下，走向房间大门。查理冲门后贴着的火灾逃生图示眨了眨眼，试图回想起昨天晚上到底发生了什么。接着他拧开锁，把门打开。

　　黛西看着他说："你戴着帽子睡的？"

　　查理抬起手摸了摸脑袋，上面确实有顶帽子。"是的，"他说，"看来确实如此。"

　　"哦，"她说，"好吧，至少你脱了鞋。知道吗，昨天晚上你错过了所有好戏？"

　　"真的？"

　　"刷刷牙，"她建议说，"再换件衬衫。是的，你错过了。当你……"黛西犹豫了一下，现在想来，他消失在通灵会中的情景显得荒诞不羁。这种事没发生过。至少在现实世界不可能。"当你不在的时候，我带警察局长去了格雷厄姆·科茨的宅子。他抓了那些游客。"

"游客……？"

"就是他在餐厅里说的，咱们派了两个人进入他家之类的话。那两个人是你的未婚妻和她妈妈。他把她们锁在地下室。"

"她们还好吗？"

"她们都在医院。"

"哦。"

"她妈妈情况不妙。我想你未婚妻没什么事。"

"你能别再这么叫了吗？她不是我未婚妻，她已经和我分手了。"

"对。但是你没有，不是吗？"

"她不爱我，"查理说，"好了，我这就去刷牙换衬衫，这需要一点儿私人空间。"

"你应该洗个澡，"她说，"另外那帽子闻起来像根雪茄。"

"这是传家宝。"查理说完就走进浴室，把门锁在身后。

从酒店出发，步行十分钟就到了医院。蜘蛛正坐在等候室里，手里拿着一本卷了角的《娱乐周刊》，好像真的在读似的。

查理拍拍他的肩膀，蜘蛛一下子跳了起来。他警惕地抬起头，看到查理才放松下来，但是也只放松了一点儿。"他们说我必须等在这里，"蜘蛛说，"因为我不是亲属或是别的什么。"

查理犹豫地说："哦，那干吗不告诉他们你就是她亲戚？或是医生？"

蜘蛛看起来有些不安。"哦，如果你不在乎，那这种话说起来就很简单。如果我进不进去都无所谓，那想要进去也很简单。但现在不同，我可不想进去碍事，或是捅个什么娄子。我是说，如果我试了，但他们说不，然后……你笑什么？"

"没什么大不了的，"查理说，"只是听起来有点耳熟。来。进去找罗茜吧。你知道吗，"他们随便走向一道走廊，查理扭头对黛西说，"有两种方法可以让你在医院里溜达。要不你就让别人觉得你属于这里——看见了吗，蜘蛛，门后面那件白大褂，正好是你的尺寸，穿上它——要不就显得特别不该出现在这里，如此一来也没人找你的碴儿，他们都会把这事留给别人处理。"他开始哼一首曲子。

"这是什么歌？"黛西问。

"它叫《黄鹂鸟》。"蜘蛛说。

查理把帽子戴在头上，三人走进罗茜的病房。

罗茜正坐在床上看一本杂志，显得心绪不宁。她看到他们三个走了进来，表情更加沉重，视线在蜘蛛和查理之间来回游移。

"你们都是远道而来啊。"她只说了这么一句。

"确实如此，"查理说，"那么你见过蜘蛛了。这是黛西，在警察局工作。"

"不知道我现在还是不是警察，"黛西说，"我可能惹上了所有的麻烦。"

"你就是昨晚那个人？那个把岛上警察领到宅子来的人？"罗茜顿了顿，继续说，"有格雷厄姆·科茨的消息吗？"

"他在重症监护室，和你妈妈一样。"

"哦，如果她先醒过来的话，"罗茜说，"我估计她会把格雷厄姆杀了，"她又说，"他们不给我讲妈妈的情况，只是说相当严重，如果有什么变化会尽快通知我。"她看着查理，目光清澈镇静，"她

363

没有你想的那么坏，真的。你只是没时间了解她。我们被锁在地窖时，谈了好久。她挺好的。"

罗茜擤了下鼻子，继续说："他们觉得她挺不过来了。他们没直接说这话，但是用那种不说出口的方式说了。真有意思。我还以为不论遇到什么情况，她都能挺过来呢。"

查理说："我也是。我觉得如果发生热核战争，最后活下来的肯定是受辐射变异的蟑螂，还有你妈妈。"

黛西踩了他一脚。她说："对于伤害她的那东西，他们都知道些什么？"

"我告诉他们了，"罗茜说，"那房子里有某种动物。也许只是格雷厄姆·科茨。我是说部分是他，但另一部分是别的什么人。妈妈把它的注意力从我身上转开，然后它就把她……"她今天早上已经尽力向岛屿警方解释了一切，但还是决定不要提起那个金发女人的鬼魂。有时大脑会在压力下崩溃，罗茜觉得最好还是不要让其他人知道她所知的一切。

罗茜突然闭上了嘴。她盯着蜘蛛，就好像刚想起来他是谁似的。罗茜说："知道吗？我还在恨你。"蜘蛛沉默不语，脸上爬过一种痛苦的表情。他看上去再也不像一名医生，完全是个从门后借了件白大褂的人，时时刻刻在担心被别人发现。她的声音里有种朦朦胧胧的感觉。"只是，"她说，"只是我在黑暗中时，一直以为是你在帮我，是你在阻止野兽靠近。你的脸怎么了？到处都是划痕。"

"是个动物干的。"蜘蛛说。

"知道吗？"她说，"现在我同时看着你们两个人，觉得你们一点儿都不像。"

"我是好看的那个。"查理说。黛西的脚第二次踩在他的脚趾上。

"哦，"黛西轻声说道，随后又略微提高了一点儿声调，"查理，我们需要到外面去谈谈。就现在。"

他们走出病房，来到楼道，把蜘蛛留在了屋里。

"什么？"查理说。

"什么什么？"黛西说。

"你要和我谈什么？"

"没什么。"

"那干吗要出来？你听见她说了什么。她恨蜘蛛。咱们不能把他俩单独留在里面。她没准现在已经把他杀了。"

黛西抬头看着他，一脸古怪的表情，就好像基督听到有人对他说"我可能对面包和鱼过敏，能不能给我做一份鸡肉沙拉"。这表情中既有怜悯，又有无限的同情。

黛西用手指压住嘴唇，示意安静，然后把他拉到门口。查理朝房间里看了看：罗茜没有要杀蜘蛛的意思。情况刚好相反。"哦。"查理说。

他们在接吻。你可能误以为这只是个普通的吻，但这么说吧，这个吻包括嘴唇、皮肤，甚至一点点舌头。你会想念他的笑容和那闪烁的目光。还有这个吻结束后，他站起来的方式，就像一个人刚刚发现站立的艺术，并且领悟到如何才能站得比古往今来任何人更好。

查理扭回头，发现黛西正跟几名医生和昨晚遇到的警察局长交谈。

"哦，我们一直觉得他是个坏人，"警官对黛西说，"坦白讲，你只会在外国人身上发现这种行为。本地人就是不会干这种事。"

"显然如此。"黛西说。

"非常非常感谢，"警察局长拍了拍她的肩膀，害得黛西直咬牙，"这位小姑娘救了这个女人的命。"他冲查理说完这句话，又很赏脸地拍了下他的肩膀，然后就跟医生们一起走了。

"情况到底怎么样？"查理问道。

"格雷厄姆·科茨死了，"她说，"差不多吧。另外他们对罗茜的妈妈也不抱任何希望。"

"我明白了，"查理想了想这个问题，随即作出决定，他说，"你介意我和我兄弟谈一小会儿吗？我想我们需要谈谈。"

"反正我也要回酒店了。我要查一下邮箱，也许还得对着电话说上一大堆对不起。看看是不是还有份工作。"

"但你是个英雄，不是吗？"

"我想大概没人为英雄发工资，"她略微有些疲倦地说，"等你办完事，就回酒店找我。"

朝阳当空，蜘蛛和查理走在威廉斯镇的主干道上。

"知道吗，这帽子真挺棒的。"蜘蛛说。

"你真这么想？"

"当然。能让我试试吗？"

查理把绿色软呢帽递给蜘蛛。蜘蛛戴上它，看了看商店玻璃窗上的倒影。他做了个鬼脸，把帽子还给查理。"反正，"他失望地说，"你戴起来挺好看。"

查理把软呢帽带回头上。有些帽子需要你有股扬扬自得的派头，把它们歪戴在头上，步伐中带有跃动的感觉，就好像马上要跳起舞来。它们对你的要求很多。这顶帽子就是其中之一，但查理能够胜任。他说："罗茜的妈妈快死了。"

"对。"

"我真的，真的从没喜欢过她。"

"我对她的了解没你那么深。但如果时间允许的话，我敢说我也真的真的不会喜欢她。"

查理说："我们必须试着把她救活，不是吗？"他这话说得很勉强，就像是在说"我该去看牙医了"。

"我不认为咱们能做到这种事。"

"老爹曾为妈妈做过类似的事，让她好了起来，至少是好了一阵子。"

"但那是他。我不知道咱们怎么才能做到。"

查理说："那个世界尽头的地方。有很多山洞。"

"世界之初，不是尽头。那儿怎么了？"

"我们能去那儿吗？不用蜡烛和香草之类的零碎？"

蜘蛛沉默片刻，点了点头。"我想可以。"

他们转过身，走向一个并不存在的方向，慢慢离开威廉斯镇的马路。

太阳正在升起，查理和蜘蛛走过一片堆满头骨的海岸。它们像黄色卵石一样覆盖沙滩，但并不是人类的头骨。查理尽可能避开它们，但蜘蛛直接咯吱咯吱地踏了过去。到了海滩尽头，两人向右转过一个通向万有的弯角，世界之初的山峰就耸立在前方，道道悬崖直落九天。

查理回忆起上次到这儿来时的情景，感觉就像过了一千年。"人都哪儿去了？"他大声说道，声音在岩石间回荡，然后返回他耳中。"嗨！"查理大声说。

顷刻之间，他们都出现在这里，注视着他。他们似乎更加尊贵，更多野性，更像动物，而不是人。查理意识到上次把他们看成人，是因为自己期望会遇到人。但他们并不是人。排列在头顶岩石间的是狮子和大象，鳄鱼和蛇，兔子和蝎子，以及其他数以百计的动物——他们都用没有笑意的眼睛盯着他。这里有他认识的动物，也有些没人能够辨识的异兽奇禽。所有出现在故事中的，所有人们梦到的、膜拜的动物都在此地。

查理全都看在眼里。

在坐满食客的餐厅里，发现有支手枪正顶在女伴的肚子上，一时冲动为自己的性命而唱，这是一回事……

但是……

哦。好了，查理心想，这种事就留到日后再发愁吧。

现在他特别想在嘴上扣个棕纸袋缓和呼吸，或是找个地缝钻进去。

"他们肯定数以百计。"蜘蛛敬畏地说。

空中刮来一阵旋风，落到附近一块岩石上化作鸟女。她抱着胳膊，注视着他们。

"不管你打算做什么，"蜘蛛说，"最好快点。他们不会永远这样等下去。"

查理嘴里有点干。"没错。"

蜘蛛说："那么，呃，我们到底该做什么？"

"我们给他们唱歌。"查理简洁地说。

"什么？"

"这就是我们解决问题的方法。我已经想明白了。我们只需要把它都唱出来，你和我。"

"我不明白。唱什么？"

查理说："歌。你唱歌，你解决问题。"他的语气有些绝望，"歌。"

蜘蛛的双眼就像雨后的水坑，查理看到了他此前从没见到的东西，可能有些亲情，还有迷惑，但大部分都是歉意，蜘蛛说："我不知道你在说什么。"

狮子站在一块巨岩旁看着他们。猴子站在一棵树上看着他们。老虎……

查理看到老虎。它正四脚着地，小心翼翼地移动。它的脸瘀青肿胀，但眼中却有一丝精光，看起来似乎特别高兴有机会扳平比分。

查理张开嘴，一阵很小的沙哑噪声冒了出来，仿佛他刚吞了只情绪特别紧张的青蛙。"这没用，"他小声对蜘蛛说，"这是个笨主意，对吗？"

"嗯哼。"

"你觉得咱们能直接离开吗？"查理紧张地扫视着山腰和众多洞穴，看到了创世以来所有的图腾生物。有个人他上次没见过：一个小个子男人，笔杆粗细的小胡子，柠檬黄手套，稀疏的头发上没有戴软呢帽。

老人发现查理看到自己时，冲他挤了挤眼。

并不多，但足够了。

查理深吸口气，开始歌唱。"我是查理，"他唱道，"我是安纳西的儿子。请听我唱出自己的歌，听听我这一生。"

查理给他们唱了一个曾是半神的男孩，被个刻薄的老妇人分成两半。他唱了自己的父亲，也唱了自己的母亲。

他唱了许多姓名和词汇，唱了现实下的基石，还有创造世界的世界，万物之道下的真相。他为那些想要伤害他的人唱出了合适的下场和公正的结局。

他唱了这个世界。

这是首好歌，正是他的歌。有时歌中有词，有时只是韵律。

他唱歌时，所有动物都开始拍手跺脚，一起哼哼。查理感觉自己像个通道，唱出了所有动物融成的宏大乐章。他唱了鸟，唱了看着它们飞翔时体会到的魔力，唱了朝阳在羽翼上反射的光华。

图腾生物们跳起舞来，跳的是它们自己的舞蹈。鸟女跳出鸟群的圆舞，扇动尾羽，摇晃嘴巴。

山腰上只有一个动物没有跳舞。

老虎甩着尾巴，他没拍手，没唱歌，也没跳舞。他脸上泛着瘀青，身上满是伤口和咬痕，一步一步悄悄走下岩石，最终来到查理跟前。"这些歌不是你的。"他吼道。

查理看着他，开始唱起老虎，还有格雷厄姆·科茨，以及所有以无辜者为食的生物。他扭过头，发现蜘蛛仰慕地看着自己。老虎愤怒地咆哮，查理接过这声咆哮，把歌缠在周围。接着他也发出咆哮，就和老虎刚才一样。至少开头和老虎的咆哮一样，但接着查理将它改变，让它变成一种滑稽的咆哮，所有在岩石上看着他们的动物都大笑起来。他们实在忍不住。查理又来了一声滑稽咆哮。就像所有模仿秀一样，就像所有优秀的讽刺漫画一样，它凸现出这咆哮中本质固有荒诞之处。日后所有人听到老虎的咆哮时，都会隐隐听到查理的声音。"滑稽咆哮。"他们会这样说。

老虎转身背对查理，蹿过人群，边跑边吼，这让大家笑得更厉害了。老虎愤怒地退回自己的洞穴。

蜘蛛抬起双手，做了个简单的动作。

随着一阵轰鸣，老虎的洞口发生崩塌，被落石掩埋。蜘蛛露出满意的表情。查理继续歌唱。

他唱了罗茜·诺亚的歌，唱了罗茜妈妈的歌；他唱了诺亚夫人悠长的一生，和她应得的所有幸福。

他唱了自己的一生，唱了她们的一生。他在自己的歌中，看到她们的生命像网一样张开，一只飞虫撞在上面。他用自己的歌把飞虫包住，确保它不会逃走，然后用新的丝线把网补好。

然后这首歌很自然地进入了终章。

查理平静地意识到，他喜欢给别人唱歌。此时此刻，查理已然知晓，他今后要做的就是歌唱。他会唱下去，不是那些创造世界或者重塑万物的魔力宏歌，而是能给人们片刻欢愉，给他们感动，让他们暂时忘记烦恼的小曲。而且他知道在开口前自己总会害怕，总会怯场，永远如是；但他也明白，这就像跳进游泳池——只是几秒钟难受的凉意——然后不适感就会过去，一切都会好起来……

不会像现在这么好。永远不会。但也够好的了。

他终于把歌唱完。查理仰起头。最后的曲调渐渐消失，崖顶的动物们不再跺脚，不再鼓掌，不再舞蹈。查理摘下父亲的绿软呢帽，用它朝脸上扇着风。

蜘蛛小声说："这真是不可思议。"

"你也办得到。"查理说。

"我不这么想。最后发生了什么？我感觉你做了点什么，但说不清到底是怎么回事。"

"我为咱们解决了问题，"查理说，"我想是这样的。我不敢保证……"他确实不敢。歌曲结束后，歌中的内容渐渐消散，就像清晨的梦境。

他指着被岩石覆盖的洞口。"这是你干的？"

"对，"蜘蛛说，"至少我还能做到这件事。但老虎早晚会挖出来。说实话，我希望自己能做点比把它关起来更狠的事。"

“别担心，”查理说，“我做了。某些更狠的事。”

他看着动物们慢慢散去。父亲已经不见踪影，他一点儿也不惊讶。“来吧，”他说，“我们应该回去了。”

蜘蛛在探视时间又去看望罗茜。他带了一大盒巧克力，是医院礼品店出售的最大的那种。

“给你的。”他说。

“谢谢。”

“他们对我说，”罗茜说，“我妈妈已经度过了危险期。她睁开眼睛，要麦片粥喝。医生说这是个奇迹。”

“没错。你妈妈要东西吃。听起来确实像个奇迹。”

罗茜打了他的胳膊一下，然后就把手放在那里。

“知道吗，”过了一会儿，她说，“你肯定以为我是傻瓜。但当我和妈妈被关在黑暗中时，我总觉得你在帮我。我感觉是你把那头野兽挡在了外边。如果不是你做了这些事，他会把我们杀了。”

“嗯。我可能真帮了点忙。”

“真的？”

“我不知道。我是这么想的。我当时也有麻烦，而且我想到了你。”

“你的麻烦大吗？”

“是的，超大。”

“你能给我倒杯水吗？”

蜘蛛照办了。罗茜说：“蜘蛛，你是做什么的？”

"做什么？"

"做什么工作。"

"所有我喜欢的工作。"

"我想，"她说，"我可能会在这儿多住一段时间。护士们告诉我，这里非常缺乏教师。我很想亲手改变这个状况。"

"也许挺有意思的。"

"如果我留下来，那你会怎么办？"

"哦。如果你留在这里，我肯定能找点什么事做。"

他们的手指缠在一起，紧得就像船上的绳结。

"你觉得咱们能行吗？"她问。

"当然，"蜘蛛严肃地说，"如果我厌倦你了，就会离开，找点别的事做。所以不用担心。"

"哦，"罗茜说，"我不担心。"这是实话。她温柔的语气下有种钢铁般的东西。你会明白她妈妈为什么会有那副脾气。

查理发现黛西躺在沙滩上的一张凉椅上，还以为她在太阳下睡着了。但当他的影子碰到黛西时，女孩闭着眼睛说："嗨，查理。"

"你怎么知道是我？"

"你的帽子有股雪茄味。你会尽快把它处理掉吗？"

"不，"查理说，"我跟你说过，这是传家宝。我准备戴到死，然后留给我的孩子。那么，你还在警队里干活吗？"

"差不多，"她说，"头儿说他们判定我是因为工作过度而引发了神经衰弱，我可以休病假，直到感觉没问题了再去上班。"

"啊，那是什么时候？"

"不好说，"她说，"能把防晒油递给我吗？"

查理兜里有个盒子。他把盒子掏出来，放在椅子扶手上。"稍等片刻，"他顿了顿，"你知道，我们已经在枪口下出过那个大洋相了。"他打开盒子，"但这是给你的，我给你的。嗯，罗茜把它还给了我。另外，我们可以把它换成你喜欢的。选个别的款式。也许它根本不合适。但这是你的。如果你肯要它，以及，呃，我的话。"

黛西把手伸进盒子，拿出订婚戒指。

"哦。好吧，"她说，"只要你不是为了把那颗酸橙要回去。"

※

老虎不住地在洞口徘徊，焦躁地来回甩着尾巴。他的眼睛就像黑暗中燃烧的盈绿火炬。

"整个世界和万事万物都曾是我的，"老虎说，"月亮、星辰、太阳和故事。我曾全部拥有它们。"

"我觉得有责任指出，"一个细小的声音从洞穴深处传来，"这话你已经说过了。"

老虎停住脚步，转身向洞穴深处走去，肌肉起伏有致，像是泉水上套着的一块毛皮地毯。他一直走到一具公牛的尸体前，然后轻声说道："对不起，我没听清。"

尸体内传来一阵抓挠声，一个小鼻尖从胸腔探出。"实际上，"它说，"我可以说是赞同你的。我说的就是这个意思。"

两只小白手从两根肋条间撕下一片干肉，显出一个颜色好像脏雪的小动物。它可能是只得白化病的猫鼬，或是某种换上冬季皮毛的变种鼬鼠。它有食腐动物的眼神。

"整个世界和万事万物都曾是我的。月亮、星辰、太阳和故事。我曾拥有它们全部，"他说，"早晚还是我的。"

老虎低头盯着小兽，毫无征兆地拍下一爪，压断了条条肋骨，把尸体打成一摊泛着臭气的碎片，同时也将小动物按在地上。它扭动翻腾个不停，但却无法脱身。

"你留在这里，"老虎的大脑袋正对着白色小兽的小脑袋，"你留在这里，全仰仗我的耐心。你明白吗？因为下次你再说一句惹我生气的话，我就咬掉你的脑袋。"

"嗯嗯嗯。"鼬鼠似的动物说。

"你不想让我咬掉你的脑袋，对吗？"

"呜呜呜。"小动物说道。它在巨爪的重压下难受地扭动着，苍蓝色的眼睛仿佛两片寒冰，闪烁不定。

"那么你能发誓从今往后会守规矩，会保持安静吗？"老虎把爪子抬起一点儿，让小兽说话。

"当然。"小白鼬特别有礼貌地说。接着它以鼬鼠的动作，一扭身把小尖牙刺进老虎的爪子。老虎疼得大吼一声，挥动爪子，把小动物扇了出去。它撞在洞顶，弹到一处岩架，随后起身蹿了出去，像一条肮脏的白带，朝洞穴最深处跑去。那里洞顶低矮，靠近地面，有很多地方可供小动物藏身，而大型野兽又无法进入。

老虎走到他可以到达的最深处。"你觉得我不能等？"他问，"你早晚得出来。我哪儿也不去。"老虎趴在地上，闭上眼睛，很快就发出了相当可信的鼾声。

大约过了半小时，小白兽从岩石间钻了出来，在片片阴影间穿行，朝一块大骨头移动。只要你不介意腐臭，那上面就还有不少肉可吃，显然它并不介意。不过想要吃到那块骨头，必须从老虎身边通过。它潜藏在阴影中，用悄无声息的小脚向前移动。

当它经过沉睡的老虎时，一只前爪拍了过来，按住它的尾巴，把它钉在原地。另一只爪子按在它的脖子上。老虎睁开眼睛。"其实，"他说，"我们似乎是被缠在一起了。所以我只要求你努把力，我们都可以努把力。我不认为咱们会成为朋友，但也许咱们可以学会忍受彼此的存在。"

"我明白你的意思，"小鼬鼠似的东西说，"情势所迫，就像人们常说的那样，只得如此。"

"我要说的就是这个意思，"老虎说，"你只需要学会什么时候该把嘴闭上。"

"凡事，"小动物说，"有利就有弊。"

"你又在惹我生气了，"老虎说，"我跟你说。别惹我生气，我就不会把你的脑袋咬下来。"

"你一直在用'把我的脑袋咬下来'这个短语。你说到'把我的脑袋咬下来'时，我想可以理解为某种比喻性修辞吗？意思是说你要冲我吼，也许相当生气，对吗？"

"把你的脑袋咬下来。然后咬碎。然后嚼烂。然后吞下去，"老虎说，"除非安纳西的孩子忘了咱们在这里，否则你我都不可能出去。那个杂种似乎做了某种安排，就算我上午把你杀了，下午结束时你又会在这个该死的洞穴里复活。所以别惹我生气。"

小白兽说："啊，好吧，多干一天……"

"如果你说'多挣一美元'，"老虎说，"我会很生气，后果很严重。别说、任何、惹我、生气、的话。明白吗？"

这个世界尽头的洞穴中，有了片刻的安宁。但随即又被一个小小的、鼬鼠般的声音打破了。"绝定。"

它开始发出"哦啊！"的声音，但很快就沉静下来。

随后洞穴中就只剩下一种嘎吱吱的啃咬声。

说到棺材，有件事文学作品中从来不会提起，那就是它们的舒适性。因为说实话，对于买家来说，这也不是它的卖点。

南希先生对自己的棺材特别满意。现在所有好戏都已经落幕，他回到自己的棺材，舒服地打着盹。他会不时醒来一次，想想自己身处何方，然后翻个身继续睡觉。

他曾经说过，坟墓是个好地方，更不用说私人坟墓了，绝对是消磨停工期的好去处。六尺之下，最佳所在。再过个二十来年，他心想，我就会考虑一下要不要起床了。

葬礼开始时，他睁开一只眼。

他能听到上面的人：卡莉亚娜·希戈勒，还有那个叫巴斯塔蒙特的，再加上另外那个瘦瘦的女人。更不用说一大群孙子、孙女、曾孙子、曾孙女、曾曾孙子、曾曾孙女。他们都在为已故的邓威迪夫人唉声叹气，痛哭流涕。

南希先生想着要不要从草皮下伸出一只手，抓住卡莉亚娜·希戈勒的脚腕。他三十多年前在一处汽车电影院看了《魔女嘉莉》之后，就想试试这招。可现在机会真来了，他却发现自己居然能抵抗诱惑。说实话，他是嫌麻烦。希戈勒只会惊声尖叫，心脏病发作，当场毙命，然后本已拥挤的憩园就会更加拥挤。

总之是太麻烦了。在这片泥土之下的世界中，还有很多好梦在等待他。二十年，他想，也许二十五年。到时候，他大概已经有孙子了。看到孙子们出现，总是很有趣的事。

他听到卡莉亚娜·希戈勒在上面哭天抹泪。接着她忍住悲声，向众人宣布道："不过，她毕竟拥有幸福长寿的一生。在她离我们而去时，已经有一百零三岁了。"

"一百零四！"恼怒的声音从他旁边的泥土中传了出来。

南希先生伸出一条并不存在的手臂，使劲拍了拍旁边的新棺材。"小声点，姑娘，"他叫道，"这里还有些人想要睡觉呢。"

罗茜已经向蜘蛛明确表示，希望他能找一份稳定工作，那种包括早上起床和出门上班的工作。

所以罗茜出院后的一天早晨，蜘蛛起了个大早，跑去镇上的图书馆。他登入图书馆的电脑，在网上漫游，然后小心翼翼地清空了格雷厄姆·科茨剩余的银行账户，这些都是几大洲警方没能找到的漏网之鱼。他卖掉在阿根廷的种马场，然后买了个现成的小公司，注入资金，申请成为慈善团体。他以罗杰·布朗斯坦之名发了封邮件，雇了一名律师来管理基金会事务，并且暗示他也许应该去找找罗茜·诺亚小姐——此时在圣安德鲁斯，日后可能回伦敦——聘请她进行慈善活动。

罗茜接到了聘请。她的第一个任务就是寻找办公室。

在此之后，蜘蛛花了四天时间行走在（到了晚上，就是睡在）几乎环绕全岛的海滩上，品尝着一路上所有饭铺小摊的食物，直到他发现道森鱼铺。蜘蛛尝了尝炸飞鱼、煮绿无花果、烤小鸡，还有椰子派；他随后走到厨房，找到厨师兼店主，为合作经营权和烹饪课程支付了足够的金额。

道森鱼铺现在是一家饭馆。道森先生已经退休。蜘蛛有时会在店面，有时会在厨房。你到那儿去找他，就能见到。店里的食物是岛上最好的。他比过去胖，如果他继续品尝自己做出来的每道菜，那日后还会更胖。

但罗茜并不介意。

她干了些教师的工作，一些社会救济工作，和很多慈善工作。如果说她想念伦敦的话，至少从没表现出来。另一方面，罗茜的妈妈倒是经常念叨伦敦，但如果有人建议她也许应该回去，就会被视作企图把她和未出生的（说起来，也是未怀上的）孙子分开。

最能让作者高兴的事，莫过于向你保证，自打从死亡峡谷中返回以后，罗茜的妈妈就完全换了人，成了快活的老妇人，跟所有人都温言暖语。她对食物的强烈喜好，只有她对生活和其他事物的喜好能够媲美。唉，但对事实的尊重迫使我必须以诚相告。事实上从医院出来以后，罗茜的妈妈还是老样子，和过去一样刻薄多疑，只是更加脆弱，必须开着灯才能入睡。

她宣称要卖掉伦敦的公寓，无论蜘蛛和罗茜搬到世界上哪个角落，她也必定跟去，只为靠近自己的孙子或是孙女。她还会时不时抛出些牢骚，抱怨没有孙子的问题，还有蜘蛛精子的质量和活力，蜘蛛和罗茜性生活的频率和姿势，以及试管婴儿技术相对来说是多么简单便宜。以至于蜘蛛曾认真想过不再和罗茜上床，只为了气气诺亚夫人。有天下午，这个念头在他脑袋里转了整整十一秒钟。当时罗茜的妈妈正递给他们一份她找到的杂志文章的复印件，建议罗茜在做爱之后应该倒立半小时。蜘蛛晚上跟罗茜讲了自己这些念头，她笑着说再也不允许诺亚夫人进入他们的卧室，而且她也不会为了任何人，在做爱之后倒立。

诺亚夫人在威廉斯镇有处公寓，就在蜘蛛和罗茜家附近。每周两次，卡莉亚娜·希戈勒的某个侄子或是侄女会来看她，用吸尘器打扫卫生，给玻璃水果除尘（蜡水果都在小岛的热度中融化了），做点食物放到冰箱里。有时诺亚夫人会吃，有时她不吃。

查理成了一名歌手。他掉了不少脂肪，现在成了个瘦子，头上总戴着标志性软呢帽。他有很多不同款式，不同颜色的软呢帽；最喜欢的那顶是绿色的。

查理有个儿子，名叫马库斯。他今年四岁半，那股严肃认真的派头只有小孩子和山地大猩猩才能具备。

再也没人管查理叫"胖查理"了。说实话，有时他还挺想念这个称呼。

夏天的一个早晨，天已经亮了。隔壁房间已经传来声音。查理让黛西继续睡觉。他轻轻爬下床，抓起一套T恤和短裤，走过门去，看到儿子光着身子在地上玩一套木质小火车。他们一起穿好T恤、短裤和凉鞋，查理戴了顶帽子，两人走到海滩上。

"老爸？"男孩说。他抿着嘴，似乎在思考什么问题。

"嗯，马库斯？"

"谁是最短的总统？"

"你是说最矮的？"

"不。是说任期。谁最短？"

"哈里斯。他发表就职演说时得了肺炎，结果死了。他当了四十几天总统，大部分时间都在办公室里等死。"

"哦。那么，谁是最长的？"

"富兰克林·德拉诺·罗斯福。他干满了三任，第四任中死在办公室里。咱们把鞋脱了吧。"

他们把鞋放在一块岩石上，继续走向海浪，脚趾扣进潮湿的沙土中。

"你怎么知道这么多总统的事？"

"因为小时候，我父亲觉得多学点这方面的知识，对我有好处。"

"哦。"

他们进入大海，朝一块只有在退潮时才能看到的岩石走去。过了一会儿，查理把男孩举起来，让他骑在自己的肩膀上。

"老爸？"

"什么，马库斯？"

"普图尼娅说你很有名。"

"谁是普图尼娅？"

"托儿所里的女孩。她说她妈妈有你的全部CD。她说她特别喜欢你唱歌。"

"啊。"

"你有名吗？"

"算不上，有一点儿。"他把马库斯放在岩石顶上，然后自己也爬了上去，"好了。准备好唱歌了吗？"

"是的。"

"你想唱什么？"

"我最喜欢的那首。"

"我不知道她喜不喜欢那首。"

"她喜欢。"马库斯的语气笃定如山。

"好。一、二、三……"

他们先唱了《黄鹂鸟》，这是马库斯本周最喜欢的歌，然后唱了《僵尸狂欢节》，这是他第二喜欢的歌，还有第三喜欢的《她会绕过山而来》。马库斯的眼神比查理好，他们快要唱完《她会绕过山而来》时，他就看到了她，马上开始挥手。

"她在那儿，老爸。"

"你确定？"

清晨的薄雾将海天混成白茫茫一片，查理眯起眼睛看着海平线。"我什么也没看见。"

"她潜到水下了，很快就会过来。"

随着一股水花，她从两人身下冒了出来，一拉、一跃、一摆就跳上岩石，坐在他们身边。她有一头长长的橘红色头发，银色的尾巴还在大西洋的海面下摇摆，鳞片上挂满晶莹的水珠。

男人、男孩和美人鱼一同唱起歌来。他们唱了《那位女士是个流浪者》和《黄色潜水艇》，然后马库斯把《摩登原始人》主题歌的歌词教给了美人鱼。

"他让我想起了你，"她对查理说，"想起你还是个小男孩的时候。"

"你那时就认识我了？"

美人鱼笑了笑。"那时候，你和你父亲经常在海滩上散步。你父亲，"她说，"可真是个风度翩翩的绅士。"她叹了口气。美人鱼叹气比任何人都好听。她接着说，"快回去吧，马上就要涨潮了。"她把长发往后一拢，纵身跃入大海，然后从波涛中探出头来，用指尖碰了碰嘴唇，给马库斯一个飞吻，然后潜入水中消失不见。

查理把儿子放在肩膀上，蹚着水走回海滩。马库斯从他的肩头滑到沙滩上。查理摘下旧帽子，放在儿子头上。对小男孩来说，它太大了，但马库斯还是笑了起来。

"嘿，"查理说，"你想看点东西吗？"

"好的。但我要吃早餐。我要烤薄饼。不，我要燕麦粥。不，我要烤薄饼。"

"看这个。"查理开始光着脚跳一种沙滩舞，拖着脚在沙子上跃动。

"我也行。"马库斯说。

"真的？"

"看我的，老爸。"

他也行。

男人和男孩一道跳回房子，唱着他们在路上编出来的无词的歌。他们进去吃早餐时，歌声还在空中回荡。

致　谢

　　首先，最大的花束应献给娜洛·霍普金森。她通读了加勒比对话的部分，不仅指出了需要修改的地方，更提供了修改方案。同样献给兰沃思·亨利，当我构想出这个故事那天，他就在现场。写作过程中，也是他的声音时时在我脑海中响起。（因此，听说本书的有声版将由他朗诵，我备感欣慰。）

　　在我写作本书和《美国众神》期间，曾在两处世外桃源借住。一处是托莉在爱尔兰的空屋。我是在那里写下的开头，也是在那儿写完了结尾。她是最亲切的房东。至于本书中段的一部分，我是在乔纳森和简在佛罗里达的空屋完成的，当然是在飓风没来捣乱的情况下。有房子比人口多的朋友是件好事，如果他们乐于分享就更妙了。其余时间我通常在本地咖啡馆写作，喝了一杯又一杯糟糕的茶，可以说是希望战胜经验的可悲具象。

　　罗杰·福斯迪克和格兰木·贝克牺牲了自己的时间，回答我关于警察、诈骗和引渡条例的问题。罗杰还带我参观了监室，请我吃晚餐，审读了终稿。我非常感激。

　　莎朗·斯提特勒确保了书中的鸟类没有出格，也为我解答了所有观鸟的问题。除此以外，还有一些人不吝提供了他们的眼光、智慧和见解。其中包括奥佳·南斯、考林·格林兰、乔治娅·葛瑞丽、安妮·鲍比、皮特·斯特拉博、约翰·M.福特、安妮·墨菲、保罗·金凯德、比尔斯·提特勒，以及丹·约翰逊和迈克尔·约翰逊。当然，本书中所有事实与观点的错漏，都源于我，与他们无关。

同样要感谢爱丽·威莉、希艾·吉尔莫和湖畔女士。感谢霍莉·盖曼小姐，当她认为我需要个讲道理的女儿时，就会冒出来帮忙。感谢山庄出版社的皮特，以及迈克尔·莫里森、丽萨·加拉格、杰克·沃马科、茱莉亚·班农以及大卫·麦基恩。

本书问世有赖于莫罗出版社的珍妮弗·布里赫。是她在我不知道接下来该写什么时，让我相信我在午餐时给她讲的故事会是本好小说。也是她在某天晚上接到我的电话，耐心地听我读了本书的前三分之一。凭这些事，她就足以封圣。海德林出版社的简·莫佩思是那种作家们愿意为其好好表现多吃蔬菜的编辑。"作家之家"的玛瑞丽·海菲茨及其助手金洁·卡拉克，以及英国方面的多利·西蒙斯是我的版权代理。我很荣幸能得到她们的帮助，也很清楚这是何等幸运。

乔恩·列文让电影的世界为我敞开。我的助手洛林让我能够专注写作，还泡得一手好茶。

如果没有出众又令人困窘的父亲，和优秀又备感困窘的孩子们，我不可能写出胖查理的故事。家人万岁！

最后的致谢要献给我写《美国众神》时还不存在的事物：www.neilgaiman.com博客的读者们。当我需要了解任何东西时，他们总是乐于伸出援手。而且就我所知，他们加在一起足以穷尽这世上所有需要了解的东西。

马上扫二维码，关注"**熊猫君**"

和千万读者一起成长吧！

图书在版编目（CIP）数据

蜘蛛男孩 / （英）尼尔·盖曼 (Neil Gaiman) 著；
马骁译. -- 南京：江苏凤凰文艺出版社, 2018.12
　（读客外国小说文库）
　书名原文: Anansi Boys
　ISBN 978-7-5594-2592-8

Ⅰ.①蜘… Ⅱ.①尼… ②马… Ⅲ.①长篇小说—英
国—现代 Ⅳ.①I561.45

中国版本图书馆CIP数据核字（2018）第172693号

ANANSI BOYS by Neil Gaiman
Copyright ©2005 by Neil Gaiman
Simplified Chinese translation copyright ©2018
by Dook Media Group Limited
Published by agreement with Writers House, LLC
through Bardon-Chinese Media Agency
ALL RIGHTS RESERVED

中文版权 © 2018读客文化股份有限公司
经授权，读客文化股份有限公司拥有本书的中文（简体）版权
图字：10-2018-211号

书　　　名	蜘蛛男孩
著　　　者	［英］尼尔·盖曼
译　　　者	马　骁
责任编辑	丁小卉　刘洲原
特邀编辑	叶　子　刘　雨
责任监制	刘　巍　江伟明
策　　　划	读客文化
版　　　权	读客文化
封面设计	读客文化　021-33608311
出版发行	江苏凤凰文艺出版社
出版社地址	南京市中央路165号，邮编：210009
出版社网址	http://www.jswenyi.com
印　　　刷	三河市龙大印装有限公司
开　　　本	890mm x 1270mm 1/32
印　　　张	12.5
字　　　数	289千
版　　　次	2018年12月第1版　2018年12月第1次印刷
标准书号	ISBN 978-7-5594-2592-8
定　　　价	56.00元

如有印刷、装订质量问题，请致电010-87681002（免费更换，邮寄付）